全民閱讀精品文庫

阡陌大地

宫桦 著

中国言实出版社

图书在版编目（CIP）数据

阡陌大地 / 宫桦著 . -- 北京 : 中国言实出版社，
2016.2

ISBN 978-7-5171-1111-5

Ⅰ . ①阡… Ⅱ . ①宫… Ⅲ . ①长篇小说—中国—当代
Ⅳ . ① I247.5

中国版本图书馆 CIP 数据核字 (2016) 第 047476 号

出 版 人：王昕朋
责任编辑：宫媛媛
版式设计：水岸风创意文化

出版发行　中国言实出版社

地　　址：北京市朝阳区北苑路 180 号加利大厦 5 号楼 105 室
邮　　编：100101
编辑部：北京市海淀区北太平庄路甲 1 号
邮　　编：100088
电　　话：64924853（总编室）64924716（发行部）
网　　址：www.zgyscbs.cn
E－mail：zgyscbs@263.net

经　　销：新华书店
印　　刷：阳谷毕升印务有限公司
版　　次：2016 年 3 月第 1 版　　2022 年 1 月第 3 次印刷
规　　格：787 毫米 ×1092 毫米　1/16　18.25 印张
字　　数：245 千字
定　　价：38.00 元　　ISBN 978-7-5171-1111-5

我们无需拥有富丽堂皇的豪宅，美丽炫目的宝车，阔绰洒脱的消费，仅需要一块踏实宁静的心灵园地。

——题记

目　录

引　言

　　我特意借用几位哲人、作家和学者的话作为开篇，或许观点不算精准，但从中可以窥见人类对土地的心声。

　　从终极意义讲，人来源于大地，终将回归大地，这是人类永恒不变的自然规律。

　　土地是洁净的，她接纳一切自然的污物，使之重归洁净和美好。真正肮脏的东西是她不肯接纳的，如人类的工业废物及因灵魂扭曲和世俗利益而引起的乱垦滥伐。

　　我们应当向一切虔信民族学习一个基本信念，就是敬畏自然和大地。我们要记住，人是大地和自然之子，在总体上只能顺应自然，不能征服和支配自然，更不能损毁和践踏自然，无论人类创造出怎样伟大的文明，自然永远比人类伟大。我们还要记住，人诚然可以亲近自然，亲近土地，认识自然，认识土地，但这是有限度的，自然和土地有其不可接近和揭穿的秘密，各个虔信的民族都把这秘密称作神，我们应当尊重这一秘密。

　　因为盲目无知的现代人的胡乱开发征用，使得城市到处是钢筋水泥浇筑的高楼大厦和柏油马路，蓝天遮蔽，空气窒息，即使是成熟的秋天和收获的时节，再没有红叶天、黄花地；再没有硕果累累，满目金黄。世间似乎真的没有了季节、融雪和归来的候鸟……没有了天地。

　　在原先的乡村中，一切还保留着上帝创造时的形态，记录着季节和光阴。可受世风的影响，现在农村的土地也被大块大块地无益征用和开发……岂不知土地是上帝，土地是神明，土地是主宰……没有土地，人就成了流浪的孤儿，沦落为孤魂野鬼。古今中外，围绕土地，演绎出很多故事。大小战火诸多围绕疆土燃起，亲族纷争基本因土地引发，王权和皇位争夺多半江山成为导火索……长期以来，人们对土地形成顶礼膜拜，反之则是叛逆、是作孽、是犯罪……并将遭受上苍地警告和惩罚。深信很多人都喜欢如此关于大地女神的述说：土地的故事个个都质朴纯真，若大山一样正直，没有丝毫的粉饰和伪装，打开古典文学的典籍《诗经》，处处是火热劳动的歌谣和美妙如画的图景："采采芣苢，薄言采之，采采芣苢，薄言有之。"通篇的文字都在余音中袅袅不绝，若远若近，时断时续。那黄昏回落的歌谣，悠远深情，恒久不息。柔柔的是田野的微风，盈盈的是土地的麦浪。在这柔柔盈盈中，整片土地就不会显得苍凉空旷。唯有这片土地上的生灵真实平和地生存着，因此就有了晴朗的寂寞，云和风统统不知蹿到哪个角落里去了。

土地养活了我们，她像母亲一样深爱自己的儿女，土地至真的情感演绎着多少的凄美和苍凉；土地是祖辈的血肉堆积而成的，这让我们不能忘却。在这千沟万壑伤痕累累的土地上空挂着几千年始终如一的明月；对于今天，土地是一首深沉古老的民谣，岁月的逝去，耕者的辛劳，诗人的苦吟，收获的喜悦，女人拖着孩子的呓语……尝百草的炎帝，亲身耕耘的黄帝，潇洒飘逸的李白，沉郁伤感的杜甫……每个深陷在无助中无法超越的人都会徘徊在这土地上，去追寻他们最后的慰藉，让灵魂和肉体最终拥入土地的怀中，土地的命运与他们的命运交织在一起，一直衍传至今。土地有着鲜明的爱与恨，在其沉默的背后，酝酿着一首幽婉隽永的诗行。

对于一部分人而言，土地象征着博大和宽容，一些无知的子女们从土地的身上带走了富足之后，并不满足，贪婪迷惑了他们的本性，无耻的野心、丑恶的心境，驱使他们蹂躏自己的母亲，分食母亲的血肉后，又慷慨大方地将她分羹别人，毫不顾念母亲的养育之恩。历史的车轮滚滚向前，文明的再现证明了大地的宽容，先知者、良知者在土地上为了自由奔波着，海子在吟完最后一首诗后不知人生何去何从，他苦苦思索、追问，最终选择了死亡，"我请求熄灭／生铁的光、爱人的光和阳光／我请求下雨／我请求／在夜里死去"。灵魂如此的沉重，活着还有什么意义，柔弱的身体怎能承受生命之重啊！海子以死来证明他的诗，也以死来否定他的诗，更以死让他的灵魂和肉体都皈依土地的空灵中、为灵魂找到了一个更为广阔的空间。

大海无疑是广阔的，相比之下，土地的广阔显得更博大清晰，在波浪起伏不定，喜怒无常的大海中，土地的子女们变得无助而茫然。冥冥中他们选择了进步与文明，在进步的过程中所经历的痛苦都给这块土地带来了永不泯灭的伤痕。中国经历过特殊的历史时期，面对艰辛岁月的人们，眸子变得比土地还要深邃，都市的车水马龙、灯红酒绿、女人与金钱、权力与欲望，统统比不上这土地带给她的深情和烙印。这个世界上，什么才是最大的财富？是金钱所带来的富足，还是精神的愉悦？抑或是其他？有几个人发现自己迷失了本性？又有几个人愿意回到土地的深处倾听灵魂的声音？

人生如土地一样漫长、坎坷，在不经意间我们已经佝背弯腰，终要回到土地的臂弯，那深邃广袤的土地有没有源头，有没有尽头？在偌大的土地里，我们剩下的宿命便是营建自己的小屋，在小屋里用自己的真实去聆听生命的声音，静静地在小屋前的田地里等待即将来临的幸福和归宿。

土地宛若心灵的镇静剂，让人们狂乱的灵魂找到栖身之所，茫茫的大草原上，古老的民族唱着古老的歌谣；神奇的土地上，一代代人平静地繁衍生活着……

一切的本质到最后都将回归土地。待尘埃落定，无论善恶、美丑还是贫富，最终将回到原始的状态。人们在匆忙中感慨、面对土地呻吟着向上苍祈祷，长久地沉湎于梦想，有一天发现土地的大片竟然全是墓碑，而那时土地也将因孤独而逝去，看惯了土地的杂色、闻惯了土地的气息，我愿意去聆听土地的演绎，让她的故事有一天出现，捧给所有人细细咀嚼。作为一名固执的演绎者，我愿意土地的故事永远都演绎下去。

下面我所讲的就是一个现代人和土地之间发生的故事。

第一节　大地回声

天远地阔，一行车队，匆忙行驶在田野上，扔下一串串刺耳的怪叫。

甄峰跪在大地的中央，双手深深地抓进土里，然后慢慢将紧铐并带有尘土的双手平放在胸前，望着远方，突然想大喊：这就是人类的家园，这就是我的衣食父母，这就是生养我的土地啊？我怎么能糟蹋你们？在你们的怀抱里丢了灵魂，我真是活该啊……泪水奔涌而下，但他终究没有喊出。枪响了，他一头重重地栽进五十八年前赋予他生命的泥土，重新聆听父母的召唤。

远处一群大鸟凌空而起，抛下一阵凄厉的鸣叫，卷起遥缈深邃的回声，让人感受到威严和神秘的力量，大地一片苍茫……

珠蚌市人民法院。

两位法官正在安慰两位老人，甄峰的父亲母亲。

"老人家，别难过，为人父母，我能了解你们此时的心情，可事情已经如此，还要好好地活下去，保重身体要紧。这是甄峰留下的东西，现在案件已经结束，你们领回去吧，想他的时候，能看看，留个念想。以后家里有啥事或遇到困难，就来找我，我是晚辈，甄峰不在，我就是你们的儿子。"一位年龄较大的法官心惜地说。他脸上带有复杂为难的情绪，生怕因言语不当触碰老人的痛处，完全是一副小心翼翼的样子。

"我儿子自作自受，可在他后面我还有孙子、孙女、侄男八女的，他们还要有脸皮地活着，看峰儿这事可能不要放进档案，不妨他们的事……"老年妇女泣不成声，实在不能讲下去。她的身体不停地颤抖，满脸的皱纹里爬满泪水，忙用衣袖往脸上擦抹。旁边的老人也不时用白纸擦眼泪。两人给人一种心有戚戚、相依为命的感觉。

"老人家，请你们放心，要相信法律的公正，一人做事一人当，绝不株连无辜。"法官伤心地看着老人，同时眼光看着旁边年轻的法官。年轻法官无奈地点点头，他想或许只有这样才能减轻老人内心的痛苦。两位老人脸上真的都露出了笑意，满足地点头致谢后，相互搀扶着慢慢地走出了办公室。

"我们到峰儿坟上看看吧？"甄峰的母亲对父亲说，她看上去很苍老。

"什么，我们哪能大白天去看他，你让我多活几天好不好？看看你养的儿子，我们享他什么福，祖宗八代脸被丢光了，老早我就感到他办事不太地道，谁知造这么大孽，连自己命都丢了……"甄峰父亲一扯嗓子像被放了炸弹，声音顿时从体内炸出，咆哮着冲出来的。

老妇人看到老伴的阴沉和火气，不敢再出声，只是默默抹着老泪。

"这都是命啊！当初我就说，孩子干啥不是吃饭，不要当这做那，你非要省吃俭用地供养他，让他出息，死也想不到，到头来培养出这样的孩子，我们都是罪人呐……呜呜……"老汉的哭声更大了。

旁边有人过来，两人颤巍巍走向法院大门。

他叹息着，咕叨着，说："要不是儿子，或许我们一生也不会来这儿。"生活就这么离奇，得失相济。当初儿子得到了官位和荣华，现在他们却失去了儿子。其他孩子学业无成，现在却生活得平平安安。有时得到一点却失去世界，有时失去一点又得到了完美人生。就拿刚才那位儿子的同学罗鹏来说吧，虽然人家只是一名工作人员，普通法官，但他平平静静地工作，平平淡淡地生活该有多好啊！世间的事到底什么是对，什么是错呢？他们各自都这样胡乱想着心思，而心思又如此不约而同。

这一对饱经世间雨雪风霜、历尽人世沧桑的老人，啥样的磨难都能承受，唯独这次，他们几乎都要倒下。父亲听到儿子出事的讯息，当场昏倒在地，送镇医院紧急抢救；而母亲体重也在很短的时间里快速下降。他们每天煎熬在乡亲们的眼神下，那是怎样的心情啊！滋味比人往脸上唾弃还要难过……

天地之间，这样一对年迈老人，这样悲伤地想着，漫无边际地走着，一辆又一辆公交车在身旁停下，车门开了，关了，开走了……他们没有上车的念头。人们谁也猜不出他们要干什么，他们的身影慢慢消失在行人的视野里。天色渐渐暗了下来，夜幕最后笼罩住大地。

老人走后，罗鹏安静下来。他还一直在整理着有关甄峰的物品和材料，这是案件移交时留下的。他过后要把这些情况记录报给省高院负责二审的办案法官，最后归档结案。虽然后期案件他们没有参与审理，但前期的调查工作主要是他和珠蚌市检法战线的同志们携手进行的，他最清楚案件的前后原委和真实情况。老人说得对，儿子一人做事，全由他一人担着，凭啥让别人跟着背黑锅，被世人戳脊梁？他在想，那么善良的老人和质朴的生活环境，绝对赋予了甄峰快乐天真的幸福童年，给了他最初的人生启蒙教育和引领，至于后来工作后的改变，那是与父母家人没有任何干系的。如若甄峰有灵，这也该是他的心愿，这样他一个人远行会轻松许多的。时间长河的迁徙，给每一段流程注上标签：时代永远进步和独立，社会制度和文明更倾向贴近人文关怀。若是时光倒流许多年，背黑锅和遭连累的谁知会有多少？罗鹏突然暗自庆幸眼下这个清澈明朗的时代。在此之前，利用办案空隙他和甄峰有过几次交流，每次甄峰说自己虽然犯下弥天大罪，无可饶恕，死有余辜，但罪责自负，他庆幸生活在这样一个法制健全的时代，这无疑给了他的至亲同族一个自由尊严和生活权益的大大空间。

罗鹏的心里始终疑惑，如此短暂时间，甄峰下滑的速度为何快到惊人的程度，不亚于洪水泛滥轰然垮塌的堤坝。这个生命之初的伙伴今天的结局，他是最不愿看到的。他们当年毕竟在那样一个偏僻安宁的乡村共同度过了快乐的童年。那是人生最快乐的时光，更是每个人最刻骨铭心的原始记忆。每当想到这些，他心里立刻结满冰霜。如若生命可以重来，他们或许都愿再次设计人生，再成为同学；但一定会在生命旅途上，能彼此忠告和提醒，远离风险，漠视权力和钱财，一路相互携手，那么落马跌跤的可能性几乎为零。在历代文人身上，从来就有励志和闲情两面。励志就是儒家推崇的经世济用，追求功名，拼搏进取，轰轰烈烈地成就事业；闲情，就是道家所提倡的归居山野，超脱功名，清静无为，回到逍遥自在，小国寡民的状态。观念分野，各取奔流的历史河渠，至今没有合拢。实际上先天下之忧，齐家治国平天下，当然是男儿本色。毕竟有史以来，无数胸怀家国、目光远大者像骑上骏马，一路飞驰，成就了辉煌的事业。但退守归隐、追求淡泊也没什么不好。相反这更适合那些六根不净、欲望强烈和操守底线不高的人。而恰恰结果有多少人选择了相反的路径，又不能逃脱庸俗欲望，最后淹没在汹涌澎湃的生活激流中。甄峰啊甄峰，你偏偏重蹈了这些人的覆辙，多么可悲啊！别说父母家人为你汗颜，就连我这个同学脸上也感到无光呀……唉，罗鹏走神的当儿，突然想起了那两位老人，掐算时间，他们该到家了吧？

茫茫的旷野里，行走着一对步履蹒跚的老人，他们一个在仰天哭号，一个目光呆滞地直盯着远方，嘴里念念有词……但他们都一刻未停息各自心中的往事……

第二节　回眸来处

　　大块的田野上，点缀着各色作物。随风舞动的高粱如害羞的姑娘，张开红红的脸蛋儿向过路人频频致意；卧地无声的山芋秧像无垠的绿色地毯沿田野伸向远方；路边的观杨树像护卫孩子的哨兵站立成行……学校隐隐约约被甩在了后面。放学的路上，高矮不一的同学都背着书包整齐地走在队伍中。"报告！我想尿尿。"队伍中的一位细高个儿对着队伍旁边的一位略矮一点的同学喊了一句。这个规矩是长期形成下来的。学校害怕学生放学后逃学、走失或出现其他意外，不论年级高低，凡同村、同庄、同路的学生都要排成队伍，选一名路队长负责，每个同学遇事都要报告队长。当然尿尿此时也是大事，要下队才能解决。"罗鹏，老驴上磨屎尿多，不早不晚，偏偏这时候撒尿？"显然年长一些的路队长甄峰对高个子不悦。

　　"你这什么话？管天管地，管不着屙屎放屁，我撒尿，你管得着吗？"高个子来气了。"吆喝，挺有个性吗？我今天不信这个邪，就不准你下队解手，下队我就告老师讲，老师叫我负责的，看你怎么着吧？"路队长甄峰也顶在气头上。

　　"好吧，你走着瞧，我不下队，总不能让尿憋死吧？"罗鹏满脸不服的口气。

　　"哎、哎、哎，都是邻居，乡里乡亲的，何必这样？又不是大不了的事情。"这时一个矮胖子出来说。

"没你的事，回队里去。"看样子甄峰对矮胖子态度不悦。

"高健，别理他，你要说他胖，他就喘了，自己把自己当人了，有啥了不起的？"罗鹏嘴里恨恨的。

"哎嗨！我就把自己当回事了，咋办？我现在是路队长，我说了算，你就得到家才能尿。随便下队，我就要告老师，你还就得罚站，那没办法。"甄峰更加得意起来。

"我看你不能得理不让人，风水轮流转，谁都会有落难的时候，你照顾他一下，将来或许有一天他能帮你呢？"一位大眼睛男孩也出来调解。

"你小屁孩懂啥，老老实实给我站着，别充好人。"显然他看不起低年级的大眼睛男孩。

"你这啥态度？不能门缝里瞧人，你以为你是谁？"大眼睛男孩起火了。

"金辉讲得对，他就是狗眼看人低，认为自己家里比人家硬棒是不是？"又一位男生出来打抱不平，眼睛还瞅着那位叫金辉的大眼睛男孩。

"就是的"，"就是的"，"有啥了不起"，"不就是个路队长吗"……帮腔的越来越多了。

甄峰看势头不对，一人灰溜溜背书包回家了。"集体罢队，看你们下午有好果子吃。"边走边回头气愤地说。

"呕，我们不用站队喽！"

"我们自由了！"

甄峰一走，路队解散了。

"啊！罗鹏裤子潮了。"少顷，有人发现了罗鹏裤子不对头。

"哈……罗鹏尿裤子喽！"

"鹏鹏裤子憋炸喽！"甄皇村的学生一哄而散……

学生们打嘴仗的时候，甄皇村也在打大仗，当然不是因尿尿，而是为土地。土地问题在世界、在中国、在每一个农民心中应当都是一个非常重大的课题，应当是萦绕在每个人心中的一个不解的思考，或者是一个悬挂在他们心中的一个大问号。因土地引发的战争、矛盾、纠纷和诸多事端有史以来就没有停止过。甄皇村一样，看似相处和谐的农人们却一直为了土地问题隔阂不断。最多的一年大小"战争"会有好几次，大多因为田头地边的小事引起，甄罗两家也曾因此发生过摩擦，而这次却是因为宅基地。

　　放学的孩子涌进庄子的时候，甄峰和罗鹏两家人吵得正凶。可能是因为甄峰爷爷一顿痛骂发飙的缘故，罗鹏一家人气势渐渐软了下来，在村民的劝阻下有刹马回家的趋势。"我晃晃你醒了吧，还像以往压住我甄家人豪气，门都没有，腰里别个锻磨锤，这回不是那一回了……"火气正旺的甄峰爷爷也被几名劝架的村民驾到了村头的一颗大柳树下坐下。他讲这话，恐怕是想起他之前上一辈两家之间的关系，据讲那时罗姓家势上略胜于甄家。他是村里有名的大胡子，人称老五爷。上下浓密的胡子把整个嘴巴盖个严实，也是这胡子增添了他在村里的威信。他想起了上次他儿子也就是甄峰爸和罗鹏爸因犁地斗嘴的事才说那番话的。其实当时那事不是事，就是罗鹏爸爸犁地犁深了一些，多划了甄家的半犁地，结果被甄峰爸发现了，随即大吵起来。后来在邻居和村干部的调停下情势趋缓，再加上甄峰爷爷和罗鹏爷爷关系好，罗鹏爷爷又救过甄峰爷爷的命，所以甄峰的大胡子爷爷大仁大义，说："算了，算了，没啥没啥，伤不着皮毛。"胡子上下微微动了几下，息事宁人了。没想到时隔不久的今天，又出现了不愉快的事，罗鹏爸爸翻盖房子又占了甄家的两指宽的老宅地，再次惹起了甄峰爷爷的怒火。"一家人真是屁事不知，老规矩不懂？田边地头不让人，老婆孩子不让人，简直瞎了眼！"他还在气呼呼地嘟囔着，靠近的人听见他在骂人，离远的人觉得他好像在自言自语，反正胡子动弹不大。村西放学的孩子听到声音也随村东的孩子顺大溜来看热闹，猛然看到大树下坐着一个年长的大胡子老人，胡子一动一动的，旁边还站着几个人，煞是好奇。其中一孩子偷笑指着甄峰爷爷告诉伙伴说："你们看树底下那个老头没有嘴。"学生们顿时议论纷纷："真的没有嘴"，"好像盖着了"，"嘴小看不见"……孩子的举动正好被甄峰爷爷看见，他本来就一肚子的气，听人讲他没有嘴，慌忙掀起上面的胡子给孩子看："这不是嘴是你妈的 X 呀！"就这一句骂，顿时孩子愣了，村民都笑了。

　　老者是甄峰的爷爷，一个古板传统论死理的封建古董，没十足的理由很难抢占他的上峰。他早入古稀之年，没有人知道他的准确生辰八字。在他那一辈兄弟中，他排行老五，村里人统称"老五爷"。老五爷古板但很风趣幽默，狡黠睿智，临场果断，变通能力很强。很多大事场面，只要他一到场，很快平息或大事化小。甄皇村虽大，但是杂姓，怨深仇重，人多事多，矛盾重重，纠纷迭起。好多次因分地争水险些酿成大规模械斗，警察出动都无济于事，最后还是老五爷将事情化了。另外五爷凡事论理，土话叫从不歪死缠、拧筋斗。一次，甄峰的二叔甄岳诚睡了一个同村的少妇，人家丈夫找上门闹事，非要拼命。而甄岳诚认为责任是双方的，通奸凭啥只怨他一个人，非让人家回去管好自家老婆，守不住不要乱跑。本身人高马大、一脸胡须、黑红肤色、形象瘆人的老五爷脸色铁青，上去"啪啪"两响，儿子的脸顷刻变成红白阴阳二皮脸，嘴直打哆嗦。胡子丛里冒出的又是那句老话："孽种，老婆孩子不让人，田头地边不让人，古训难道你不懂吗？给人跪下！"他喘着粗气，嘴边的胡须像窗帘一闪一闪。"又不全是我的错，她三番五次找我。"甄岳诚还想解释。老五爷扬起巴掌又冲上去，被人拦住了。"你以为你是皇上，想睡谁就睡谁吗？"甄岳诚嘴终于闭上了，怒气犹存，显得不服地看着在场的人，好似满腹委屈。"天下需要睡的女人多着呢，你能管得了？再出门看我砸断你的腿！"胡子终于不动了，他也平静下来。甄岳诚直扑扑跪在了那位丈夫的面前，原本情绪激烈的他左右看看，眼光落到了老五爷的身上，顿时又从他身上收回，五爷的沉着平静让他打了一个寒噤。他最后再看看眼前的甄岳诚，万般怒火只得熄灭。"哼！"他如战场上不光彩的胜家，扭头出了五爷家院门，头昂得很高，却有灰溜溜的感觉，引来身后各种奇异的眼光。一场纠纷烟消云散。

　　可眼下他和一群稚童开了个苦涩的玩笑，哄笑中他并没感到尴尬，而是刚刚发生的一起宅基地纠纷让他犯愁。别人知道他的脾气，也不敢靠近。老五爷想如若罗家死活不松口，他甄家还真拿不出东西来证明人家多占的就是他甄家的。没有依据，就说不出个子丑寅卯，既然讲不出一二三，此时就很难办。他抬头看着那帮孩子远去，忽然看到村长走过来。他有点不好意思地低下头去，觉得自己平素挺有威望，但遇到家长里短也有为难的时候。

　　"老五爷，别气了，这事我听说了，一会儿我去调停一下，把他多占的留下来，本来那就是祖上的，传下来就是这个样。要凭证，谁也没有，都不要较真。所有的地都是共产党的，老百姓有吃有住就足了，不还托共产党的福？"村长说着，掏出一支烟递给五爷。五爷慢慢地抬起头，感到眼角有些湿润，村长的话理很浅，却很温暖。"也就是，房宽不如心宽，要这么大地方干啥？一大把年纪了，古时候尚有'让他三尺又何妨'的德行佳话，如今我竟不明这个理，真是老糊涂！"老五爷的泪水流到了胡子上，像花茎上的露珠。"哎，这算啥？人活一辈子，悟理一辈子，谁都有不明的事，解开就好了。"村长很和蔼，像对一个做错事的孩子。村长也是个聪明人，他和老五爷年龄上悬殊虽大，但却是甄皇村有头有脸的人物。凡遇到事情，官事先由村委会办理，私事一般由五爷到场；有些公私沾边的就共同支撑处理；或者一方搭台，一方助阵；抑或一方红脸，一方黑脸，靠老实人的勤勉和质朴共同维护了一方庄户人的和谐安居。

第三节　寻人启事

　　在和平、和谐、和睦并令人振奋的生命节奏里，有时伴随着寻常百姓酸楚的音符和插曲。此刻在南边川流不息的高速公路旁，一对老人蹒跚前行着。这条高速路全长 300 公里，连着皖江省城和苏北大地，沿途经过珠蚌、明江等城市，淮中县隶属明江，正好高速公路有六十多公里从淮中县穿过。老人时而相扶，时而依偎；时而呼天号地，时而沉静无声……过路行人好心询问，但他们并不需要帮助，到底他们想干什么，有什么目的，谁也无法知晓。这种情况下，路人也不好报警和求助，只有认为他们是荒野路途上的闲人，任其随意罢了。公路铺向远方，他们行走路旁，大地广袤无际，双双泪流两行，甄峰的父母已经离家数天了。自从离开法院后，他们不愿坐车，目送着一列列火车远去，任一辆辆公共汽车在视野中成为幻影……只是在大地上一味行走。儿子去了遥远的世界，家好像成了心中虚假的城堡，堆满金山，也无心向往留恋。儿子是一块无法吐口的心病，只能背着这口黑锅和病痛残喘以后的日子。既然一切都不重要，他们不再像先前互相责怪，反而相互依偎。人来世上一场真的不易，早知如此，后悔当初。昨晚他们走累了，吃了点随身干粮，喝了自带的矿泉水，就地在路基下一处看护棚里歇脚。身旁的呼啸之外，他们体味到了大地的宁静。夜幕下的田野十分美妙，像乡村唱大戏时转场的舞台，上一幕锣鼓偃息，都在静候下一幕的开场。凝神定气，心性敞亮。静夜就是生活的转场，送走时间污浊和逆境，期待黎明的阳光和希望。人大可不必争馕怄气，争强好胜，到头来终是雾里看花，空中楼阁。甄峰父亲泪水涟涟，不住摇头叹息："都怪我，都怪我呀！要不是我非要摔锅卖铁供他上学，也不至于走到这一步。"他孩子似的倚在甄峰母亲的手背上痛哭。

"孩他爸，这不怨你，人往高处走，水往低处流，天下哪有不想好的呢？还是峰娃后来人变味了，开始一直到当局长不都好好的？还是从那次选举不中以后毁掉的。邪风伤人，世风害人哪！"她说着，也开始哽咽起来。

"别别别，都这样了，我们不要难过了，天底下好人多着哪，千万不能啥都怪社会，怨风气不好，一样的岗位成就大气的人不是一个两个，你说对不对，我的好老伴哩！"他有点想调剂老伴的情绪。他知道，她一旦精神垮塌，会哭得死去活来，不能自抑，拦都拦不住，这他算领教过了，千万这时不能再撩起她肚里的伤心虫。

她知道他在心惜她，不忍心她难过，在昏暗的夜幕下，她看到了他脸上依稀闪烁的亮光，她就此也就不再深拉。"孩他爸，你讲得对，也不能全怪社会，我们也有责任，你想孩子从出生到成人，再从结婚到工作……哪一样不要大人操心？养不教，父之过，教不成，更是父母大忌吧？再大也是咱们的孩子，每一步扶不好，都是罪过啊！那个叫什么蒙教育很当紧，我们差了点火候。"她觉得自己讲得很在理，微光中自信地瞅着他。

"那叫启蒙教育，不错的，人生之初的教育，像一颗小树苗，老早不手把手浇灌，就会落下毛病，长大了也不健康。"他觉得比喻得很恰当。他笑着看她，虽然模糊，也觉得心情舒坦。

"对对对，就是这个理，你怪有才的，老早的时候，就有一个大官叫什么什么藩，他就很重视教育，孩子被他将得很听话，好得很。"她也不知哪来的灵感，一时想讲点新鲜词。

"我隐约知道那是个怪大的什么家,我们跟人家不能比,但也不该疏忽。反正娃也不在了,我们就认命吧!"突然他感到了一种悲哀和伤感涌满胸口,眼泪随之跑出眼眶。

"孩他爸,也别难过了,千错万错是俺的错,俺作为娘,生他没带好他,我觉得活着没什么意思了,我随儿去吧!"她涌出一种负罪感。

"孩他娘,你万万不可这样,身为妇道人家,足不出户方是根本,外面的事情都是男人操着,与你何干?有错也都是我的不是,我该陪儿子去!"他内心感到莫大的酸楚,但此刻不敢过分流露。

"哎,你活着有大用,我就是一妇道人家,没有出息,我到那边等你!等你把家里事情都完成了,也该差不多了,沉住气好好地走。"

老汉隐约感到了事情的严重性,他忙转移开话题,说:"你看天边的北斗七星多亮,三星对门,门口坐人,我们也正坐在门口吗?来我给你焐焐手吧!"

"嗯,这也是门,好像是地狱之门。夜晚也好,星星也好,只是我们太冷了,待在这样的季节,心好似冰窟。"她有一种万念俱灰的感觉。

他一时无语,琢磨着恰当的话安慰她。

"好了,我们不许再提这事,明天天一亮,我们还是回家吧!家里还有几个孩子呢,虽然不到峰儿出息,但也是本分人,孙子孙女一大家生活得好着呢!"她忽然又来了信心。

庵棚外寒风阵阵袭来,给人一种刺骨的严冷。一辆警车在高速公路上停了下来。民警手里的电筒光线由远及近,他们心想公安把自己当成公路破坏分子了。

"喂,干什么的?半夜在这里不回家,遇到什么困难了?"高个子民警询问的口气让他们感到了安全。

"哦,民警同志,你们辛苦了,没有什么,我们心里闷得慌,出来走走,过一会儿家人就来车接我们了。"他们觉得公安这一行不容易,为了公路安全昼夜巡查。

"还要多长时间车子能到，需要我们送一下吗？"高个子想帮他们。

要是峰儿干这样的工作多好，在一处单纯的环境里，不揣度人心，没有诱惑，净做好事。

"谢谢，谢谢！不用了，一时就到了，我们一定会注意安全的，车子一来，马上就走！"他不想给他们添麻烦，也存心不想走。

"好，那你们注意安全，我们走了！"几名公安上车远去了，警灯在夜幕下散着安宁和谐的光芒。"生活或许本来就是美好的。"母爱殷殷的她望着依稀的警车说。

黎明终于到来，红霞映照东方，远方的鸡鸣狗吠没入尾声，公路上的车子也稀落下来，田野似一副巨大的泼墨画，整个大地流淌着一曲静谧的歌谣。他们又开始了特殊的旅程。相对昨晚，此刻他们都显得很平静，走起路来也更加劲头十足。他们互相搀扶着，鼓励着，奔走着，远方似乎没有终点，就像看似圆形的人生，起点就是终点，终点也是起点，人总要回到来处的。

在北方的甄峰家乡，全家正急得像热锅上的蚂蚁，都在为父母失踪的事打转。此时还不便声张，父母去那个城市是为了取被执行儿子的遗物。罗鹏打电话来，千真万确，三天前两位老人离开法院回家，他亲自看着他们出的大门。按理讲，老人不管怎么样也该到家了，可依旧没有音信，难道出了变故？可即使生病、遭事故或遇打劫也该有消息呀？更何况他们是夫妇两人，是饱经沧桑的一对老者。"我爸我妈这辈子没享过一天福，也没出过什么门，年轻时只顾累，等我们都大了又老了，盼星星盼月亮，可大哥哥出息了，又是这个样子。可怜天下父母心，千万不能有什么闪失啊！"老三甄强说着哭了起来。他一贯胆子小，性格有些懦弱，为人厚道善良，但遇到事就害怕。"你哭个鸟？再说现在讲这些没用，主要的还是去找，往这边来的有哪些车子？一辆一辆问。"大姐甄荣在一边安慰大弟弟。她实际心里比甄强着急，家中除了大哥甄峰她就是老大了，平素甄峰不在家，一般事情大多都是她来担纲。她长相俊俏，年轻时就是这一片有名的大美女，花容姿色常常把她推到前台，环境造就了她处事利落的个性。"对，对，抓紧分头找，不要都在家守着。""大姐说得对，守在家里没用，都分头动起来。"……听到大姐发话，甄家姊妹弟兄都开了腔，得知老人出门多天未回心里都很着急，都聚在老四甄亮家商讨对策。"这样吧，大弟，你到周围几个车站看看有哪些、共有几辆从珠蚌市过来的公交车。一定不要忘了三天内的一辆不要漏。"她最担心他，反复交代提醒。甄强还在琢磨，还想问她什么。甄荣忙转向妹妹甄秀，说："阿秀，你和妹婿一道找辆车先顺着高速路旁边的国道跑一趟，如果没发现俺大和俺娘，就沿着往这边来的高速公路找一遍，看可能发现情况。"她讲话语速很快，表明她内心的状态。"好，姐，你放心吧！我和大广现在就安排车。"甄秀平时很听姐的话。妹妹不到姐姐长得俊秀，却显得小巧精神，给人玲珑雅致的感觉。"二弟，你去派出所，把情况通报一下，先备个案。万一有啥情况给我们通知。"她对甄亮说。

"好，我就去！"老四甄亮像接到命令的战士，转身到院门后推着自行车夺门而去。

大家都走了，院内静悄悄的，甄荣左手摸了一下脑门，眉头蹙了一下，也走出门去。她想，父母亲虽然到珠蚌市办事时走失的，但毕竟回来的路径基本上在淮中县境内，她还得到本县公安局报案。再说她有同学在那儿，事情跟他说起来方便，看看通过公安局可能让电视台、报社或其他什么媒体先发个"寻人启事"，万一老人真出了事，必须惊动公安局。

第四节　祭祖尽忠

隶属皖北淮中县的甄皇村和地球上任何一个普通村庄一样，除了本村地图，在规范的行政图纸上是找不到名字的。不过，地方虽小，但名气很大，这方圆百公里内不光有传说，而且还有很多真实的故事。除了哲人名士、农民领袖出自这里以外，刘邓雄师曾在此和国民党军队一决雌雄。这里确实是一片"朝闻鸡鸣曾起舞，将士金戈挫顽敌"的神奇土地。

这里更养育了一代又一代民风彪悍，善良淳朴的农民。老五爷能记得的就是当年曾跟随父亲，同乡亲们一道用手推车不分昼夜地运粮和抢救伤员；光宿迁、大兴和甄皇周围几个区的百姓，就连续数昼夜，不顾风雪和泥泞，准时完成了任务，同时付出了巨大的牺牲，也一同见证了国民党军队的反扑、顽抗、溃败和投降。这场著名战役的胜利被一位领袖和人民称作"是用手推车推出来的"。生活在这片洒满汗水和血泪的土地上，一辈辈的庄稼人本该日出而作，日落而息，安居乐业，颐养天年，可他们很多人却倒在了这里。

漫天的雪花迎风飘舞，像从云霄飞来的无数天使；她们用诗情和洁净挥动凉爽柔美的玉手，唱着、跳着，和着硝烟和炮声，组成了一次巨大的天地狂欢，明鉴着人间的正邪善恶。这充满光与火的土地上，一个个热爱家园的乡亲倒下了，一位位眷恋故土的乡亲还在穿梭，还在争时间抢速度，为捍卫土地安宁，为抢救善良的乡亲和子弟兵拼命和上天赛跑。他亲眼看见父亲临终前用力抓一把身下的泥土，面对苍天，大声叹息，猛然举起抛洒，然后悲壮离世。那是向他和后辈们示意：他心中不甘，身下是生养自己的土地，她融进了多少战火、厮杀和哀嚎，多少血汗、生灵和神奇。后来常听爷爷和老一辈人说，这真是一块神奇的土地。距甄皇西南不远的地方，即当年的双堆集战役中心地带，也就是现在战役纪念塔周围二十公里左右，分布着后来形成的一些土桥和斜坡。凡车辆经过必有熄火或故障，耕作牛马牲畜必停留不动，打死不走……土地的心酸和血泪、殷足和希望是在长期的人类生活经历中浇注和积蓄的。对幸福和苦难，奋斗与沧桑，她都敞开宽阔博大的胸怀，她就是一位慈善仁厚、永远温暖的母亲，让人类世代生息，走向永恒。守好她，更是守好农民的根本；离开她，农人就失去了命根和灵魂。从此，爷爷和后代们为怀念先人，每年都以隆重的方式祭奠先祖列宗，敬拜他们给了子孙生命和赖以生存的土地，同时要求和警示子孙们更要敬重土地，热爱土地，看好土地上每一块家园。从老五爷这辈开始，这个习惯已逐渐延续下来。

　　每逢这时，老五爷是自然的主角。他虽然上了年纪，但张罗起事来还是井井有条。祭祖的地方在甄家院内正堂侧面的一间瓦房内。房子显得陈旧，比堂屋矮了一截。红砖青瓦，凝重肃穆。风袭雨蚀，砖瓦已失去原有的色彩，丧失光润和鲜亮。缝隙间落入灰色尘土，依稀有衰草摇曳。祭房的墙壁上因泥土表皮脱落，露显斑驳不平的形状。屋内上面房笆竹席整齐完好，梁木依旧结实坚固。四周墙壁保存完好，靠底部地砖之上有一点阴湿。地面靠北墙正中间是先祖的灵位，前面摆放着各种祭品和香罐。进门可以感到一种气氛，这地方平素没人常来。祖上的用意和精心是显而易见的，建这样一处正式专用的地方，目的完全表达子孙的孝敬和虔诚。五爷平素嘻嘻哈哈，嬉笑怒骂，口无遮拦，粗话脏话满嘴噙，像垃圾桶炸了沿口，流出的没什么好东西，但只要一落入正事，立马毫不含糊。这些晚辈后生们一般都看他的脸色行事，做事的时候不敢有一丝马虎。他们都听说过年轻时爷爷祭祖挨揍的事。那时老五爷也还是个孩子，看到太爷爷忙上忙下，趁他不注意偷吃了一个准备端盘上奠祭祖先用的水果，太爷爷发现后毫不客气给了他一顿擀面杖，连他自己都奇怪平素那么疼爱自己的父亲对他会下狠手。事后太爷爷抚摸着他的头疼爱地说："五娃子，大本不该打你，但你还小，将来大了你就懂了，咱们庄稼人是泥土做的孩子，土来自大地，人和土一样都属于大地之子，大地之精灵，大地又是万物之神，所以呀，人和土都是最真实的，对神对祖先不能掺假，不能含一丝不恭。"爷爷当时的眼神和庄重让他一辈子难忘。他从此知道不管是随大人祭祖还是自己主事都一样怀有一颗虔诚之心。所以他的子孙们对此也不敢疏忽怠慢，在他的喝令下，都忙得不可开交。"峰儿，你到村头老二店买一大盘炮仗，等家人磕完头后你负责点放。看好了，不要买哑炮。"平时看到爷爷严肃的脸，甄峰就发毛。这时爷爷的话更是圣旨，没等爷爷说完，他转身跑得没了影。"亮儿，把堂屋竹篮里的水果洗几种，拣好的、光滑大点的，带疤的绝对不要，学着洗干净。"讲完话若有所思，深深叹了口气，吹得胡须直摆动，但眼睛始终没有从甄亮身上移开。"哎，爷爷，我明白了，我现在就去。"他一贯得到爷爷的夸奖。老五爷常说："亮儿是个乖孩子，才七八岁就懂事，比大孙子做事稳妥，做事从不让人操心。"

　　"噢，对了，峰他爹，你拿一条干净毛巾，去到家里园地上包两捧泥土来，外面裹上红布，卡在带花纹的坛口上，连坛子放在祭祀台中间。不过要裹得平整些，看上去周正。"甄岳群默无声息地听着，他也怕走神忽略某个细节，因过错影响父亲的整个计划。他在老五爷甄五魁的几个子女中，排行老大，人也最老实忠厚，但平时行事中缺了点精明活套。两个妹妹已经出嫁，弟弟甄岳诚刚完婚不久，还沉湎于少不更事的顽皮和任性中。只有他在关键时刻能帮父亲分点心思。但往往他在节骨眼上断了干练和利索，像一头听使唤的牤牛套上犁铧没了方向。媳妇整天围着锅台转，外面有的事老五爷必须靠他打理。好在父亲还不是太老，落在他身上的只是极少的一部分。父亲是个急性子，又是位能干的人。多年前和国民党决战时，子弹纷飞、硝烟弥漫、炮火连天的战场上，一个少年跟着大人，不仅送粮搬运，还来回奔跑，帮着抬伤员，递茶倒水，被亲临视察的一位将军点名夸赞过："这小子挺利索的，是个干事的好手。年龄太小，不然国民党不完蛋的话，长大了来当兵准是好样的。"后来他和其他区的支前英雄一样，也被授予"支前小模范"称号，直到现在，看到正堂上方的奖匾，他浑身充满劲头。他小时候就记得他躺在父亲的怀里，父亲的胡子在他脸上蹭来蹭去的，亲切而温暖，但父亲对母亲发火时的情形也让他毛骨悚然。母亲也是受不了他的火燎脾气，多次负气出走，最后病死在乞讨的路上。凭父亲胡子的忽闪幅度能猜到他的脸色，也能感到他内心的火气。现在父亲儿孙一大家，胡子更加浓密，满脸的胡须遮挡了他的皱纹，你很难知道他的真实年纪。这一特征让父亲在这一带小有名声。"你发什么呆？他们都快回来了，差不多都准备好了，你把泥土弄来就管开始了。"父亲催促，他才感到自己跑了神。"好，父亲，我这就去，你放心，不会耽误的。"他始终在老五爷眼中最为听话。

正屋的老钟响了十二下，老五爷一家恭敬地立在了甄家祭祀房的牌位前。

"各位列祖列宗先辈在上，甄家子孙在此跪拜，敬祝先人灵魂安息，并保佑人丁兴旺，大业顺畅，家族和睦，万世安康！一叩首、再叩首、三叩首！"随着老五爷洪亮的声音在屋内盘旋，顿时小屋笼罩着肃穆的气氛。这声音像从地下发出，又像从每个人心底发出，清晰而虔诚，仿佛地下的先人们都站在了面前，准备和亲人们说说知心话。可等老五爷话语一停，屋内的空气一沉寂，立马让人觉得他们处于一个真实清朗的世界，地下的人距离很遥远。老五爷单独又磕了三个头，然后点燃一炷香，上前插在祭台上的香炉里。接着，甄岳群、甄岳诚、甄峰、甄亮、甄强和甄荣等依次轮番磕头进香……一切有序进行。甄峰点完炮仗，急忙进去磕头，可就在进香的时候，往回收手不小心碰到了放有泥土的花纹瓷坛，坛子就势滚到了地上，"咣当"一声，地上激起一大片瓷花。"啊！"大家像受过专业训练般地几乎同时惊叫出这种声音，之后又几乎同一时间盯着老五爷。伴随着老五爷平静的胡须和怒睁的眼睛，本来肃穆的场面顷刻变得令人恐怖……

第五节　荒野尸骨

　　被甄荣派出去寻找父母的妹妹弟弟们都回来了，根据他们的表情足以判断效果微乎其微。不过几天前，有人在跑这条线路的公交车站似乎见到一对年迈夫妇，他们精神恍惚，没有上车，后来就没再见到。甄秀夫妇因在高速公路上反复拦车、询问和违章停车，被值勤交警狠狠批评一通，并被罚了款。姊妹们回到家个个像泄了气的皮球。大姐出门还没回来，大伙只好在焦急中等待。

　　此刻坐在车上的甄荣心急如焚之外，一如窗外的天空，铺满了灰色和苍凉。她望着窗外闪过的大地，思绪如海潮肆虐。她常想起一个幻想实验故事：哥哥想要从无数和弟弟外形一模一样的机器人中找出弟弟，颇费心思但无济于事。情急之下机智灵活的哥哥讲起了童年的往事，结果很快实现了：只有弟弟脸上挂满了泪水，其他所有机器人不会流泪。故事温暖而酸楚，每次都让人生出感慨。人类就是靠记忆和怀念构架纷呈七彩的人生，离开了血脉和情感会失去生存的价值根基。小时候每年开春，她和那些小伙伴们去湾里，突然发现土地中冒出许多嫩芽。那一刻，人犹如发现了希望、发现了生机、发现了灵动……纯净好奇的心灵仿佛植入了喜悦和疯狂。天下生命本是一家，也许我们每个人曾经是一棵树、一株草、一朵花、一滴水、一叶贝……萌动的欢欣穿过绵长的岁月，又在我们中的某个人心里复苏了。人心是进化最高产物，在复杂的事务，在勃勃生机和灵性幻化面前，只能表现宁静的面孔。人来自于大地，回归大地，不管人和神，切断人的来路

20

和归宿，不可能再有美好的家园。人出卖了土地，等于出卖了根脉和灵魂，招来的将会是人神共怒。有人说，人也是大地上的作物。土地中自然万物和大地上一切生灵皆如流水浮云，转瞬成过往，唯有土地和内心的体验珍藏，宛若美酒香茗，愈久弥香，永不变质。

车子颠簸着，甄荣的面孔平静如水，内心马队似的却奔跑着当年死里疯玩的那帮淘气鬼。如今伙伴们虽劳燕分飞，但音容犹在。哥哥、王三宝和罗鹏都是那时走出村庄的佼佼者，没想到好胜心极强的哥哥落入一个意想不到的结果。人不能刻意追逐世俗烟雨，容易陷入雾花镜月的境地。人生在乡土，脚踩大地方感踏实。人家罗鹏和王三宝就不是哥哥一类的人。虽然王三宝在生活中、罗鹏在工作上都有一点瑕疵，那如蓝天云翳、玉中微斑，并不影响事物的主题和质地。哥哥真是个糊涂虫，大大的糊涂虫。如果每个人都可以回到童年，再度重走人生，她作为他们的发小伙伴，那她一定叮嘱和提醒哥哥，扎根泥土，莫忘来处，依恋故乡，走平常人生，切莫因贪欲遗恨终生。只可惜一切已晚，无从补救，更何况那时自己充其量只是个妹妹，面对血脉相连，有青春萌动的初恋，有钦佩敬重的学友的大哥，根本没有自己讲话的资格。世间没有后悔药，远去的就远去吧，眼下最主要的是找到父母。

甄荣在公安局门卫室做了登记，径直去了王三宝的办公室。

王局长办公室里坐满了很多人，看似在研究什么重要的案件。她一进门，王局长英俊的脸上凸显一种诧异的神色，眼睛猛地睁得很大。

"哎，阿荣，你怎么来了？阿峰的事我知道了，你要多安慰甄叔和阿姨。"孩提的事情已经很远，这些年联系很少，但猛一接触，影像马上展现在眼前，亲切和温馨顷刻袭满心房。他知道人生如梦，她目前的生活状态多少与己有关。"我来咨询一件事，看看你可在。"她嘴里突然被谁灌了东西，干燥苦涩，嘴巴不住地打坝，同时眼泪也涌出眶外。不知咋了，听到他这句话自己觉得酸涩，这些年这种感觉一直不变。她恨自己没有出息，自己命中注定如此。每个人都有特定能够撩拨心弦的人，他的一言一行都会让你心动。不过碍于场面，她强忍着笑了。

"我在开会，小李你把旁边小会议室开开，让她先等一下。"王三宝把眼神从甄荣转向一位穿警服的年轻民警。

五分钟后，王三宝和甄荣都坐在会议室里。会议室很安静，连掉根针都会刺动耳膜。

"阿荣，阿峰的事我很难过，但我也无能为力。"王三宝露出一种难过的表情。

"不不，那事怪不得别人，现在我想求你帮我……"话没讲完，甄荣有点哽咽。

"你别难过，有话慢慢说，阿峰不在了，遇到什么事就直接来找我，我办不了的，也可以到市里找阿鹏。这么多年过来了，什么事都要看开，你应当知道人最重要的是什么，我想你比我要懂得多。"王三宝尽力安慰甄荣的情绪，使她平静下来。

"嗯，我知道！"甄荣话语还有点阻，声音很低，几乎听不到。她清理一下嗓子，接着说："我父亲和母亲从那天去市法院领哥留下的东西，直到现在还没回家。"甄荣终于把此行的目的讲清楚了，她像甩掉一个包袱一样。

"啊！你说什么？"甄荣的话一出口，王三宝像触了电，头立刻有点眩晕。"叔叔阿姨出门穿什么衣服，在哪走失的？西北大柳乡三县交界处，北汜河南边的田野上有一对老年尸体。我们刚刚就在研究分析这起案件。"王三宝好似讲出来很痛苦，又怕这痛苦传给别人，话一出口，他盯着甄荣。甄荣本来泪盈盈看着王三宝，突然之间目光变直，眼睛又圆又大，仿佛要看穿他骨头，继而由紧盯变为浑浊，然后迷离，随着慢慢闭上了眼睛，身体也晃晃悠悠倒了下去。王三宝慌忙起身搀扶，甄荣倒在了他的怀里……

第六节　校舍论道

　　一位国君特别喜欢剑术，投其所好的剑客们纷纷献技，日夜在国王面前拼杀，每年死伤数以百计，但国王仍兴趣不减。于是，民间尚剑之风大盛，侠客蜂起，游手好闲之徒日众，耕田之人日益减少，田园荒芜，国力渐衰。其他周边国家意欲乘机攻打其国。太子为此忧郁不安，召集大臣商量后共推一士担当此任。该士沉着面君，机智果敢，能言善辩，巧设比喻，终于使国王闻后深思，闭宫思过，戒绝劣习，一心治国。这是两千多年前战国时期赵国发生的故事，这位国君是赵文王，名士就是庄子。庄子论剑兴邦的故事发生在西距甄皇村二十多公里外的蒙城。除此之外，一代枭雄曹操出生在据此一百多公里的亳州，西晋的阮籍就生长在旁边的谯铚。无论"庄周梦蝶，论剑兴邦"、抑或嵇康"越名教而任自然"，还是曹操"挟天子以令诸侯"，足以说明这一地域的名枭贤士在治国为人上的放达豪迈以及远大的襟怀和理想；同时也昭示着这里文化的起步已经久远，早已蕴含着生命智慧的本质。

　　古朴厚重的甄皇也是这片土地上看似不起眼的小村，在地球上属于北半球暖温带，冬冷夏热，四季分明，气候适宜，雨雪充盈，农作物以高粱、大豆和玉米为主，水稻种植也较为普遍，但其他作物产量较小。从地理位置上看，它处于秦岭淮河一线。如若你居住北方，这里像是南方；如若你定居南方，这儿又像北方。从自然景观分属于两栖区域，从方位角度上说属于中间过渡地带。正因如此，这儿的气候融合了南北特

23

点，兼顾着北方的粗犷和南方的细腻。既有朔风冷霜，也有雾岚氤氲；既有狂飙雷霆，也有蒙蒙烟雨；在建筑上既有恢宏壮观的高大楼群，也有精雕细刻的楼台亭榭。人品个性蕴含北方人的豪爽豁达，也隐匿着江南人的精致算计。从这块土地上世代孕育的英才名宿和走出的汉子就可以清楚这一点。这里一切具有非同一般的地方特色。

二十世纪五十年代，在甄皇中学一个初中班课堂里，一场关于"理想和地域"的演讲正火热进行着。新中国刚成立不久，教育等各项事业百废待兴，而这里举行这样的演讲实在属于雅兴之举。气质儒雅的年轻老师坐在讲台前，或许受历史英雄故事的感染，或许是心怀报国之志却屈居乡野，也或许因不平之绪使然，他想教授一堂演讲课，既改变以往呆板的教学模式，又扩展学生的知识面，借此观察学生的思想和价值观。此刻他面带笑容地望着台下学子们，说："陈伟，你先谈谈你的看法，为了照顾家庭，你经常请假，三天打鱼，两天晒网。不好好上学，你将来打算干什么？"

季老师戏谑地看着陈伟。他的话把全班学生的眼光都引向了陈伟。陈伟本来就是班里有名的落后生，也是一淘气鬼。平常逃学、恶作剧是家常便饭。在班里算女生在内，他个头排在老末。可小个子陈伟平时是个干活能手，小小年龄就常跟在大人后面往来田间地头，很多同学奚落他个头累得不长了。陈伟听见老师叫他，忙畏畏缩缩站了起来。由于脸露得不完整，大家看得也不太清楚，迫使他站起来又连续挺了三次胸，企图把身体弄高点。"我认为学习文化知识，要学以致用，用就要用于实际。从事各行各业都需要掌握文化知识。理想没有贵贱和高低之分，只有工种差异，比如科研、做官、当兵和务农、务工等，都是为国家建设做贡献，离开哪一行都不行，干什么都能干得出彩，干出成就。比如说我吧，现在庄稼收成不好，我多学知识，将来种好庄稼，多收粮食，交给国家，这也是贡献。"陈伟脸红到了脖颈，平时见到女生就低头，现在那么多男生女生，他紧张得像怀里钻进了只兔子。"还有呢？"季老师看着来了劲头的陈伟问。

"我将来就是成不了庄稼大户，但我去做点生意也好呀！既能改善生活条件，又能挣点钱养家糊口，比如早晚有一天我会到公社或者其他街道上，炸油条、卷麻花，再说了你们去吃也方便呀！"陈伟话一落音，顿时全班哄堂大笑。有的笑得前仰后合，有的吹着口哨，有的狂喊大叫："油条！麻花……"季老师也笑了。

"大家不要见笑，让陈伟把话讲完。"老师鼓励他继续讲下去。

陈伟一副不以为然的样子，非常正经地看着大家。"甄皇是我永生的故乡，蓝天和大地是自然的画框。这里有我淳朴慈祥的乡亲和父亲，有我善良的邻居和亲娘，有宽阔富饶的土地，有四季变幻、色彩缤纷的大豆水稻和玉米高粱……仿佛画框中最美、最令人陶醉的油画。自从我出生在这美丽的故乡，犹如小鸟在自由地飞翔。每一个孩子就像酒瓶上的木塞，时刻被美酒滋润着，汲取着大地沁人心脾的芬芳。勇敢智慧的甄皇人，风趣幽默，节俭助人，大人们生活得安宁踏实，孩子们轻松快乐地成长……我觉得这里是甄皇人永恒的土壤，我们都应该在这里生根、发出感激的嫩芽，将来结出回报这一块慷慨土地和善良乡亲的感恩果实。好，谢谢大家！""哗……"如雨般的掌声响彻教室内外。然后大家互相对视，各自眼光不同，有的惊奇、质疑，也有的敬佩和羡慕……这声音好像来自天外，谁都不认为这声音发自一个刚刚还被人取笑的逃课生嘴里。

季老师也惊呆了，连连鼓掌说："好家伙！"他万万没想到一个平时让他费神的学生竟讲出这番话来，难道太阳真的从西边出来了？要么真像民间闲言的那样，粪堆也有发热的时候；要么就是人的内心确实强大，绝对能支配自身的言行，话由心出讲的就是这个道理。这家伙难道真是个性情中人？自己似乎蒙了。但他很快意识到自己无论如何该讲话了，说："同学们听听，这就是我们的陈伟同学，他后面的这番话讲得太好了，这才是他的真心话。对他而言，前面的话叫抛砖引玉，后面的话才叫目标远大，看着朴素，实际可称得上高境界了。好吧！下面大家接着谈吧。"气氛一下被调动起来，大家纷纷露出踊跃发言的状态。

"季老师，我来谈谈。"大家把目光迅速转向教室西北角，站起来的是不久前被憋得尿裤子的小白脸罗鹏。罗鹏在家比较娇养，他也是家中唯一男孩，平时在家饭来张口，衣来伸手。可上次因放学途中路队长甄峰不准他下队解手，憋得尿了裤子，险些酿成两家大战。在班里他的成绩优秀，人又帅气，常常成为焦点和中心，也是妒忌和嘲讽的漩涡和目标。他猛地一站，顿时班里鸦雀无声。

"我赞同陈伟的观点，志向不论大小，为官不论高低。古人云：天下兴亡，匹夫有责。位卑未敢忘忧国，只要你心怀人民，拥有一腔报国的情怀，在哪都是做事，都能使百姓受益。当然好儿女志在四方，我们赞美那些'北逐匈奴而守藩篱'、'匈奴未灭，何以家为'的戍边英雄，也讴歌那些'黄沙百战穿金甲，不破楼兰终不还'的仁人志士；同样羡慕那些热爱故土、维护国家安宁、建设美好家园的志者，更由衷钦佩那些造福一方百姓，构筑和谐关系、孝敬父母、善待亲人和友邻的理想者。他们立于足下、放眼远方，所有这些有着异曲同工之妙，理想都闪耀着人性的光辉。我希望每个人应当根据自己的生活环境、志趣和家庭等实际条件，去选择人生的目标。切不要好高骛远，得不偿失。""哗……"罗鹏的话落入一片如潮的掌声里，好久平息不下来。

"好！"季老师也很激动，"罗鹏的发言一样精彩，他阐述得很理性，人不能好高骛远，一切从实际出发，才能走好人生之路。这样吧，今天大家都讲讲，算写一篇作文，今天的发言就算作文成绩。下面谁再来？"

"季老师，我来讲件。"老师话一落，甄峰同学就要发言，他很自信，一副胸有成竹的样子。飘峰现担任副班长，一脸的傲气，平时大伙都害怕他值日。他点名时对那些迟到或早退的同学，手腕有点强硬，常不问原因，就予以严厉处罚。这使得那些开小差、放学自由散漫或借口解手逃学的孩子见他发毛。

大伙也都知道他是老五爷的孙子。老五爷的诙谐滑稽常让大人和孩子们增加很多乐趣，但老五爷的严厉也众所周知，特别是那一脸茂密的胡子，一颦一动自显心情。街坊邻居都说甄峰这孩子性格方面很像他爷爷，就是缺少了常人的和善。他一讲要发言，大家都像要停止了呼吸，内心有恭敬，又有点惧怕。

"我不赞同他们的观点，人往高处走，水往低处流。常言道，不想当将军的士兵不是好士兵。以此类推，不想当官的百姓就不是好百姓。人就是要利用自身条件和手段去进取、去追求、去做官，做大官。有位才有权，有权才能更好地实现抱负和理想；而且官越大，才能为更多的百姓办事，办成事，否则一切都是空谈。回看历史，哪些成就大的人不是因为手中有权，才呼风唤雨，实现宏图大志？而且哪些失败者不是因为手中无权，尽遭羁绊和陷害，虽左拼右突，无法施展心中蓝图，只落得终生遗憾和哀怨……所以，我提倡将来只要我们同学中有成大气者，走出甄皇，走出乡村，奔向都市，放手发展，不坠青云之志，一朝大权在握，光宗耀祖，为家乡争光，成为我们同学中的骄傲！好，完了。"没等老师讲话，甄峰一气呵成，如吐去胸中怨气，又如甩掉心中块垒，等同学们清醒过来，他已坐在了座位上。班里平静如初，好像他出演的独角戏没有过门和尾声，直接上演的是高潮大戏。"啪"甄峰的话一落，教室后面一声脆响，大家猛然回头。"看什么看，老子的笔盒掉了，有什么大惊小怪的？"陈伟铁青着脸骂了一句，"你们都发了，我们这些成绩差的穷光蛋都去要饭、跳河好了。"大家突然陷入沉默。

"丁零零"，下课铃响了，驱散了班级里的尴尬。

"好了。"班级响起季老师的声音，"同学们，今天几位同学根据自己的理想，结合实际，各抒己见，发言都很精彩。由于时间关系，今天的讨论到此结束，下次接着讨论。"

春天的田野，充满生机。云雀在天空中飞翔，忽高忽低，忽前忽后，像独角表演的飞行者，时而侧飞，时而俯冲，时而静止在空中，像是雕刻，不时抛下清脆的鸣叫，虽单调但却欢畅，虽自由自在但却充满感伤。富饶的大地，像是种满了惆怅，平坦光洁的怀抱时而有野兔穿梭流浪。东边湾里的芦苇显得稀黄，各种水鸟早已背井离乡，不知去了何方。清静的河面因失去捕捞者的身影而倍显苍凉，昔日往来穿梭的船只也失去了方向。突然村里两边冒出一大群孩子，男男女女，花花绿绿，欢蹦跳跃，说笑谈唱，让田野刹那间有了灵光。

"陈伟，你家人不让下地干活了。"脸膛白净的男孩很自豪地问，好像他没有这方面的顾忌。

"就是，就是，你看人家罗鹏，人才不像你天天跟在大人屁股后面哩！"甄峰旁边的伙伴也跟着附和。

"哎，大人都去练什么钢铁去了，我也轻松了，咱不能生在农村就永远是干活的命呗！"说着，陈伟把手中的袋子一扬。

"哎，书呆子，今天你怎么有时间出来了，你家人不是把你学习的时间当秒算的吗？"陈伟转脸反问白净男孩。

"我才不呢！现在家里人不怎么管我的，我能学多少就多少。"罗鹏一脸的顽皮相。

"你俩不要再贫了，既来之，则安之，能出来在家里地位就是这个！"甄峰晃着头跷着大拇指。

"谁能和你比，你可是将来要做大事的人，到大城市去的。"

一听是甄峰讲话，陈伟阴阳怪气地扭头走到甄峰旁边。

"哟，报仇呢，还记着昨天的事哩？"甄峰很大度地跟陈伟调侃。

"我们可都是小人物，难免小家子气，一辈子就拴在牛尾巴上了。"陈伟气还没泄掉。

"你昨天不也让我难堪了吗？把笔盒子摔得那么响！"甄峰直接提昨天课堂的事。

"我没摔！是我无意碰掉在地上的，再说你讲话也太张扬了吧！"看样子陈伟对甄峰昨天课堂的事也很计较。

"我那也是想啥说啥呗！"甄峰丝毫不让。

"好了，好了，不要打嘴仗了，不就口头上的事吗？过去就算了，别讲了，看看今天怎么说？"罗鹏想尽快平息双方争吵。

"今天你们说吧，我没心情。"陈伟有点生气。

"你看，你看，你看这天多蓝，麦田多青，太阳多暖和，今天怎能枉费了这好时光？"罗鹏积极性很高。

"你们玩吧，我看衣服。"陈伟无精打采的。

"哎，你怎么这么扫兴，我好容易出来一趟，他们都出去收东西炼钢铁去了，我们也该炼点啥吧？来，一起玩玩。"罗鹏诚心规劝陈伟。

"就是，就是，一起玩玩嘛！"旁边还有王三宝他们好多玩伴跟着一唱一和的。

"我看咱们'挑兵'吧，一头五人，就在这青青的麦田地，大人说越踩越壮哩！"甄峰提出玩挑兵游戏。

"哦，'挑兵'喽，'挑兵'喽……"响起一片欢呼声。

"哎，那个可不行，你们玩得快活了，那我们怎么办呀？"欢呼声稍停，一位女生抗议起来。大家不用看，一听声音就知道是甄荣。甄荣长相俊秀，脸蛋红扑扑的，嘴唇就像樱桃树上坠落下来的红樱桃，两个羊角辫一甩一甩的，俨然一位漂亮村姑。

男孩们一时没了主意。

"哼，不侍候好我们，下次看谁还跟你们出来！"甄荣不依不饶。

"去去去！有你们啥事？"王三宝怪她多事，三宝和她同班，比甄峰、罗鹏他们低一年级，但同一个村，都在一起玩耍。

孩子的脸如猴子的屁股，翻脸如翻书，阴晴转换，家常便饭。

一时他不准他下队解手，一会儿课堂上互相不服顶撞……可一出庄子撒野，他们又滚到一块了，土地能消去一切生活恩怨。

"挑兵"是这块土地上古老的民俗活动。很早的时候，祖先们为谋生在苦苦琢磨着各种手艺，一种是把鸡杀死后，把内脏掏出，清洗干净，放上油姜佐料，置入少许无毒防腐材料，重新放回原鸡腹内，喷上酱油色料，一并存入卤柜，数日后取出就会成为香醇可口的一道美味。庄稼人下酒那可是上等的佳肴。本地的卤鸡中，有一家叫陈鲁的手艺上好，卤鸡的味道最正最香。探其究竟，他左瞒右遮道出真相：他的鸡是从外边一个叫符离集上买的，那里的鸡多年散养，养殖方法最本色质朴，鸡卤出来的味道也最地道。周围同行一听，从此都跟他到那地方兑换散养鸡。每次去那里，个个都是满载而归。手推车上绑的，身上捆的，颈脖上挂的，恨不得把那里的鸡一下子买完，尽量给别人少留一只。然后他们再成群结队回来，一个个仿佛变成了一只只鸡堆成的大鸟。由于捆绑不牢，鸡在返回路上常因颠簸松散而跑掉。猛一逃离束缚的鸡，拼命在田野上狂奔。谁家的鸡跑了，自然是拼命追赶，同庄的人不能这样薄情，于是都放下手中的家什，跟着追、堵、围，在空阔的田野上变成了一种趣味活动和风景。有的人栽倒，有的人相互撞在了一起，有的人跌成狗啃泥状……逮到鸡了，回家收拾妥当后，大家必定围在一起；上只卤鸡，凑几盘小菜，每人弄二两酒，一起小酌，宰跑鸡丢鸡的那个人一顿。酒过三巡，议论起捉鸡，谁跑得最快，谁功劳最大……如何如何。长此以往，这种旷野逮鸡变成了一种娱乐活动，即使没有鸡可逮，农闲季节在田野上，一帮人也兵分两头玩起这种游戏。一辈辈，一年年，当地叫作"挑兵"。这种活动，不计人数，不分男女，选一片空地即可进行。参与者可分为两队，以场地中线为界线，每次由一队选一人，作为"标的"，同队队友护送他过线，对方拦截他过线，以此作为输赢标志。

细细追想，当时因陈鲁家鸡卤得好，后来才渐渐产生了这种游戏。陈鲁是陈伟的祖先，他不仅是卤鸡的鼻祖，恐怕还是"挑兵"游戏的祖师爷哩。

打不起精神的陈伟在大家的劝说下，终于愿意参加"挑兵"游戏。因为有人说："这还是你们陈家老祖宗发明的呢，你还能这么摆架势？"

"我参加可以，但有个条件。"陈伟一副戏谑的神态，同时眼睛瞅着身边的甄荣。

王三宝知道他是个叫鸡头，专弄恶作剧，但为了助兴又不得不依他，就问他："你有什么条件直说吧？"心里像有些担忧。

"这样，"陈伟一本正经地说，"我们哪个队输了，就帮对方完成家庭作业，同时把女生抱回村里，不许耍滑偷懒。"

罗鹏心里早猜到陈伟狗嘴里吐不出象牙，一肚子邪念，他斜眼看了他一下。

"不干，不干……"甄荣一听就和几个女孩叫起来。

"谁把我抱回村舒服死了，还捡便宜卖乖。"

"就不干，就不干……"一群女孩围在甄荣后面期望寻求保护。

"就这样吧，反正你陈伟'挑兵'是高手！"甄峰不容置疑地对着大家说。

"不准耍赖，要发挥出真本事。"王三宝不愠不火地说。

"那是，我没有那个福分，好事恐怕属于你们喽！好，开始。"陈伟嘴角上露着不恭。

一场"挑兵"大战在绿油油的田野上开战了。往日"挑兵"，陈伟不管是护驾还是拦截对方，他巧用计谋，配之身体灵活和速度，每每最后总能过关斩将，顺利过关，可今天却是另一番状态。

　　陈伟和懒五等人一队，甄峰、罗鹏、王三宝和罗军一队。每当陈伟这一队的人当"挑兵标的"，总是磨磨蹭蹭，有气无力，还没有出中线常常被逮住或扑倒。而每轮到甄峰这一队出标，陈伟他们像散兵游戏，东一头、西一头，一次都没有拦截成功，几个合回下来，全吃了败仗。

　　弄得甄荣等女孩和下地下湾做活或撒网的村民一次次叹息，一次次泄气……

　　在甄荣心里，她希望陈伟他们这队能赢，若哥哥这队赢了，她们就惨了。可结果不随人愿，今天陈伟大败而归。

　　"恨死我了！"她气得把甄峰哥的衣服一摔，其他女孩也跟着想逃。

　　"哎，认赌服输，我先接受惩罚！"陈伟从他的那头走过来穿衣服，一副垂头丧气的样子。

　　"哥，你们下次再比嘛！这次不算。"甄荣对着甄峰大叫，像责怪，又像撒娇。

　　"什么，哪能讲话不算话？我再怂厖也不能说话不算话！"陈伟眼光凶凶地瞅着甄峰。

　　"事先，"甄峰盯着妹妹，迟疑了一下接着说："事先讲好的，我也不能不守信用，就按讲好的办吧！"说完拿衣服走了。

　　"我不干，我走了。"甄荣说着就想跟甄峰后面跑。

　　"你哪能不听招呼呢？走呗，罚也得罚八戒背媳妇，还站着干吗？还不动手？"陈伟说着一把将甄荣抱在怀里，同时向和他一队吃败仗的另几位使眼色，让他们抱那几位站着的女孩，接着一片惊叫声。几个女孩拼命乱蹬乱挣，不愿男孩动粗。但陈伟他们用力将几个女孩抱起，女孩脚一腾空，再也无济于事了。

　　甄峰闷头走远了，似乎知道后面要发生什么，似乎受捉弄后自知无趣、快速逃离似的，头也不回。

　　罗鹏、王三宝等这时也因为没有识破陈伟的诡计而感到恼火，嘴里不便多说什么，心里甘愿吃闷亏，但又不愿看到甄荣被陈伟这样抱走。就在迟疑的时候，甄荣"啊"的一声突然发出尖叫，陈伟被脚下一块土坷垃绊倒，直扑扑地趴在甄荣身上，嘴紧紧贴在她的脸颊上。

　　罗鹏、王三宝眼光都变直了，所有的人都惊呆了，甄荣"啪"的一声狠狠扇了陈伟一个巴掌……

第七节　命案现场

　　天幕依旧灰蒙蒙的，看似和谁生气变了脸，阳光早已消失殆尽，连偶尔飞过的鸟儿，也悄无声息，生怕遭遇天阴沉的脸色，一切都没了生气。大地因天气的突变而失去了色彩，各类庄稼孕育的孕育，成长的成长，归仓的归仓。植物枯萎，花儿凋零，自然界的万物都在寻找着自己的归宿。大地以理性对等的礼节回复着上苍的态度。宇宙间，天和地是最具资格较量伯仲的两大物原体，共同统领着万物生灵。正如老子所言："人法地，地法天，天法道，道法自然。"天地之间演绎着万千故事，储藏着众多色彩和神奇，既有温暖和美好，也有纷争和凶杀，而且有些故事很可能就发生在我们的身边。

　　王三宝漫无边际地想着，在他身后，闪着一道藏青色光亮，一群纯色服装的侦查英雄们正急赴一处命案现场。

　　死者是一男一女。现场位于三县交界处的田野上，北边一公里处有一条河流。早上六点，龚王村的陈老汉去田野里散散步，顺便收拾一下自己在坝下的一小片拓荒园地。他尽情呼吸着新鲜的空气，情不自禁地哼起了小曲，步伐轻盈闲适，老当益壮的感觉占满了整个心情。可在他掘土平地时，突然挖出一具尸体，轻轻拨弄浮土，竟有两个头颅，衣服样式和颜色清晰可见。

　　"啊，死人啦……不得了啦，两个人嘞……"消息不胫而走，村民纷纷前来观看。附近轻松平静的村民，都一下子变得恐慌起来。天空刹那间像被谁扯块灰布挡住了光线，只留下灰暗和寒冷。有人说，这不像农村人的偷偷土葬，尸体掩埋不深，地面又无坟丘，包裹尸体的东西杂乱无章。在村民的疑惑中，有人向公安机关报了案。眼前的现场围满了群众，辖区派出所民警为保护好现场尽力维护着秩序。看到上面来了警察，村民自觉让出路来。

"王局长，我们来之前，现场周围已被踩踏和破坏。"辖区派出所一民警跑到王三宝跟前汇报，有点对迟到表示歉意。

"谁先发现现场的，找来我想询问一下。请各司其职，技术队马上勘查。"他对在场的民警下达命令。

"是！"人群中有股宏大的声音发出，又像从远处传来。作为分管工作的副局长，按往常他会例行公事，进行现场分工、召集开会、分析案情。长期从事这项工作，思维基本成定式，思考的时间越来越短，似乎一切都可以交给属下去办。可今天他却一反常态，脑子始终不停地转动，不是因为挖掘线索，而是死者可能对他来说十分重要。如果是他们最担心的结果，起码医院里正躺着的那位女人知道消息，经不住刺激，可能会引起更坏的后果。

紧锣密鼓的一番忙碌后，他很快坦然下来，旋转的脑中枢立刻像断了电，回到日常平静状态。那两位死者不是他担心的两位老人。包袱被甩到了九霄云外，心情也轻松下来。眼下最要紧的是让躺在医院里的甄荣知道这一消息。

王三宝简单做了安排和分工后，驱车离开了现场。从现场基本情况看，已经白骨化的死者不可能是走失一个多星期的甄岳群夫妇，从甄荣反映其父母穿着的服装也能印证。往常像这种重特大案件，他一般都会亲自坐镇指挥侦破的，毕竟又是两条生命，但今天他好像心不在焉。这些年他经历的案件太多，早已波澜不惊。就像海边的渔民，出海无数次遭遇狂风恶浪，出生入死，最后就会淡化恐惧，漠视死亡，甚至灵魂渐渐喷发出一种挑战灾难和自然的豪气与悲壮。海明威笔下的"圣地亚哥"是他暗暗崇拜的伟大之神。"命案必破"是部里的要求，也是全国同行的内心愿望。他希望辖区内制造罪孽和凶案的一切罪魁全栽在自己的足下，当然他并不为虚名浮利。这些年来，他自豪的是自己真正完成了这一夙愿。然而即使如此，他不想多发一起案件，每个人生命都不可再生。再者已过天命之年，除身体倦怠和记忆减退，心也有些累了。他也想把风雨奔波、昼夜征战的苦差事让给年轻人。他有时异想天开，他们真的有一天失业，大地上没有纷争和案件，永无悲痛和哭声该多好！他每出一次现场，起码就会有一个鲜活的面孔在地球上寂灭，他的心灵就多一次痛苦。凄惨的故事，即使在温暖的春天，人们也能品尝到悲痛的滋味。他多么希望平安快乐和温暖感动溢满世间，大地上悲痛不要重复；多么希望每个人能够以善良仁爱来面对眼前这个世界，不再听到痛苦的呻吟和凄厉的哭声……侦破是他的本行，对这起案件，他和他的战友也会把它当成一座堡垒来攻克。每当这时，他和他的战友会把怜惜和愤怒都潜化成力量……男女、杀人、移尸和掩埋，这里面到底隐藏了什么？他打算思考后，晚上好好研究案情。车子转了一下头进了县城主干道，很快又停了，医院出现在眼前，王三宝的思绪随之也转了回来。

医院是他平生最不想来但又必须来的地方，这是很多案件伤者和当事人回归安宁或通向地狱的通道。有的负隅顽抗的犯罪嫌疑人和自残者事后也需紧急治疗；平素他们工作需要无数次前来医院取走那些危重人员弥留之际的口述线索和证据。医院里弥漫着特有的气息，有时也给人带来安宁。

甄荣手背上正输着点滴，看到王三宝进来，慌忙想坐起，看到他的手势后又躺回原处。但眼睛直盯着王三宝，像饥饿的孩子瞅着大人手里的面包。王三宝没说话，只是对她晃了晃右手，仿佛在晃着手里的面包，然后又摇了摇头。

"摇头做什么，啥情况你说呀？"甄荣焦急地问他。

"你这个小傻瓜，这你还不懂吗？那两个人不是甄叔和李阿姨，你就把心装肚子里吧。"王三宝一副轻松得意的皮脸相。

甄荣轻轻叹了口气，既像放下一件沉重的包袱，又像什么心思没有放下。她的心情还是宽慰的，她最愿听他讲的就是这句话。从小到大，毕竟她没有白为他独身静守。

"这是谁呀，小林呢？"看到床边一名女子，他问甄荣。

"你单位的那个姑娘？噢，我怕人家忙，让她回去了。这是晓红，我弟弟家的。"她看着床边的姑娘说。

"我让她专门来照顾你的，她是内勤，案件上的事她插不上手。"王三宝有点遗憾地说。

"不用不用，我侄女在这就行了，再说我这又不是什么大病，你看现在没事了！"甄荣显得很轻松。

"真是小傻瓜，当时嘴都青了，不省人事，还说没事？简直吓死人。要不是上班人都在，指不定让我犯愁呢？"王三宝把眼睛一闭，又猛地一睁，做了个滑稽的神态，嘴巴紧紧地抿在一起。

"人家特殊情况嘛，你还计较，不理你了！"甄荣顿时换成生气的模样，当然不失娇嗔，然后把脸转向床里，不再说话。

"好好，不说了，小傻瓜！"他看看晓红，不再吭声。手机突然响了，他忙站起来，走向病室外。

一分钟后，王三宝急匆匆走进病室说："我得走了，你好好休息养病，刚刚电话是现场林队长打来的，讲他们从死者身上发现一张欠条，上面模模糊糊有'甄皇村'字样，死者可能就是我们甄皇人，真是怕鬼出鬼。"说完转身夺门而去。

　　"你说什么，还是我们甄皇人，那可能是谁呀？你别慌走，等一下！"甄荣连忙叫他。

　　"我走了，有事回头给我电话！"这话飘来已经模糊邈远……

第八节　　往事如烟

随着甄荣一声大叫，陈伟整个人趴在了甄荣的身上。虽然前面有约，纯属游戏，但谁都没想到发生这样的结果。最先惊呆的是王三宝和罗鹏，在童年的玩伴中，三人平素走得更近乎。整个甄皇村和中学，甄荣算是最漂亮的女孩。姑娘长得俊的确实不少，但数甄荣出脱得水灵。雪白光洁的脸蛋上像被轻抹了红粉；清澈深潭般的眼睛被谁扔进两粒黑玛瑙，睫毛像溅出的水波，收扬有致，节奏分明；身材匀称得体，高度适中；胸前两座蕴藏青春和诱惑的乳峰，春夏分明，冬秋跃动，牵动周围的眼神。甄荣就是这片神奇的土地上父母用泥土铸造的一尊雕塑，周身散发着夺人心魄的气息，质朴而芬芳，本色而诱人。正因如此，许多学生有事无事喜欢找甄荣说话，借机靠近。这种情况出现最多的还数罗鹏和王三宝。罗鹏文雅帅气，成绩优秀，被师生看好将来必定出息；王三宝贪玩不尚学习，但脑瓜灵活，性格直爽，体格强壮，爱打抱不平，但不像陈伟惹是生非。甄荣比他们低一年级，正好是他们保护的对象。今天这种尴尬情形突然出现，所有人都惊呆的同时，颇有心事的罗鹏和王三宝均感到陈伟做事出格，同时有受辱的感觉。在场的人较多，罗鹏内心波动却站着未动，王三宝冲上去将身材矮小、瘦弱单薄的陈伟从甄荣身上拽起，随手一拳将他打倒在地。本来逞强好胜的陈伟突然受到戏弄而气急败坏，站起来向王三宝扑去。三宝抬起右脚猛地踹向陈伟，陈伟仰面栽成四脚朝天。陈伟再次反扑，被大人们拉开了。

"你凭什么打我们阿伟？人家做游戏，与你有何关系？"陈伟的父亲大声指责王三宝。三宝站着不说话，一副气呼呼的模样。很多村民都出来劝陈伟爹，说孩子闹着玩，大人不要动火。

"哎，你说三宝你这孩子，锅里碗里没有你，你算哪一节子的，人家长得漂亮的多着呢，你献什么殷勤？"陈伟爸还气愤不过。

"我看陈伟这孩子太过分，心思不正，你趴人家身上算什么？"甄荣叔叔甄岳诚和陈伟爹争执，很多村民你一言我一语争论起来。

罗鹏悄悄离开了人群，王三宝看罗鹏走了，也跟着向村里走去。这时村长来了，讲了几句话，声音都平静下来。他吵嚷着让甄荣和一帮女孩离开了"挑兵场"。

甄荣回到家，顿时受到家人的语言围攻。特别是爷爷说她伤风败俗，不该跟着阿峰出去乱来，这下弄得全村人都知道陈伟趴在她身上亲嘴的事了，气得直哼哼，胡子开始上下跳舞。从甄荣到甄峰，再到大儿子甄岳群，责怪甄岳群对儿女管教不严。甄岳群本身胆小，面对父亲的雷霆一声不吭。他只好转向一旁脸色阴郁的甄峰，说："你连妹妹都带不好，老让大人操心。"他眉头皱着，眼睛瞪着甄峰。"我们男孩出去玩，你们非要跟去，再说了，我们'挑兵'，你们掺和什么？"甄峰狠狠地看着一直站在堂屋条几旁的甄荣。

"嗯嗯，谁稀罕你们，不是怕作业完不成被老师训吗？人家不就是想遇到难题求你们帮忙吗？"甄荣今天感到憋屈，一肚子的泪水一定要倾覆干净。这时她心中多种滋味杂存，到底当时她什么心理，自己也难以说清；或许当时她盼望另一种结果，哪知结果大相径庭。只怪陈伟太诡谲，让她吃了闷亏，又丢人又尴尬。"我不能出门了，我不想活了……"说着大哭起来。

甄五爷心里有点发毛，眼泪也跟着下来了，忙说："其实也没什么，不就屁大点事情，我家孙女长得俊怎么了？想占便宜的人多着呢，癞蛤蟆还想吃天鹅肉呢！孩子，别哭了。赶明儿个我们到市里去找王爷爷，人家当年可是个大名鼎鼎的将军，双墩集大决战那会儿，国民党一听他的大名真吓得屁滚尿流的。他还亲自给咱颁过奖呢，我去找他，叫他给咱孙女安排到县上念书。咱不是吹的，那次双拥会他对俺说，家里遇到难事去找他，他会念着这事的。"本来他是为了安慰甄荣的，自言自语说闲话。后来发现家人都在听着，没人插话，他讲得很起劲。甄荣真的不哭了，确实有效果，他悠然自得捋了一下胡须。

"我爷！"这时二儿子甄岳诚进来，后面跟着一个老人，五爷一看是陈伟爷爷陈启顺，忙上前双手迎接。这可是当地名菜卤鸡的祖师爷，因为他带动了一方富裕，也成就了一方名气。老人一生勤勉持家，经营有方，成为一方富户，现在把手艺传给了儿子，还不时点拨自小聪明干练的孙子陈伟。陈伟本身想勤学苦读，将来走出甄皇，摆脱祖上经营约束，做点更有意义的事情，可经过他一折腾，陈伟上学没了心思，经常旷课逃学。尽管如此，陈老汉也是受人尊敬的一方手艺高人。陈老汉被让座后，没有说话，看样子老人家心气不顺。

"怎么了，老顺爷？"五爷笑嘻嘻地问。

"我爷，他家大伟被三宝打了，肚子疼得厉害，他想问问你，这事怎么办？你要不问，他就把人抬到三宝家去了。"甄岳诚讲完，把脸从父亲转向陈伟爷爷。老顺爷鼻子里深深出了一口气，把头又向下低了一些，但还是没讲话，也不接甄荣递上的茶碗。

老顺爷真生气了，五爷向跟前靠近了点，说："老顺爷，你有话请讲，别闷在心里，闷坏了身子不值当。"这几句话他讲的声音很大。

本身离得很近，这时老顺爷像是听清楚了，随后猛一抬头，看看五爷，又看了看在场的人，说："他王胖子自己上面有人，就不把别人放眼里，小门小户的，还跟着较劲。他让我不好过，我有朝一日叫他难看。"他讲话时头一点一点的。大家此时才知道他跟三宝父亲怄气。

三宝爷爷在那次战役中战死了，留有一个独苗王永红。永红人长得很胖，年轻时好拳脚，那会儿考虑将来参军打仗好派上用场，谁知解放了，他没当兵。偶尔也传点皮毛给三宝，三宝很感兴趣，练得很认真，心想虽然没仗打了，但将来当一名威武的公安战士也很光荣。三宝家在新中国成立后被评为烈士家庭，属优抚对象。每逢年过节县里都来人慰问他们家，老顺爷认为他们家上面有人，并以此自居。

"没有没有，他们绝对没有对你不恭的意思，他们也不敢。"甄岳诚忙解释。老五爷也点点头说："就是就是，绝对不敢。"他本想责怪大伟这孩子心思不正，占他家荣儿便宜，但怕老顺爷在他家出什么事，只有迎合他。

老顺爷面色也渐渐缓和，说："他家三宝哪能这么下手，把我家大伟打成这样，现在还在床上捂着肚子打滚。"话到此处，他又把头一扭，不再理人。

"哦，这个三宝，"五爷此刻明白了他的真正来意，原来想让三宝给他治伤瞧病，想叫五爷传话。"这个三宝下手太狠了，大伟伤得厉害，赶快送医院。"五爷想这事还是甄荣引起的，自己也不能不管不问。

他看老顺爷也不讲话，就忙说："先把大伟送医院，我去叫他家出钱，你放心，如果他家不出，我会出这个钱，看孩子要紧。好吧，顺爷？"五爷拍着胸脯。

老顺爷抬头看着五爷，眼睛睁得很大，然后点头站起来就往外走。甄岳诚忙上去扶他，他右手一抖，不让扶，自个儿一颠一颠走了。

老顺爷走后，老五爷又讲起荣儿的事，可转脸工夫甄荣不见了，大家围绕荣儿忙碌起来……

村西边的天沟在漆黑的夜里像闪动光亮的玉带，两旁栽满了高大茂盛的泡桐树，春夏枝叶婆娑，秋冬斑驳稀疏，隐藏着难觅的清净和神奇。这儿向南十五公里是静静的浥河，向东南二十公里处，蜿蜒着清澈的浍河。据长辈们讲，那场较量中，最为激烈的一次战斗就在两河之间展开，如今喧嚷和硝烟彻底退去，一切悲壮的故事都被历史尘封。此处距村庄不远不近，白天很少人来，晚上更远离庄稼人的视线，是一片优雅寂静之处。

就在老顺爷向老五爷讨说法的时候，甄荣去厨房倒茶，正好碰到王三宝站在窗户后面往里瞅。"阿荣，我想找你出去一下，和你说说话。"声音像是被捏住鼻子讲的，嘶哑而低沉。甄荣起先被吓了一跳，后来看清是三宝，便轻轻地说："我现在有事，大伟爷爷来了，恐怕就是为你打人的事来的，赶快走吧。再说现在太迟了。"甄荣撵他走。

"我不怕，你出来一下，我想跟你讲话，我过两天就要转学了。"语气有点可怜兮兮的。甄荣一听，一想到爷爷也准备让自己转学，她想到他们将来很可能会分开，心里有点酸楚。

"那你先到西边天沟沿等我，我一会儿过去。"甄荣说。

"好，那我先去了！"三宝扭身转入了黑夜。

倒好茶，趁着大人讲话不留意，甄荣到里屋拿起一个电筒，偷偷离开了堂屋。

看到有亮光晃动着从远处过来，蹲在地上的三宝悄悄站起来，慢慢迎过去，看清是甄荣，扑上去就想拥抱。甄荣躲开了，转身扶住一棵泡桐树。

"你要转哪儿念书，要走了吗？"甄荣声音低低的。夜色黑，看不清甄荣的面孔，但从声音里听出一种不舍的情愫。

"你对那个小白脸还是念念不忘。"三宝避开甄荣的话，转向另一话题。

"你说的什么？我听不懂，我问你什么时候走？"甄荣假装没懂三宝的话。

"阿荣，难道？"三宝欲言又止，转身扑到甄荣对面，两手紧紧抓住她的手臂，在夜色中狠狠盯着她透明的眸子。

"难道你真不明白我的意思，我对你的心思你不懂？"他放开手去抱甄荣，甄荣用力推他。

"我懂了，你真喜欢那个小白脸，嫌我没出息。我就不明白，你为什么这样，他不就成绩好一点，脸好看一点，可他看到你受欺负都无动于衷，你还对他好？"三宝很气愤的样子。

"你都想哪去了，我们还是孩子，将来到哪都不知道，哪能谈这些事？"甄荣心平气和地说。她知道三宝是个正义感极强的人，有着结实的肩膀和过人的胆识，不管在学校、在村里、在任何场合，每次她遇事他都毫不犹豫站出来，好像血统里融注了忠烈的基因。她以一名怀春少女的心理，也喜欢三宝。罗鹏虽然勤学上进，仪表堂堂，前途无量，对她也有一份心思。但他胆小懦弱，遇事退缩，这才有了哥哥甄峰作路队长时禁止他下路尿尿的恶作剧。从今天东湾里发生的情况看，三宝对他更真实，更上心，心思更明显。她心仪眼前这个胆大、敢作敢当的男孩。

"你先去上学，把书读好，或许有一天我也离开这里到外地读书，有机会我们会见面的。"她对他没表示拒绝。三宝听到这话，心里一热，跪在了甄荣面前，说："你到哪，我都等你，阿荣，我喜欢你。我讲的一万个真心话，今生我非你不娶。"漆黑的夜晚，甄荣听着他传出来的哽咽嘶哑声，明显是哭着讲的。

"你！"甄荣弯下腰。"你这是干什么，这又不是生死离别，起来起来。"她用力拉他。

"你不答应将来等我，我就不起来。你答应我吧，我喜欢你。"王三宝哭出声来，在漆黑神秘的夜里，声音尤为清晰。

"快点，不然我走了！"甄荣继续用力拉他，三宝就势站起来把甄荣抱在了怀里。甄荣用力挣扎，但无奈三宝有力的臂膀，于是不再动弹。

"阿荣，我一定好好读书，将来找一份工作，真正能养活你。"三宝贴在甄荣的耳朵上信誓旦旦地说。甄荣沉默不语，她闭上眼睛感受着他的力量和心跳。

"阿荣，我的理想很简单，就是和喜欢的人在一起，过着平静安定的生活。我不像你哥那样心气很高，向往外面的大世界。"三宝想用他的真实简单感动甄荣。

"我才不喜欢我哥那样，干什么都心高气傲，但对人虚假，你看他本来喜欢罗鹏的姐姐，看人家成绩下降，又去跟方玉红套近乎，要是我才不理他呢，这山望着那山高。"甄荣对哥哥满肚子意见。

"知我者阿荣也，英雄所见略同。"三宝为甄荣观点和自己一致感到激动，用力拥抱甄荣的同时，将嘴唇在甄荣脸上乱蹭，弄得甄荣头乱摇……

"荣荣，你在哪，荣荣……"远处传来了纷杂连绵的喊声。甄荣一听有人呼喊自己的名字，知道家人找不到她，肯定急了，忙推开王三宝，说："快，我得走了，家人找我了。"转眼向村里跑去。

第九节　追踪老人

　　"吱"的一声，汽车停在了离现场不远的田间路上，车上跳下公安局副局长王三宝。顷刻间，现场所有围观的群众和民警及乡村干部全都把目光再次转移到他身上。这位波澜不惊的侦查高手，本来认为这起案件虽死两人，但毕竟只是一般的作案手段——杀人移尸。无非时间差别，早晚还是要在他的这些精兵强将面前水落石出。可他没想到的是案件竟与自己有着或深或浅的联系。从开始的惊心到随后的平静，再到现在的心潮澎湃，他真的感到无所适从，精神空落到极点。刑警队长林海走过来，想向他汇报什么，他轻轻摆了一下手，阻止他不要说话，他自己想先看看情况。

　　他到现场没说一句话，默默地走进中心现场。刑侦技术员们正在蒙着口罩，戴着手套，持勘查工具，紧锁眉头，在尸骨间寻找着蛛丝马迹。

　　两名死者身体呈东北西南向斜卧，从表面看，男性穿灰褂蓝裤，内有一件腈纶黑色线衣，颈部套有绳套；女性穿蓝褂蓝裤，脚穿灯芯绒圆口布鞋，颈部也套有绳套。从男性死者身上搜出一个新的日记本和一张从涌州去宝洲的公共汽车票；从女性死者衣服里搜出一卷卫生纸和一张合同书。内容大致是宝洲人吴新良和甄皇人某某联手经营卤鸡食品公司的事情，落款双方是吴新良和某某。但甄皇人某某的具体姓名被涂抹模糊，落款处一角连同姓名和时间也被撕去。

"抓紧勘查，提取所有物证，保管好证据，尽快收队，派出所留点人力保护现场，其他同志回局里开会研究案情，布置分工。"王三宝副局长对林海等人轻轻地、很简洁利索地说了几句话，但明显是命令口吻，不容置疑。"是！"凡听到指令的现场民警异口同声地吐出了这个字。

王三宝慢慢走向停在坝子那边的警车，但他并不看脚下，而是抬眼望着远方。整个大地一望无际，他感受到了视野范围内的辽远广阔。规则清晰、脉络分明的田埂，随时令变换面孔和色彩的作物，田野尽头依稀坐落着村庄或单独的小屋……让人生出许多的遐想。土地色彩斑斓，色泽鲜明，真像巨幅壮观的油画。大地油画的画师应该是自然加上人民。同一块土地上，有时战火纷飞，万马奔腾；有时万民上阵，热火朝天；有时春播秋收，有时幽静闲适；有时还上演着极端善恶较量的故事……土地是人类的根脉家园，也是人类表现的舞台，更是一切对立者终极较量的渊薮和源头。如果没有了土地，或许自然和世间的一切都不存在了。土地万能，土地也万恶。比如战争和灾祸，比如矛盾和纠纷，如果没有土地，或许压根就不会发生；比如眼下这起案件，土地掩埋和隐藏了多少罪恶……

王三宝赶到会议室，全体技侦人员已静候多时。看到王副局长，大家都起立迎接。"请坐请坐！开始吧。"他双手做了个下压手势。刑警队长林海撂了几句开场白，案情分析会正式拉开序幕。围绕现有情况，大家展开了激烈的讨论。唯一达成共识的是大家都认为这是一起凶杀案件，而在案件性质、凶手是否流窜作案、尸源真相等问题上分歧很大。只有王三宝本人始终一言不发，他在思量着做进一步的部署分工。或许因为这一点，大家原本争论得很激烈。"嗯……"王三宝简单清理嗓子的声音，立马让全场鸦雀无声。这也是一种中国现象，下面嚷得再欢，最后上峰一锤定音。王三宝分管刑侦工作很多年了，侦破大案要案这一块无人能出其右。

　　"这样吧！现在我宣布'12·10'大案专案组正式成立，我担任组长，林大队长任副组长，成员由大队所有侦查员和技术员组成。赵主任通知一下盐湖派出所李所长。"说着，他看了一下正在记录的那位女民警。

　　"请赵主任通知一下李所长，让他们所全力配合侦破这起大案，其他工作暂缓，稍后我给'牛一把'汇报一下。"讲完这话，他得意地看看大家，言外之意除了局长之外，他理所当然是二把手。赵主任忙抬头点了一下，看到王副局长继续讲话，她接着又低头记录。

　　"我把工作分配一下。这起案件第一步，先围绕现场走访摸排，在群众中查找有关线索；第二步，既然死者身上带有'甄皇'字样，要查清纸条出处，虽然甄皇目前还没人报案，林海大队长依然要安排警力到甄皇去了解情况，详细了解有没有村民失踪；第三步，通过电视广播发布寻人启事，并发出协查通报，尽快寻找尸源，查清死者身份；第四步，重点围绕甄皇及周围卤鸡店铺或公司开展调查，从中找到线索，最后还得在生意纠纷上打开突破口。好吧，你们准备一下，马上投入各自岗位，我现在去找牛局长。"王三宝话一落音，大家再次点头，各个投来表示赞许满意的目光。每当这时也是他满足的时候，侦查民警们宛若他手中弦上之箭，只要等到他一声令下，立刻射向不同的目标。林大队长看到王副局长已经站起来，自己也慌忙站起身，随后是一阵窸窸窣窣的声音。就在王三宝出会议室的当口，他慌忙接听连连催人心急的手机："喂，什么？高速公路上发生一起车祸，一对老年夫妇被撞死……"没完全离开的同志心里"咯噔"一下，悄悄看了他一眼，随即又散去了。

第十节　乡村故事

　　同村的几个小伙伴一起去天沟西的双林新河边割草，其中一个同伴和邻村的大孩子发生了纠纷。看到同伴被欺凌，一名略显单薄却身手利索的高挑男孩出手相助，把对方打倒制伏。但后来对方家长带着哭泣的孩子找上家门，同村孩子因惧怕把事情全部推到他的身上，以至于他被父亲痛揍一顿，对方才肯罢休。村里人有的说他惹是生非，有的说他缺少管教……又一次，他们这帮伙伴到东湾里玩耍，在划船时一名女孩落入水中。望着水面挣扎的女孩，其他孩子都在大呼小叫，却无人动弹。他一头扎进水里，费尽力气把女孩推上小船，自己却在水里消失了踪影……就在一船孩子号啕大哭的当儿，他像鸭子般浮在了远处河边，嘴里喷着水花。他玩调侃式的恶作剧，让赶来的大人和船上孩子全部惊出一身冷汗。随后人们纷纷指责他胆大、逞能、好事，呵斥自家孩子别再和他在一起，他就是陈伟。

　　但陈伟自那次以后，不管在村上还是在班里，玩恶作剧的机会少了，像换了一个人。平时除了帮家人在田里和卤鸡作坊上忙乎外，很少跟那帮孩子出门，学习似乎也用功了许多。上次班上演讲之后，自己也受到了启发，下决心要学好文化，将来无论干啥，要把事情做好。现在风气动荡混杂，但聪明的孩子越是这时候越能把握自己。王三宝已经到城里读书，去了更宽阔的天地。罗鹏和甄峰凭他们个人的抱负肯定将来也会离开甄皇，更不用说美若天仙的甄荣。甄荣是他两年来的心痛，随着年龄的增长、青春的萌动，惊悸和痛楚越来越深。他想见甄荣，又害怕见她，那么泼皮玩恶作剧的男子汉居然怕一个面若桃花的同村弱小女孩，连自己有时内心痛骂自己无能。当然也有他自身的原因，村上的孩子都比自己成绩好，这意味着他们将来比自己有出息。相比之下，只会忙碌农活和打点生意却惹是生非的他显得多么渺小，哪个女孩喜欢渺小的人呢？一段时间他甚至躲着甄荣，有王三宝和罗鹏在的时候，甚至看她一眼的勇气都没有。演讲给了他信心，当他们邀他"挑兵"时，他便想出了馊主意。王三宝走后，和他对抗的人没有了，他如若再好事逞强，别人会讥笑他欺软怕硬，他渐渐老实了很多，变得懂事而乐于助人。

　　人的秉性除了天赋之外，还得益于家庭教育。祖辈和父辈都没太多的文化，顶多是在耕田种植上算一把好手，又意外的在卤菜经营技巧上找到了玄机，从此赢得了生意上的红火和盛名，在文化素质方面不能给他深刻的熏陶。每当爷爷或者父亲说"早饭后搭把手去村西天沟边将那块地的棉桃摘下来"，"晌午后到东湾里把那块豆地草拔一下"……凡此种种，他本想以"下午有课"、"今天作业多"为由找借口，可搪塞的话统统咽了回去。他实在不愿意看到满脸倦怠、筋疲力尽的长辈们因他的拒绝而感到失望，当然他内心实在向往那个风趣、热闹和快乐的课堂，但常常他还是悻然地去了大人们吩咐他干活的地方。在日积月累的磨砺中，他也在不断地成长和成熟，他逐渐懂得了劳动的苦涩和艰辛，甚至他有时觉得没按大人要求干活偷懒一次而又饱食饭肴，有种不劳而获的愧疚。他偶尔也能在收获季节和经营收入上领略片刻喜悦，劳动创造生活和美好，但那只是一闪而过的事。劳动给了他最初的苦涩，给了他最初的快乐，同时也给了他最初的启示。劳动归类于创造，所有的创造来自于精神和爱好，而祖辈父辈又无法逃离土地，只有用双手和农具及手艺在大地上追求着自身的价值，同时也收获着他们一生的精神和快乐。仰望苍天，俯首大地，饱览自然的风调雨顺，尽情吸吮泥土的沁人芬芳，切身体验河流湖湾的纯净和壮美……用心灵和汗水谱写劳动者的人生诗篇。唯有如此，方能切身感受劳动是真实的，劳动的主体是善良的，劳动的品质是美好的。并由此开端，他们这些孩子，除了家庭赋予的苦役似的农活外，才有了色彩斑斓的童年。高粱地里的贪婪沐浴，打麦场上的醉心捉迷藏，河湾里的溪水嬉戏，天沟边、田野里的"挑兵"大战……悠长的生命河流里，童年看似短暂，实则是最重要的时光，在纯净清澈鲜明的入口处，将注入一生的激情和活力；少年是人生帆船的漂流地带，在这里，将给人生注入理想、精神、友情和荣誉，马力殷足的帆船开始驶向远方。中学时代自然异常重要，它是人生航船的又一个助推器，让船桅挂上一面知识和动力的风帆，岁月之舟在生命河流中勇往直前，而这一点则正是他缺憾的。当"先天下之忧而忧，后天下之乐而乐……""曲曲折折的荷塘上面，弥望的是田田的叶子。叶子出水很高，像亭亭的舞女的裙……""我们生活在一个开辟人类历史的光辉时代……不是有无数人在讴歌那光芒四射的朝阳、四季常青的松柏、庄严屹立的山峰、澎湃翻腾的海洋吗？不是有无数人在赞美那明亮的灯火、奔驰的列车、崭新的日历吗……现在我来谈谈大地，谈谈泥土……"朗朗的读书声飞出课堂、飞过山洼、飞越天沟，飞到他劳作的田间，罗鹏和甄峰他们如饥似渴地学习的情形，深深地在他脑海里刻下了羡慕和嫉妒。生命如此神奇，成长中的每一次遭遇，周围人的善恶，智者的指点……都足以改变人生的航向，也正是因为王三宝不经意的一击，他幡然醒悟，希望自己今后不再是个"晒网者"，而是一名执着的捕捞者，恒久收获人生之初的快乐。"我要专心读书。"他心里猛然喷发出一种自强的声音。他又一次走进课堂时，大家投去的是一种惊奇继而羡慕的眼光，一方面因他上次的精彩演讲，另一方面因王三宝对他戏谑般地调侃，不解风情，大打出手，而他竟未来得及还手。一段时间的疏离，同学觉得陈伟有种远走归来的亲切，而他自己有种游子回家的充实和归属感。二十世纪六十年代中后期的孩子教育，除家长生活方式和习惯的引导外，课堂教育也还是常规似的应试教育。两年前开始的那场潮水，冲击的社会各种形态早已分崩离析、濒于垮塌，当然包括意识领域。不安心于课堂的并不是他陈伟自己，也包括追赶风潮的很多学生，串联、上访、批斗和游行等事务占据了他们很多的学习时间。好在他们的班主任兼语文老师季纯在教育方面有自己独到的见解。这有可能与他是知青后代的身份有关。"生活赋予我们一种巨大的和无限高贵的礼品，这就是青春：充满着力量，充满着期待、志愿，充满着求知和斗争的志向，充满着希望、信心和青春。"奥斯特洛夫斯基的话具有深邃的人生哲理和普遍的生活指导意义。他也觉得好儿女就应该志在四方，人生路途没有固定模式，不论环境、条件，只要你为梦想不断付出，就一定能收获成功的果实。这印证了巴斯德的"立志是事业的大门，工作是登堂入室的旅程，这旅程的尽头有个成功在等待着，来庆祝你的努力结果"这句话。季老师是跟随从上海下放至此的父母在乡村长大的，对土地、农村、农民有着深厚的感情，虽然后来上了一所大学中文系，毕业就被分配在了父母身边。父母按照政策回城了，但他坚持要和农村孩子们在一起，留在甄皇。他虽然隐隐感到当下学校并非绝对安宁之所，但不管历朝历代，何年何月，也勿管世风动向，谁人当政，教和学是真善之举，文化是人类永远的财富和瑰宝。人生问题和教育问题是相通的，做人和教人本质上是一致的。人生中最值得追求的东西，也是教育上最应该让学生掌握的东西。生命价值取决于两个中心词：幸福和优秀。一是人之为人的精神禀赋发育良好，成为人性意义上的真正的人；二是最佳精神上的享受也要以优秀为前提。两者取决于人性的健康生长和全面发展，教育的使命正集结于此。无论个人、民族，抑或人类，衡量其脱离动物界程度的标准皆是人性的高度，远非物质财富可定。个人的优秀，归根到底是人性的优秀；民族的伟大，归根到底是人性的伟大；人类的进步，归根到底是人性的进步。他一样深信尼采的话："人性是由无数世代苦心积累的神圣不可侵犯的庙堂珍宝。"守护这一珍宝并增添新的宝藏，是包括教育在内的一切文化事业的终极使命。卢梭说得更绝妙："误用光阴比虚掷光阴损失更大，教育错了的孩子比未受教育的孩子距智慧更远。"教育的本意是唤醒灵魂，如果灵魂缺失，一个人再有学问，地位再高，他依旧等同于未受教育的蒙昧人。这是他对教育和学习的全部理解，也由此沉淀了他对教育的深深热爱。当一场革命风起云涌的时候，他却带领孩子求知论道，琅琅读书。

　　陈伟的变化让季老师很欣慰，他知道生命如歌，学习上进是人生最好的音符，他对自己的选择和工作有了更大的信心。为了丰富学生的知识，开阔其视野，上次他组织同学们围绕理想开展了一次论战，这一次他决定围绕土地再进行一次互动。内容是他老早拟好的，题目是中外历史上直接因土地引发的战争或战役有哪些？土地在人类生存和生活中起到什么作用？题目范围很大，学生们难以找到答案，一段时间没有人起来回答问题。"这样，"季老师说，班上依旧鸦雀无声，"上次大家围绕理想踊跃发言，各抒己见，争论得很激烈，效果也很好。这次除了王三宝同学转学了，其他都到齐了，特别是我们的陈伟同学，他最近的表现让我们感到高兴，不要忘记，学习才是你们的真正任务。今天我出的这个命题，同学们可以随心所欲地谈自己的看法，讲错了无关紧要。"季老师说完，期待大家有所回应。

　　"我觉得因土地引起的战争很多，第一次世界大战表现得更为明显。火药桶是巴尔干半岛，导火索是萨拉热窝事件。有史以来，土地是人类生活的家园，是国家和民族主权的象征。丧失了土地，等于失去了赖以生存的根本。"大家此刻不用看就知道罗鹏在发言。他语气缓和，声音高低适中，思路清晰，条理分明，有论有据。罗鹏停顿了一下接着说：

"比如说，季老师，不管是您，还是我，或者在座的每一位同学，如果国家覆亡，土地不存，那么我们的亲人在哪？家居何方？连流离失所的资格都没有。因为没有了安居之所，只有做亡国奴，寄人篱下；但只要我们脚下有土地，无论家有多远，亲友怎么分离，你在上海，我在甄皇，他在海口……我们有思念，我们会记忆，终究有一天来团聚。土地的本质意义能够看出了吧？""哗！"没等罗鹏话落，惊涛巨浪般的掌声淹没了整个教室。"当然，"他继续说，"土地的实用价值很多很多，生息、种植、建房、养育、采撷和收获……没有土地，不可能孕育忠贞和伟大，就没有一代代仁人志士，凡自然界一切美好的行为都发生在土地上；当然世间的战争、灾祸和一切不幸，甚至死亡也离不开土地，土地一样可成为病疫和罪恶的温床，滋生奸佞和邪恶，关键是人类怎样能够趋利避害。我接着讲一次大战。"他像一个学者，把眼镜扶了扶，环视了一下大家，慢条斯理地说："十九世纪末二十世纪初，在资本主义经济政治发展不平衡规律的作用和影响下，帝国主义国家围绕争夺霸权和殖民地展开了激烈的斗争，欧洲列强之间的矛盾纷繁复杂，但基本矛盾有三大焦点，即法德矛盾、俄奥矛盾和英德矛盾，其中法德矛盾最为尖锐。普法战争中吃尽败仗的法国，失去了原来在中西欧的霸主地位，国内各个阶层一致要求报仇雪恨；德国为了防止法国东山再起，疯狂扩充军备；俄奥都对巴尔干半岛垂涎已久，矛盾已渗入骨髓……最后成为火药桶，一触即燃，爆发战争终不可避免。好了。我的发言完了，谢谢大家！"罗鹏突然打住。

山洪再次暴发，掌声如雷滚动，罗鹏发言结束了，季老师频频点头，同学投去敬佩的目光。

"俗话说：普天之下，莫非王土；率土之滨，莫非王臣。土地是权力的象征，帝王拥有土地，代表着拥有至高无上的权利，拥有荣华富贵；文臣武将在王的土地上，立下显赫功绩，受到封赏；平民百姓在王的土地上，春耕秋收，忙于生计。中国自古有句话：'老婆孩子不让，田头地边不让人。'"讲到这，声音突然停了，大家不自然地转向靠在北墙的甄峰。当然从刚刚后面那句话的语气，大家就知道出自甄峰之口；再者这也有他生活的影子，他家经常因一些田头、地边和宅基地之类的问题与周围邻居发生摩擦，每次都能获胜。

"大家可能觉得我的话不好听，实际上这是事实。在农村，土地有时活生生演绎成尊严、势力和富有的化身。我不多讲，生活中大家都能感受到或遇到。我觉得关于战争和土地的关系，应该是一种依存关系……"甄峰讲完了，并没有马上坐下，他想等待随后而起的掌声，可是教室里依旧是难堪的寂静，甄峰悻悻然落在了座位上。

"我不这样认为，我觉得土地更多地为人类提供的是有益价值，而不仅仅是与狭隘的权力、荣耀、财富、地位等联系在一起，不能片面地理解问题。我觉得这要取决于人的境界和精神走向，主要看在什么时候、什么场合、怎么看问题？比如说，当法英之间为争夺一块面积不大的高地决战滑铁卢的时候，那么土地的价值那一刻仅是充当一处重要的枢纽，具有战略意义；还有新西兰民族发展史上，曾因英国殖民者非法占有土地以及一些毛利部落出售给英国殖民者土地的问题，引发过种族纠纷和战争。这场战争的结果以装备精良的英国殖民地政府的胜利、毛利人丧失大片土地而告终。这种情况下，土地便成为人们生存的根本、生活的家园，为此正义的人们为家园而战斗，便成了保家卫国；类似的还有著名的莫斯科保卫战。话说回来，邻里间的土地纠纷，只属于同胞间的管理权问题，不是归属权问题。处理方式常因双方的素养、人品和襟怀而生出不同结果，历史上就有宰相张英千里传书一说。也只有在那一时刻，土地是一种联络友谊、情感的纽带和象征。"鸦雀无声之后，是排山倒海般的掌声，大家都知道这是总给人惊奇的陈伟在发言。不知什么原因，最近同学们不再因他的淘气顽皮而疏远他，很多同学对他越来越有好感。这种好感来自他的真实和从不掩饰。随大人在田间地头上呆久了，他更有一种质朴实在的品质。恶作剧开过了头，受到王三宝正义式的回击，按他的性格，本可以和三宝对垒，但忽然间他意识到了自己的理亏，于是默默忍受结果。这是当时任何人没有想到的，这种对错分明、不逞一时之勇的品性，在外人看来，确实难能可贵。季老师和同学们都在静静等待着他下面的精彩演讲。

"同学们，我平时干农活之余，也看一点课外书籍，包括历史方面的。在'二战'时期，还有一次著名的战役，叫诺曼底登陆。当时就是盟军和德军双方，谁攻下登陆滩头，谁就掌握了战争的主动权，谁就会赢得整个战争。结果德军在决策上出现了失误，输掉了这场战役。土地只有在这时不仅是征服者的领地，也是定夺命运的大气场。大家都知道在我们家门口进行的淮海战役，相信我们的很多长辈以各种形式加入了这场较量。决战前夕，国民党统治着中原、华东以及南方的大面积土地，企图划江而治，不甘灭亡。共产党英明决策，刘邓大军挺近中原。战争十分惨烈，双方伤亡很大。"突然陈伟声音消失了，大家看见他在抹泪。

"对不起，我提到伤心事了，我们的亲人为战争做出了巨大的牺牲，包括我的二爷爷和姑姑都为此献出了宝贵的生命。"他停顿了一下说："在这时，土地的重要性才凸显出来，为此而进行的战争也才有了实际意义。好了，同学们都是高才生，我讲得啰嗦，让大家见笑了。谢谢大家！"经久不息的掌声响彻校舍，弥漫整个校园。陈伟一扭头看到，教室窗口外趴满了其他班的学生，他一直平静的表情突然变得拘谨，脸色宛若失火一般，他看到了甄荣那张与众不同的俊俏面孔……

放学了，甄峰和陈伟两人都跑出了教室。

"阿荣，你干吗，找我有事？"甄峰问妹妹。

"哥，我找大伟讲件事。"这时陈伟来了。

"大伟，我找你有事。"甄荣忙走到甄峰身后跟陈伟招呼。甄峰转过身一看是陈伟，顿时脸色拉了下来。他想起刚刚课堂上的发言，陈伟有意和自己作对。

"放学了，还不赶快回家，看俺爹不修理你？哼！"甄峰扭脸走开。

甄荣告诉陈伟，爷爷到县上找当年战场上认识的一位领导，想请他帮忙把自己转入县中学读书，那位领导很为难。她说，现在全国都在潮口，县城中学好多都停了课，学生满城都是，城里乡下都一样，但好学者不会因环境而改变，要看看风头，过段时间再说。

"既然都这样了，我看你们季老师还老脑筋，搞什么命题演讲。一些班级都动起来了，今晚就有好多班级到大队和各村游行串联，我怕我哥不让我去，为了有个照应，你陪我去吧？"甄荣盯着一直不说话的陈伟。

陈伟依旧沉默不语，但眼睛紧盯着甄荣。

"我知道那件事你还放心上，实际上不怨你，三宝也是一时冲动，但我可不想发生那样的结果。我知道你人好，没坏心眼，那事就不要放在心上了。嗯？大伟。"她说着用力晃陈伟的一只手臂。大伟看着她，若有所思地把眼光转向别处。

"大伟，别再想了，走吧，陪我。"猛地一拉陈伟。陈伟发现从身边三三两两结伴经过的学生，尤其是个别男生异样的眼光在盯着他们，赶忙就着甄荣的力气走了。

春日的傍晚，寒意料峭。往年这季节，庄户人早早就睡了，可现在这年头，像没有了昼夜，成天叫闹嚷嚷的。晚饭后，甄荣喊上同村几位同学，再叫上陈伟一道出庄去了大队。大队部里里外外闹哄哄的，外面已经排满了队伍。村民游行队伍一律站在前面，学生都站在队伍的后面。也有老师带领的专门学生队伍，队伍里有人举着标语，还有人打着横幅。大队部的屋里面很多人正在忙碌，好像跟工作人员要游行用的东西和口号内容以及了解游行路线范围等。甄荣看到了班主任文老师，加入了自己的班级队伍。陈伟瞅一圈，没有看见季纯老师和班里同学，就站到了甄荣的后面。

突然间，所有队伍都静了下来。队列前面站着几位领导模样的人，一名大队干部说几句开场白后，书记开始讲话，主要是讲这场运动开展得及时、开展得好、大家要紧跟形势和积极响应之类的话。随着开场讲话的那名干部一声口令和一个手势，离他最近的一边队伍逐列开始移动，然后其他队伍依次跟上。大大小小、浩浩荡荡的好像有一二十支队伍，甄荣所在的班级大约位于队伍中间。队伍在黑夜里按照预先规定的路线紧张快速地移动着。每支队伍随着领头的一声口号，其他人也随之高声呼应，声音此起彼伏，一浪高过一浪。每个人不想因声音低而服输，每支队伍也不愿声音不齐而落后。往往这头声音还高亢嘹亮，前面很远的那头声音已余音渺渺，像是被田野淹没了一般。大地因这般豪放的声音也热闹起来，夜鸟惊飞，野兔乍逃。甄荣他们边喊着口号，边紧跟着队伍，生怕因自己的缓慢影响了游行的效果。

在由龙圩村向甄皇村进发过程中，要经过天沟上面一座简易木桥。木桥很窄，由几根树木固定在一起而成，两头插入水面之上的两边的土沿里。大多时间天沟内有水，特别是夏季，雨水充沛，水面有时漫过木桥。但入冬之后，水量渐渐减退，只留有沟底一线水流，旱季时还经常整个沟底都见了天。

今年的旱季时间长，沟里没了水。游行队伍经过木桥速度过慢，后面滞留了很多人。这时有人从旁边的沟底直接翻越了过去。大家都一一效仿，过桥的人越来越少。因沟底较为陡峭，稍不注意容易栽倒。开始没有人发现这个隐患，当有人感到不对头时，已经晚了，很多人已从木桥两边冲向了沟底。只听"哎哟"一声，有人栽倒在沟里，紧接着一个个诧异的叫声涌了上来。陈伟很快感到沟底可能发生了踩踏的异常情况，准备喊叫阻拦时，根本来不及了。那是夜幕下更加黑色的人流，直哗哗地扑向天沟深处。

他已经无法拦住后面的人。忙转脸喊前面正往下冲的甄荣，可甄荣随着人流也到了下面。他听得真切，紧接着是甄荣的一声尖叫。惊慌中带有无奈，奇怪中难以预料。她认为在陈伟面前一般危险应当可以避免，所以突遇异常时又感到不可思议。

"坏了，阿荣栽倒了！"陈伟脑海里迅速闪过这个念头。他想立马冲下去将她拉起来，但随后山峦坍塌一样的人流把他重重地砸了下去……

第十一节　　家庭坍塌

　　甄荣很快康复出院，特别是当王三宝告诉她田野上发现的那对尸体并非她父母时，心情晴朗了很多。但她回甄皇之后才知道父母依旧杳无音讯，心再次落入冰窟，希望很快被恐惧覆盖。这时，她才知没有父母的家庭根本不像个家，一切冷冰冰的，没了生气。兄弟姊妹虽然大了，包括自己也都已是过来人，但离开父母个个就像失了灵魂。父母是儿女生命的精神之塔，只要塔矗立在那，即使孩子不常靠近，心都会牢牢地系在塔上。母亲的话在耳畔不住地回响："生活再难也没有关系，但全家老小要健康平安，活得精神；人有事做就好，我觉得很满足，还得感谢政府，咱庄稼人这辈子有地就够了；即使是务农，也是靠劳动吃饭，有啥不好，为什么非要去争这求那？"现在亲情残缺，父母失踪，他们才知道这话多有道理。她看到一家大小都蜷缩在父母住的宅院和屋里，自己也没了主心骨。前年，支撑门户的爷爷也去世了，他虽然很老，但他总会有些办法，起码他在上面有认识的领导和朋友，能出出主意。不光自己这些年感情生活不顺，给父母添了心思，谁知给整个家庭带来不祥；该死的哥哥，你死了就死了，为何还连累父母……想着想着，忽然又一阵伤心，甄荣眼泪夺眶而出，全家人随即都哭成了一片。

　　这时，村长进了院子，后面跟着两名警察。甄荣忙抹去眼泪，走近村长。

　　"派出所来人了，他们问问一些情况。"村长平静地说。村长五十多岁，显得忠厚，不善言辞，但很精干。平时村上大凡小事，他都跑前跑后，出面关心。从老五爷在世开始，村领导已不知换了多少茬。民国时期村干部叫保长，那时凭点家族势力即可担任，有些属当地门族大户，有"强龙"、"地虎"之习性。抗战时期称土保，个人政治条件要求高，红色背景较深，根红苗正的才能担任，这时的村干部全心为村民和当地百姓服务。解放战争时期叫治保主任，这一时期，村干部由解放区办事机构任命，主要忙于征粮分地，支援解放事业。新中国成立初期的村干部叫生产队长，要求热情高、有能力、觉悟高，愿意为村民服务。紧接着是"大跃进"时期，村干部应当称为治安员，特别要求善于观察风向，思维活络，手腕强硬，紧随上层路线。改革开放以后，村干部的选用虽然掺杂家族色彩，但越来越走向规范化、合理化、人性化，这一时期的农村矛盾和纠纷较多，除了受传统文化习俗影响外，出现了多元化、新型化的趋势。村干部原有的治村策略和工作思路不能适应现代社会快速发展的需要，必须有变通和协调的能力，村干部的能力越来越需要加强。这样随着改革的深入和法治的健全，村干部的选用进入更加标准的时期，众人推荐、上级任命都不能完全满足村民等被服务群体的心理，选举势在必行。现在的村干部一旦担当一村重任，肯定会拥有较高的素质和为民热情。罗村长的到来，甄荣心情宽慰了很多。一名年轻的警察对甄荣说："你叫甄荣吧？我们是派出所的。"他边说边调头看看村长。

"我就是，谢谢你们。"她想他们怎么知道她的名字，不知因为王三宝还是村长，同时忙回头对晓红说："晓红，快去倒茶。"她和村长一行进了父母的老屋。

"我们主要问问你父母出门前可有什么异常情况，当时出门主要是什么目的？"年轻民警说。

"当时……"甄荣欲言又止，似乎有难言之隐。

"你要把当时的详细情况告诉他们，才能分析他们可能去的地方。"村长在一边提醒。

她稍作沉默之后，又抬起头来，看着村长说："我哥哥的情况你们也知道，他不是刚刚出过事吗？市法院通知家人去一趟，取一下哥哥的遗物，我哥的同学罗法官也想叫他们去，顺便和他们说说话，安慰安慰他们。"她突然又沉默了，情绪显得沮丧。

"那后来呢，后来去了哪？"年轻民警和中年发胖的民警一起追问。

"后来就不知道了……嗯……"甄荣哭出了声。

"你不要哭，大妹子，事情已经发生，这不都在找吗？尽量提供细一点。"村长很关心地说。

"我知道，谢谢大家为我父母的事费神。"甄荣声音低低地说，同时用手擦眼角。

"谢倒不需要，这是我们的工作。"中年胖警察说。

"那天下午，他们去了罗法官办公室，他也见到了他们，并在一起讲了一会儿话，就把他们送出了办公室，过后就再也没见到他们。哎，我恨死我哥了。"她声音又一次呜咽，眼泪顺着她那虽然透着白皙却明显刻有岁月印痕的脸庞上流下来，若水珠在白色的帆布上滚动，从眼角的皱纹和浅表皲裂的皮肤细瞅，她的确有了年岁，虽然风韵依稀，青春已经不再。

"村长，"中年民警认真地对村长说，"你多安排村民再下点工夫，我们派出所也会派人和你们联手行动。"然后若有所思地把眼光转向年轻民警说，"下一步我们给局领导汇报后，看看能不能去市法院找一下罗法官。那我们走吧！"年轻民警点点头，然后一起出了院子。

村长回去就进行了细致的安排。他听甄荣说几乎所有的亲戚都找遍了，所以只有在其他方面再下工夫。

村长的确是热心人，关心百姓疾苦，几乎村上所有的力量都被动员起来了，他们一拨一拨来到甄荣父母家。只是这些年甄皇和周围兴起打工热，很多劳力都随劳务输出潮水，涌向沿海和工业发达城市，除了老人和孩子，村里几乎变成了空巢。村里人都来了，但对甄荣父母的事作用甚微。在这些人中，有一个人是能对这件事有所作用的人，他就是甄峰同学陈伟。陈伟现在是陈氏卤艺食品有限公司的董事长，父母已经年迈，他正式子承父业。爷爷前些年去世了，他几乎痛不欲生。爷爷给他的教诲和疼爱远远超过父亲。祖父一生给他的启示就是“劳动创造美好，助人自留余香”。祖父勤勉善良，潜心经营，机智过人，乐善好施。他把手艺毫无保留地传给邻人，让方圆邻里都能靠双手挣钱致富，都过上好日子；他还和村里人发明了“挑兵”这土地上本色实在、趣味简捷的民俗活动，绵延相传，让人乐此不疲。正是爷爷美好的一切濡染着朝夕相随的陈伟，以至于后来的陈伟把整个心思都用在了如何让甄皇人创业致富上，尽力地扩大经营范围，让周边不愿外出的村民们都有事干。他毕业于一所食品工业学校，后来去过很多地方包括国外一些餐饮业发达的城市参观深造，着力打造卤制行业，提升舌尖上的文化。半年前，他决定到甄皇西边的一个地方与当地人联手，再开一个连锁卤制品公司。一切手续张罗就绪后，他让父母去租用地看护，并代表他去签订合同手续，既能打发他们晚年无聊的日子，他自己也能减少同外界来往，蹲在甄皇潜心研究新的卤制品，并拟制长远发展规划。正是在这个节骨眼上，他听说甄荣的父母出事了。他一到甄荣家，不听村长安排，拉着甄荣上了他的黑色轿车。

这几年，皖江发展很快，高速交通四通八达，公路如彩练般飞舞在大地上，鸣唱着经济腾飞的美妙金曲。坐在车上，甄荣一直噘着嘴，她知道陈伟走的这条路线，为找父母亲，亲友和同村乡亲不知盘旋多少遍，这次无非多寻回点安心。

"哎，怎么搞的？像别人少你多少钱似的，你笑一笑，好不好？"陈伟驾驶车子，绷着脸看看她，想逗她开心。时光如流，岁月不候，生命如歌，弹指一挥。转瞬间，他们都是不惑之年的人了，虽然少了当年青春时代的憧憬和激情，但触及过往的岁月，宛如平静的心海落进石块，依旧潮水起伏。那时的他们相聚甄皇、论道课堂、构筑未来、放飞梦想，然后像一群小鸟，飞栖梦中的每一块家园故地……人生可有对错？标准答案在哪？这是每个人一生迷惘的问题。如果人生可以重来，他们是否还会落户乡村，重走那段追梦之路；如果人生重新盘点，他们愿否追求眼前的生活状态？几个童年的玩伴劳燕分飞，天各一方，到底哪种生活结果最好，甄峰、罗鹏、王三宝，抑或自己，很难得出结论，人生本来或许就是没有模式的。有人打过比喻：一个人在路上跑步，享受健康和闲适，感到轻松快乐。可是当你确定以同样的速度，为办一件事情，朝着一个确定的目标奔跑时，轻松的心情就会消失。由此看来，快乐就是无目的性，人生是否如此？哲人说：失去童年还有记忆，失去青春还有岁月，失去岁月还有历史。时光容易被记忆濡湿，但不管往日的岁月与青春、任性和狂放怎样特别和多彩……然而最终落入眼前的还是现实生活，总要好好活下去的……车子猛然刹住，陈伟的思绪被打断，甄荣惊叫了一声。原来公路上设置了拦截障碍，前面一百多米的地方围了很多人。

陈伟打开车窗，问执勤的交警道："喂，同志，前面发生了什么事，围了这么多人？"

"前面出了一起交通事故，一对骑三轮车的老年夫妇被撞死了，出门做生意的，真惨，事故大队的同志正在勘查现场。"执勤交警露出惋惜的神情。

"噢，什么车撞的，为什么不送去抢救？"陈伟有些诧异。

"来不及了，人早都不行了，头部伤得厉害。"执勤交警说。

"死者姓什么，哪里人？"甄荣忽然下车，走到交警跟前问。

"我还不知道，我只负责道路管制，控制车辆不要靠近现场。"执勤交警平静地说。

"陈伟，你在这看着，我到前面看看，马上就回来。"甄荣头也不回地向前面跑去。

还没到跟前，甄荣就看到了王三宝。他是分管案件和事故的副局长。死伤两人以上的事故，他都要亲自到现场。

"王局长，你也来了。"甄荣和王三宝打招呼。

"咦，你怎么来的？"王三宝声音低低的，好像知道她来似的，然后继续忙自己的事。

"王局长，我想和你说件事，你过来一下！"到处站了好多警察，她不敢靠近，只远远地向王三宝招手。

王三宝过来了。"我想到跟前看看。"她小心翼翼地说，但脸上带着惊恐。

"太惨了，看了你会害怕的，回去吧，马上死者家人就来了，我还得安排处理。"他的话和眼神让她吃了定心丸，罹难者不是她的父母。她的心顿时落地，她没敢把陈伟送她来寻找父母的事告诉王三宝，如果他知道，或许会是另一种结果。她暗自庆幸不是自己父母，她和陈伟还得往前行驶，只是还没有消息。

车子继续前行，陈伟突然变得沉默。他觉得今天奇怪，公路上的事故像是安排好的，王三宝和甄荣也像事先有约。怎么这么巧，此时此地发生事故，又是一对老人？随着翻滚的思绪，不由地加快了脚下的油门，车子箭一般飞在公路上。

"你疯了，刚刚还好好的，嘴里滔滔不绝，现在又犯了病。"甄荣惊异于陈伟前后的态度。

"这年头真是知人知面不知心呐！"陈伟扶着方向盘，摇头晃脑，话里阴阳怪气。

"你说啥呢？我听不懂。好好开你的车吧！"甄荣索性把头转向车窗外。

"放心吧，甄大小姐，你的命在我心中永远高过一切，只是有人没把鄙人当回事吧？悲哀哪！"陈伟牢骚满腹。

车速减了下来，甄荣看到前面又有两辆车碰在了一起，双方好似在交涉，同时听到警笛声由远及近。陈伟动下方向盘从旁边绕了过去。甄荣琢磨着一次旅程大小事故竟有那么多起。行路乃如人生，途中充满坎坷艰险，稍不留心，就陷入危难境地。人生如若没有天灾人祸和重大挫折，婚姻圆满，事业顺心，家庭和睦，个个成为幸运儿该多好。多数时候，人都生活在浮躁不宁的虚表世界里，很难回头想想自己，更难想清楚生活的意义。但当灾祸突来时，才感到自己的生活和行为如此不当，远远地背离了世俗轨道，再想矫正，为之已晚。自己这些年虽然遭遇种种不顺，起码还有个限度，自酿的苦酒自己吞咽，只是哥哥一味玩火，实在太过，如细绳秋千，负荷超标，只有崩断。只可惜连累无辜的父母和家庭，弄得现在整个家庭散了架，每个小家也不像家，个个丢了魂……甄荣想着，脸上泪珠突然断了线。

"我也没说什么，你怎么来真的了？"陈伟负疚似的慌了神，以为说话得罪了甄荣。

"与你没关系，我想到别的事了，安心开你的车，我没事了。"甄荣说着擦了下眼泪。

"英雄最忌美人泪，你一哭我就没辙了。"陈伟嬉笑着，一只手去摸甄荣的手。

"正经一点，多大的人了。"甄荣并没把手拿开，让陈伟用力捏揉。一阵音乐飘荡，陈伟的手机响了。

陈伟接听电话后，立即变了神态。任甄荣追问有什么事，就是不再言语。好像前面路上有人丢下财宝，车子再次飘飞起来。

一段时间沉默后，陈伟嘴里突然冒出一句话："派出所找我会有什么事呢？"他脸上显出一丝不安的神色。

第十二节　走出故土

甄荣和陈伟几乎同时被送到了公社医院。由于踩踏事故有两人死亡，另有二十多名人员受伤，县里还专门派来了医护人员到下面指导抢救和治疗工作。上级对这次游行也很快有了定性："运动热情很高，组织不够严密，吸取其中教训，避免再度发生。"一段时间之后，这件事在大多数人心中渐渐淡化，唯有给甄荣和陈伟两家留下了阴影。陈伟伤势较轻，几天就恢复了。但甄荣头部损伤严重，整整昏迷了一个星期。在甄荣昏迷的时候，陈伟一家和甄荣一家就在医院里打起了仗。老五爷骂陈伟德行差，老想他家甄荣好事；陈伟爷爷为孙子辩解阿伟不是那种人，大生就老实厚道，加上自己的调教，是一个善良助人的乖孩子。甄峰在医院对还在养病的陈伟大打出手，把陈伟的鼻子打出了血，陈伟争辩是甄荣让他跟去参加游行的，却对甄峰的张狂一再忍让；看到孙子儿子受到委屈，陈伟的爷爷和父亲去和甄峰争吵和厮打，两家亲人也赶来助战，把公社医院围得水泄不通，最后公社派民兵才把事情暂时平息。几天后，甄荣醒来，大家知道原委后，双方不再为此争吵积怨。但在甄家内部再起波澜，老五爷自责当时没狠心将阿荣送走，人家三宝上面有人，人一走，就不再掺和乡间的是非恩怨，归根到底都是自己的不对。说着说着，眼泪就下来了，胡子上挂满了泪珠。大家都上去劝他，他胡子一闪说："明天我还去县上，豁出老命，也得让孩子离开这鬼地方。"说完眼一睁，像有了主意，便抽出烟枪往胡子丛里一插，吧嗒吧嗒抽起

68

烟来。

翌日晨，老五爷起了个大早，他想赶早班车去城里找当年在战场上认识的一位领导，求他想法子把有点字墨灵气却让人劳神的孙子孙女弄到外面读书或者找个什么事干干。

他出现在县城时，城里大街小巷墙壁和建筑物上糊满了标语，地面上除了报纸、各色字报，就是各种垃圾，狼藉一片。空气中还飞扬着细碎的纸屑和烟尘，弥漫着爆竹和污浊的气息。很明显昨夜这里经过一场翻天覆地的运动。老五爷经过一番周折，在柳源县革委会主任办公室看到这位当年支前首长时，太阳已经爬上西南上空。首长看上去很疲惫，他后来才知道昨夜他和一些县委大院的领导一样也受到了冲击。他先被贴大字报，然后在办公室里被人揪出去，在全城游行，最后在政府西侧一广场批斗时，武斗司令接到通知说：群众举报的潘主任的问题有出入，等待核实清楚后，再行处置。潘主任在此情形下逃过一劫。救人一命胜造七级浮屠，再后来知道，关键时刻潘主任的秘书找到潘主任当年淮海战役时的首长，他让他的秘书给下面有关部门打了电话。

见到老五爷，憔悴的潘主任顿时眼睛里闪现出神采，内心涌起一种温暖和感动，他想这时候看到朋友实在不易。从另一个角度他觉得世风俗云漫天飞过，唯有感情是人类生活和灵魂的唯一支撑，更显弥足珍贵。中午在潘主任的单人住处，两人把酒问情，轻松快意。回想那场惊天动地、惊世骇俗的战役，回想到他们共同的领导，一位三野的后勤司令兼政治委员刘将军，潘主任当时是刘将军的机要秘书，后来被派往甄皇负责周围几十里路的支前工作，直接领导甄五魁和其父亲所在的支前分队；那位将军和另一位首长视察战场时都表扬过这个老五爷是个"小小支前模范"。美事过往，英雄当年，人想起骄傲的时刻，都会兴奋狂肆，感慨万千，人生有那么一回足矣！那是堪称中外战争史上的经典，刘邓陈粟谭指挥华野精锐联手中野雄狮，对抗国民党的虎狼之师，60万对 80 万，歼敌数量之多，政治影响之大、战争样式之复杂，让人惊心动魄。其艰苦不亚于莫斯科保卫战，惨烈不亚于滑铁卢战役，意义不亚于诺曼底登陆。大战奠定了渡江作战的基础，也成就了一个崭新政权的崛起，同时挖掘了一个腐朽政府的坟墓。

当聊起这场战役是一场人民战争，也是人民的胜利，是三大战役中解放军牺牲最大时，两人情绪顷刻低沉下来。除了解放军外，好多支前群众也倒在了那块土地上，光甄皇村就有 60 余人献出了宝贵的生命。老五爷的眼泪像溪水一样流淌着，浓密的胡须像溪边的青草，阻隔着泪水的滑动，聚在胡须上形成漩涡。他想到了他的父亲和村里那些淳朴的农民，一个个还没享受胜利就在支前战场上倒下的善良农民。

"老五爷，别难过，我知道，你想你的父亲了，他和那些英烈们确实值得我们永远怀念。庆幸的是你的父亲和大多数战场上倒下的同志，都有了合理的说法和归宿，党和政府还惦记着他们及他们的亲属和后人。"潘主任表情很沉重。

"嗯！"老五爷点头，但泪流没有停住。

"再说了，据我所知在徐州和碾庄都建立了淮海战役烈士纪念塔与纪念馆，共和国和人民永远记住并怀念他们。"酒开始起了作用，潘主任脸开始红了，再次端起一杯酒猛地喝了下去，说出的话虽有点酒意，但一听就有官味。

"对了，人活个名分，咱们算没白活，咱家也为国家做过贡献哩！"老五爷孩子似的笑了，眼睛眯成了一条线，胡子轻轻地跳着舞。看出来老五爷没有一点酒意，他烈酒喝多了，这种酒对他像水一般，实在没感觉，自在得很。农村人实在，心口无遮，轻松无忌，酒消得也快。

潘主任悟到了老五爷活得踏实，欣慰地笑了。

"再说了，这也是我们家的自豪和骄傲。"他捋了下胡子继续说。

"我天天在我的儿孙面前，就用这个敲打他们，你讲的两个馆我带他们去看过，教育他们知道脚下的土地和生活来之不易，不管困难时期也好，大干时期也好，眼下动荡时期也好，都要好好珍惜，好好学习，多学知识，将来能为社会做点事，不然对不起列祖列宗。"老五爷讲起家庭就来精神。孙子学习成绩不赖，孙女长得很俊，谈起来如数家珍。

"你上次给我说过你的孙子孙女很优秀，只是眼下……"潘主任忽然情绪跌落，变得沉默。

"俺就想请你抽空给有关人打个招呼，让他们来城里换个安静地方读书，实在不行找个事情做，不要跟着那一帮人跑，到头来没有什么好果子吃。"老五爷诚恳地说。

"这样吧，"潘主任有些踌躇地说，"我瞅个机会问问情况，看现在哪些地方还没受影响，可能的话，叫他们过来读书，实在不行先找个事情做一下，你回去等我消息。来，咱们再干一杯，事情是干不完的，还是你这样生活舒坦，将来我退休了，也到你那找块清闲地方，搭间小房子，天天和你谈心喝酒行不？"潘主任又举杯一饮而下。

"好勒！那我们家乡可迎来天神喽！他们中间藏那么大一个官，百姓成天不小心谨慎的，拿劲死了！"老五爷高兴地差点蹦起来。

"傻官，就一个想做点事的服务者，等将来服务的资格没有了，我就跟你当聊客吧，说不定我还能善终呢！"讲这话时潘主任声音里带点凄楚的感觉。老五爷觉得当官也是有苦衷的。

"好吧！我就在……"有人敲门，门开了进来一个年轻人。

"刘秘书，什么事？"潘主任急切问他。

"苏书记被一群人强行带走了，说是到西苑广场批斗。马主任让我给你汇报，看可能拦下来？"刘秘书显得慌张。

"好，我马上就去！"说着，看看老五爷。

"潘主任，我回去了，你还有事，我在家等你退休赋闲时相聚，你可要来啊？"说着，老五爷站起身退到了门跟前，转身就要出门，潘主任只顾讲话，看到老五爷要走，忙说："五爷，你先回去，我都知道了，随时去人跟你联系，没事来看我，我不送了？"他急着准备也要出门。

转眼工夫，老五爷走街串巷，没入县城川流不息的人群……

甄峰通过"挑兵背人"和"游行致伤"两件事对陈伟越来越有成见，他认为陈伟的道德品质存在问题。第一次因为事先约定，他没有动火，甚至甘愿吃个哑巴亏，谁知王三宝没有放过陈伟，暗暗帮他解了气。第二次陈伟跟甄荣去游行，竟让甄荣受重伤，实在让他无法再忍，结果在公社医院对陈伟发难。他觉得陈伟一家都是务农经商的命，小农和商贩习性太重，骨子眼里对其藏有一种轻视。自己祖上曾经也是书香门第，战争和道义让他们倒在了故乡的土地上。爷爷的质朴和名望为甄家赢得了一席之地。父亲虽然老实，但为人厚道仗义。每次因土地和房屋地基等和邻人发生争执，他和爷爷老五魁总是丝毫不让，寸利必争，而他的父亲却极力阻拦，宽宏谦和，算得上村民中的君子。他甄峰也是个佼佼者，跟生意人不能同日而语。和陈伟共读、论道、玩耍和相处的任何场合，他都觉得是一种委屈，陈伟实在不配跟他交往。他知道陈伟喜欢甄荣，但他却反对，妹妹算不上国色天香，也堪称容貌姣好，他不想好端端地将一朵鲜花就此荒废。除此之外，罗鹏和王三宝任何人和甄荣来往，他都能允许。在他眼里，他们虽没有自己目标远大，但也会走出甄皇，必有出息。所以，在同学或者童年的玩伴中，他潜意识里与陈伟形成了隔隙。他并不关心他们每个人对甄荣的感情尺度，男女之间无非那些事儿。随着青春的萌动和经历的增长，他觉得恋爱、结婚、成家和生育等和生老病死一样，都是人类生活中的一个个阶段和必经程序，村里那些凡夫俗子们无不如此，大同小异。农村人很愚昧，苍蝇似的死去，蚂蚁似的活着。他逐渐在感情上特别放开。他本来对甄荣的同学陈岚岚有好感。陈岚岚白净丰满，对他又好，可以说对他无所不从，替他抄作业、割草、拾柴、抱衣服；家中好吃的东西，总是偷出来让他先尝，她的一举一动都能挑起他身体里的欲望神经。

在一次村南开阔地上"挑兵"时，甄峰脚扭了一下，在地那头休息，大家都散去回家了，唯有陈岚岚还在抱着甄峰的衣服傻傻地等在这一头的一家柴垛旁。甄峰走回陈岚岚身边，陈岚岚把衣服递给他说："穿上吧，别着凉。"远方太阳下山了，大地罩上了暮色，黑暗和静谧开始袭近每一个村庄。陈岚岚的眸子更加明亮动人。甄峰在接衣服的同时，眼睛盯着姑娘的胸脯，她白色的衬衫下时隐时现着两处深色峰尖，定神后才知他眼前竖着两座遮挡他视线的大山，那山仿佛会跳跃，一起一伏的。甄峰的血液加快了，突然他有一种冲动，一种欲望，一种狂野。他想这女孩或许今生注定就是他的女人，他也的确已成为男人。陈岚岚将衣服送入他手里的刹那，他连衣带人整个把陈岚岚揽入怀中，继而疯狂拥抱和亲热。他扔下自己手中衣服，再去撕扯陈岚岚的衣服。他感到了陈岚岚滚烫的脸，也听到了她的呻吟。他的手指开始攀越她胸前的山峰，用力吸吮甚至撕咬；一只手继而从陈岚岚的裤子里进入，迅速探测扫荡她的下身。在他游动的手下，不过是他征服的领地，他不仅要占领，也要精神上统治，于是疯狂地享受着胜利者的果实。他的手张狂而轻慢，用力捏揉的仿佛是陈岚岚身上的多余附着物；他的嘴肆虐而不恭，满口咬扯的宛若陈岚岚肉身之外的点缀和装饰品，毫无爱惜，完全是一种把玩和品尝者的心态，渐渐对陈岚岚的疼痛甚至惊叫置若罔闻。黑暗中，陈岚岚依稀看到了甄峰此刻的嘴形和脸色。当她感到甄峰的动作有些戏谑和反常的时候，头脑异常清醒，猛然推拒甄峰。"你怎么这样不顾及别人死活，疼死我了，你知不知道？"陈岚岚满肚子怨气。

"都在兴头上，忍着点吗？兴头有火哩！"甄峰是一副调侃的语气。

"再说了，我们年龄还小，现在不是时候，长大了再说。"陈岚岚整理着衣服，话语中对甄峰充满希望。

甄峰静止下来，瞬间熄灭了血液里的欲火。"那就以后再说吧！"

73

但心里却说：长大了，将来长大了我还会要你？

眼前大地一片黑暗和沉寂。陈岚岚觉得上帝一般都把神秘和神圣的事情安排在沉默和静谧中，但今晚发生的事却让陈岚岚有一种被戏弄的滋味。

"走吧，不要再磨蹭了！"甄峰催促陈岚岚。

陈岚岚没有说话，眼泪顺着眼角默默地流了下来⋯⋯

那次以后，甄峰对陈岚岚突然改变了观点。他认为，陈岚岚不过普通农家妮子，父亲跟着陈伟爸屁股后面，东跑西颠地挣点辛苦钱，还被撵得东躲西藏，政策一紧说不定哪天进去了呢？有什么了不起，还跟自己玩矜持，瞎清高。再说了，她那身材那么矮，屁股还大，将来无非找一个庄稼汉子，对她好是她修来的福气。从此再见到陈岚岚，完全另一副面孔，后来他又想靠近甄荣的同班同学罗佳丽。罗佳丽在甄荣的促动下，很快跟他哥哥甄峰走得很近。罗佳丽长得不如陈岚岚俊秀，但个头高挑，身材亭亭玉立。父亲在村里开诊所，人气很广，母亲是一名代课教师，村里很多孩子都是她的学生。甄家在此地是大户，老五爷人又仗义，又有威望，罗佳丽父母对甄家印象很好，加上甄荣和罗佳丽是同班同学，孩子走得较近，两家关系不错。罗佳丽在班上成绩优秀，是很清高的那种，除了跟同村的甄荣、陈岚岚等几位要好的同学来往，平素不太接触其他同学。虽然她和甄荣、同学共读，但对文化和未来的理解上差异很大，她认为人要有自己的生活目标和理想，凡事有自己的主张。不能人云亦云，人乱亦乱。比如，她不同意甄荣去参加游行等对她们没有任何意义的事情。但在孩提时代的兴趣上，她们却有着共同的快乐。正是和甄荣接触的过程中，她对甄荣的哥哥十分敬佩。甄峰不仅成绩好，而且好读博学，知识面很宽，课堂辩论起来引古论今，头头是道。有时他和她们偶尔也在一起交流探讨，仅限于此。罗佳丽是名自重自爱的女孩，家教也非常严厉。甄峰对罗佳丽确实有儿女思慕之情。

　　这时，陈岚岚表现极其主动，甄峰看似对陈岚岚非常热心，但心里却喜欢罗佳丽。罗佳丽总表现出一种漫不经心的样子，甄峰只有和陈岚岚走得更加近乎。可这次柴垛旁边甄峰想对陈岚岚动粗被拒绝以后，甄峰心里对陈岚岚产生了疏离甚至厌恶，自尊心驱使，他从感情上转向罗佳丽。一是他自己主动靠近，找机会交流探讨，帮罗佳丽做事，买些纸笔用品；二是他需要甄荣从侧面推动帮衬，给他们创造机会，时间一长，双方真成了恋人，年龄已不算大，毕竟都有了那种懵懂的感觉。有一点也凸显出来，陈岚岚和他们距离越来越远。她想到在宝贵的中学时代、情窦初开的年龄，绽放的并不都是纯洁幸福，还有苦涩、屈辱，甚至伤痛，陈岚岚一天天消瘦下去。

　　后来运动兴起，学风滑落，反而让甄峰和罗佳丽的关系更加亲近起来。在他迷惘的时候，从另一方面又找到一个快乐生活的支点。但他始终坚信"天生我才必有用"，自己一定会有出头之日。

　　在老五爷去县城回来之后不久的一天，甄峰、甄荣和罗佳丽正在村头一棵大树下讲话，忽然一辆黄色吉普车驶进，在甄峰家门前停了下来。不大一会儿，老五爷喊甄峰他们回家。

　　甄家家里来了两位陌生人，后来才知道是县革委会潘主任的秘书和司机。两人走后，老五爷正式告诉甄峰和甄荣，两人立马做好准备，甄峰去市里一所中学读书，甄荣到县城百货公司上班。一方面两人开始走出这块让人揪心的土地，另一方面这儿毕竟是他们和祖祖辈辈曾经生活的地方，有他们魂牵梦绕的人生图景和故事。故土难离，只有出门的人方知故乡家园的刻骨铭心和无法割弃。甄峰记得王三宝早已离开此地，奔向新的天地，外面或许真有珍宝让人追逐。俗话说：好儿女志在四方。要想做大事，必须有更广阔的空间和平台。他早已积攒着雄心，特别是王三宝走后，心里总痒痒酥酥的，很想出去闯一闯。甄荣本身是方圆出名的美女，宛若一片蔚蓝的天空和土地，是一处温暖馨香的家园，在这家园里，因为她自己而会拥有生命、花草、河流和炊烟。男人永远是放逐的风筝，穿越风雨，飘摇不定地向着天空奋飞，但最后终究坠落地面，回归家园。她没有大的理想和抱负，她只想将来找一个好的家庭嫁人，生活上没有后顾之忧就行了。然而，眼下她的一切只有听命于家人的安排，日常她最缺少主心骨。但也不完全是，孩提时的玩伴中，她青梅竹马的朋友不多，异性伙伴更是寥寥无几。青春过往不可能不在她心中留下情愫和记忆，但她依然迷茫。心情指数最高而且曾经私密接触的王三宝突然之间在她眼前消失，纵然走前信誓旦旦，但到底人在哪里，她在内心千万次地发问。人是情境动物，离别既拉大空间，也拉远情感，距离在时空中慢慢走向无穷，直至遥不可及。正如有人说相恋不如思念，可一旦恋情成为永久失望，怀念成为无期泡影，最后一切都化为失落和空寂。罗鹏对她也有那份感觉，但他那不冷不热的态度让人琢磨不透他的心事。优秀者清高属正常心理，但一味自命不凡则变成了精神狂人，那只有到一边孤芳自赏去吧！相对于直接稳妥的王三宝，陈伟更加质朴实在，顽皮中不乏热烈，让人觉得更加真实。她一个活生生的女子，就要活在现实状态中，她需要陈伟的调剂和伴随。眼下她需要把这件事告诉陈伟。

甄荣约陈伟在村南田野边的一处大柴垛前见面，这个柴垛里曾发生过少男少女的故事，前不久甄峰和陈岚岚在此不欢而散。当然他们全然不知，他们所知的只是今天要把自己的心思在此向对方敞开。

在乡村，太阳一落山，大地就沉寂，万物就会罩上一层神秘的面纱，世间的故事大都这时候发生。甄荣先于陈伟来到这儿，黑咕隆咚的，她有些害怕。"陈伟这个死鬼，到现在还不来。"她心里骂了一句。那次游行受伤，家人一起责怪陈伟，她感到内心愧疚。若不是自己好热闹，压根儿不会发生此事；要不是她喊陈伟，他也不会受到牵连和冤枉。但事情发生了，陈伟从不辩解，默默忍着，直到她醒来才解围。由此她感到陈伟是个大度的人，心里能装事。特别是陈伟因为她而受委屈，让她感动万分。陈伟确实可靠，这让她跟陈伟的距离拉近了一截。她正想着，突然有人从后面蒙甄荣的眼睛。甄荣用力掰那双手，手掰开了，转过身看是陈伟，假装生气地责怪道："你不把人家当回事，让人等这么久，这么黑的天，你也不怕什么把人家吃了。"说着，捶打陈伟胸脯。陈伟抓住甄荣的手就势将她拥入怀里。

"这么漂亮的人，谁敢碰你，都以为仙女下凡来。恶鬼也是怕玉皇大帝的，怕遭天谴。"陈伟用力抱着甄荣，仿佛真有什么危险伤害她，"这样安全了吧，以后我天天保护你！"

听到这句话后，甄荣将脸紧紧贴在陈伟的胸脯上，仿佛一松开就会飞走一样。身后除了稀少的犬吠声、锅碗撞击声和乡间笑语声，农村倍显宁静。这些天籁般的农家伴奏，奏出了大地上的安详和静谧、玄妙和神奇。真正的生灵在大地上孕育，真正的生活从大地上开始，真正的诗歌在大地上抒写，真正的音乐在大地上弹奏，真正的魂魄在大地上埋葬……有了土地，才有了灵魂的不舍。"我要走了，你还惦记我吗？"陈伟摸到了她滚烫的泪水，甄荣话语哽咽，哭了。

"什么，你要走了，到哪去？"陈伟很吃惊。

"我去城里上班，不念书了。"甄荣语气里带有惋惜。

"我不让你走，你走我怎么办呢？"陈伟也哭起来，哭得比甄荣还凶。

"你有你们家的生意和事业，可我爷爷不让我们成天待在家门口，围着几亩地转，他想让我们有出息。"甄荣停止哭泣，平静地说。

"谁说在家门口就没出息，我不信这个邪，我将来让他们看看，是家里好，还是外面出息？"陈伟赌气说。

"嘎"的一声，一只大鸟哀声怨气地从身后的天空飞过，迅疾消失在悠远的天际。入秋之后，候鸟大批地迁徙南方，按说除了居民喂养的鸽子，一般是没有这样的鸟了。鸟类大多生活在林木、水草等植物茂密和庄稼生长的地方，是以大地为栖息之本的。可也有天性自在、狂野放纵的大鸟急欲追求精彩生活，一心向往城市，常因不能如愿而发出了绝望的哀鸣。

"你打算在这里生活一辈子吗？如果我将来在城市工作，你愿意过去吗，阿伟？"陈伟觉察到了甄荣的缠绵不舍，她的手臂箍得他发痛。

"我知道很多人都想离开这地方，你一个女孩为什么非要到城市去呢？在家乡我们一样可以大干，可以有事业，可以做我们想做的事，一样生活得很开心。"陈伟的声音充满了伤感。

"百善孝为先，儿女不听大人的话，会遭人指责。人活着，很大部分活在常规伦理中，活在模式化的俗世轨道里。"甄荣抬头看着陈伟，等待他的答复。

陈伟内心对甄荣的将要离去存在酸楚，但他感到甄荣对他依依不舍，失落感很快被喜悦浪涛般覆盖。热浪从甄荣的鼻息、口腔、胸脯乃至全身喷发出来，让陈伟心里闷热眩晕，越来越喘不过气。

"阿荣，我真的喜欢你，到了无法表达的地步。可我从不敢讲出来，我自卑、我压抑、我憋屈，有罗鹏跟王三宝在，我只有藏着掖着，一直到现在。我等到这一天有机会和你在一起了，你又要走了，我觉得一切都空了，我没有希望了。你知道，内心空落的人，外在不管多强大，多富有，多体面，只能是徒有虚表，毫无意义。但一旦你在，我的面前将是一个真实美好的世界。"陈伟的眼泪滑落到甄荣的额头脸上……甄荣腾出手去擦拭抚干。

身后的微弱灯光渐渐隐去，村庄很快安静下来。

"阿荣，你看甄皇村多么美丽，湖湾濒临，河水环绕，堤坝交错，田畦绵延。每逢初夏，东湾水面上风帆片片，一艘艘轮船在白浪和烟雾中呜呜呜叫着驶向远方。岸边摇曳的垂柳和芦苇、满地绽放的蒲公英宛如随风起舞的姑娘，迎送着一批批出河布网的渔工和外出回归的村民。每入深秋，再走进冬季，这儿会变得沉寂、冷清，甚至肃杀凄凉，但却是另一番成熟的景致和凝重的面孔。屋前院外，三三两两沐浴着阳光的大人们悠闲地拉着家常或玩着纸牌，成群结队的孩子在嬉戏或踢毽子，特别有趣的是他们这帮初出茅庐青春年少的孩子，都集中在村周围天沟旁、村南空地或者东湾狂野里进行着火热的'挑兵'逐鹿，引来大群的村民观看和助威，好不轻松惬意。"陈伟讲的连甄荣都醉了，只想倚靠在陈伟的怀里睡去。

"你说，我讲的对吗，我们的村庄难道不是这样？"陈伟摩挲着甄荣的头发问。

"就是这样，我们的家就像画里的村庄。这是你一篇散文里的一段话，老师还在我们班读过呢！散文的题目叫《我的家乡在甄皇》"甄荣猛地睁大眼睛。

"啊，你太厉害了，记性那么好。我心想你是个傻瓜呢！"

"你才是傻瓜！"甄荣捶了陈伟一下继续说，"我也知道家乡好，我可是身不由己哟！哪像你自由自在？"

"噢，你在家命运怪悲惨，当年我看你不是挺个性吗？你记得吗？有一次，我们都在南场上捉迷藏。你爷爷去找你回家，你硬是不肯。你爷爷胡子都气直了，一甩手走了，你若无其事地继续疯玩。结果你藏在大山一样的庄稼堆里，时间一久，伙伴找不到，也疯累了，你在里面睡着了，醒来时已被看场的保管员抱回家中床上。现在看，那种时光不会再有了。"平时大人都说陈伟顽皮粗心，甄荣没想到陈伟讲起往事，记忆犹新。

"你讲得太对了，孩提时真有意思，快乐的时光永远回不来了，人要不长大多好啊！"甄荣再次凄楚满怀。

大地更加沉寂，夜色更加黑暗，凉意更加深厚，这对少男少女紧紧拥在一起。

"'好儿女志在四方'是古人给那些远离故土家园、所谓志向远大、追求梦想者的一种合理说辞。实际上看起来也是一种片面之言。我认为只要自己心系百姓，不论志向大小，都能做点对人、对社会、对国家有益的事情，家国情怀固然要有，但不一定非要做出多么惊天动地的伟业才算成功。阿荣，你真的要离开这里吗？我真舍不得你！"陈伟突然跪了下来，鼻子发出窸窸窣窣的声音，他在抽泣。

甄荣蹲下来抱着他，说："人一旦有缘，就是远隔天涯也会互相思念的。我走了，会经常回来看你。起来，不要难过。不然，我也想哭。"陈伟扶着甄荣，两人都站了起来，互相注视着对方的脸庞，两人都泪水涟涟。奇怪的想法同时袭入他们的心里，漆黑的夜突然明亮起来，并伴随着纷乱的嘈杂声，光亮和声音好像来自身后，转身的刹那，"啊"的一声尖叫同时脱口而出，冲天的火光照亮了甄皇的上空，那位置好像甄荣家厢房所在的地方……

第十三节　　灵魂深处

　　陈伟接到派出所的电话，立马转回，他和甄荣依旧无功而返。从珠蚌市到甄皇方向的各种交通路线，包括铁路、高速公路、乡村公路、水路以及辅助便道，甚至田间小路，都被甄荣、甄亮和甄强等家人，连同派出所及村长安排的人员摸得清清楚楚；甄皇周围方圆百公里地域内的浍河和汜河等水路偶尔只有货船往来穿梭，高铁最近的车站距甄皇也有数十公里，老人不会做得不偿失的事情。再说罗鹏是看着他们走向一辆通往甄皇方向公交车的，这辆车朝前五公里就会上那条高速公路。后来询问当天司机得知，老人到车跟前踌躇了片刻，又朝来的方向看了一会儿，最后示意让车子走了，他们不愿坐车。由此推断，他们可能还有未了的事情要办，当时没走。但事后他们去了哪里？各种乘车信息没有查出他们的踪迹，百公里的路难道老人会步行？这倒让人百思不解。日子一天天过去，老人危险指数逐渐增加，这像刀子一样剜着甄荣的心，她成天以泪洗面。

　　陈伟在派出所里接受着民警的调查。田野里那起案件，经过王三宝他们紧锣密鼓的侦查，没有发现尸源线索。案发后，王三宝亲自率两组民警去了纸条上反映的地点宝洲市，但没有找到合同上所标注的准确地址。纵然纸条上的另一方签名人和具体单位字迹模糊受损，毕竟还显示着"甄皇"字样，他们不敢马虎。甄皇村一百多户人家里在不远的符林镇从事卤制业的家庭很多，外出经营或者与周边联营的户数也不少。负责到甄皇开展工作的同志排查后确认，一切如常，没有人提供老人失踪的信息。

侦查人员一筹莫展的时候，村民议论，陈伟家最近在一个地方和一家经济实力雄厚的公司准备签订协议，合开一个什么食品公司，专搞批发项目，但陈伟一直在家，没听说出什么事。上次找到陈伟，陈伟说，宝洲的公司已经运转，前段时间父亲还打电话来说了该公司的生意情况。但民警重返宝洲，核查这家公司地址时，感到了其中的蹊跷，公司除了外面挂着一个做工精细、白底黑字的门牌，已经人去楼空。周围人反映，这家公司刚开业不久就关门了，侦查民警只好再次找到陈伟。

民警告知陈伟这一结果时，陈伟当时睁大了眼睛。陈伟说，宝洲新良食品公司老板吴新良是他两年前认识的一个朋友。那时陈伟经常去宝洲送烧鸡和一些卤制食品，生意渐渐做开了，势头显得很火爆，他就想把生意做得更大些。这个人也是干卤制生意的，生意忙好了，他们就在一起吃饭。后来陈伟才知道吴新良是南方人，颇懂生意经，人也很真诚，他们渐渐就成了很好的朋友。不久，吴新良提出来一起合开一家食品联营公司，开始陈伟不同意，一是他家在甄皇，离宝洲较远，来回不方便；二是没人手，父母上了岁数，自己又忙，没事时想看看书，琢磨琢磨一些卤制技巧上的东西。但吴新良说他店里有个助手，叫他多照应着，自己和陈伟该干啥干啥，配几个人协助招呼一下就行了。陈伟想，既然不影响自己家庭正常经营，又能把生意做大，联手再开个公司也无妨，大不了再雇几位工人。但当时他没有决定此事，说回去跟父母商议一下再做决定。父母同意陈伟的想法，因为本地的卤鸡店太多，向外扩张对提升自家的品牌大有好处。再说，现在时兴扩大经营和连锁经营，一旦做成规模了，将来自己的卤制品不再局限于本地经销，而是批量生产，走向全国乃至世界。陈伟也同意父母的想法，镇上的食品店已经雇了不少人，远处再开店铺尽量不要再用外人，父母去配合对方照应一下就行了。父母觉得年纪渐渐大了，不能再干重活，正好到新店搭把手，腾出陈伟两头跑，同时再干点别的事。全家商定后，陈伟又去了几趟宝洲，终于签订了联手经营的合同。陈伟讲到这惊恐地看看民警，说合同被父母拿走了。民警问他合同的大致内容，陈伟说，合同内容主要讲双方联手经营，公司名称叫"新良伟业卤制品联营公司"，是在宝洲"新良食品公司"和"符离镇甄皇卤制品商店"基础上建立的；内容还包括其他一些项目、范围、时间、地址，双方投资的额度比例和合作的前提条件，细节记不清了，最后双方都签了字。他把一切办妥后，父母拿着一份合同，带着部分现金和银行卡，去宝洲办手续。后来没有打电话来，恐怕正常开业了。

两位询问民警的反常眼光让他越讲越觉得不对劲。他突然大叫："怎么啦，我父母有什么事吗？"他似乎感觉到了什么。两位同志彼此对视了一下，一位从桌上的文件包里抽出一张褶皱破损的陈旧纸条放在他的面前。陈伟看后号啕大哭，说："这合同怎么会在你们手里，我的父母亲呢？天哪，千万别出什么差错，我的研究计划快要成功了，我们快有大钱了啊！"

"先别哭，跟我去一个地方看一下。"一位民警轻轻地对他说。

"这到底怎么回事？天哪，难道……"他哭着跟民警出去了。

陈伟心情悲怆地跟着民警乘车来到县公安局涉案物品收藏室，当民警把几件衣物放在他面前时，他的心彻底垮塌下来，不该发生的事情终于发生了。他蹲在收藏室大哭起来。民警一时难以规劝，就对他说："别在这伤心了，下一步还要积极配合我们把案件彻底破获，让真凶绳之以法。"

听民警这么一说，陈伟停止了哭嚎。转而一想，现在不是伤悲的时候，这到底是怎么回事，民警需要搞清楚，自己不能让父母含恨九泉，一定要给父母报仇。

"好，我不哭，我现在就去一趟宝洲，找吴新良他们追问事由，好好的合伙经营，我父母怎么就被抛尸荒野，这到底是谁做的？我一定抽他的筋，扒他的皮，将他碎尸万段。"他擦了擦泪水，毅然抬头看着面前的民警。

"别去宝洲，那家店关门了，空无一人，吴新良早已无影无踪，你主要是配合我们摸排查找他的行踪信息，只有先找到他，才能知道真相。"民警告诉他。

"好的，我配合你们，你们说怎么办吧？"陈伟声音低低地，但充满恨意。民警看陈伟的情绪稍微稳定下来，就说："你先回家，通过各种方法联系吴新良，还不能声张，记一下我的手机号码，有情况随时跟我们联系。"一名民警把一张写着手机号码的纸条递给陈伟。

"我要是联系不上他怎么办？"陈伟心有余悸地说。

"你尽量利用你卤制品行当的各种关系，还有通过社会上的朋友打听，只要有他的消息，包括他店里的马勇，立马告诉我们。我们也在安排警力四处搜捕，当然你若联系不上也无妨，虽然不能立即破案，但我们要坚持不懈，决不让凶手逍遥法外。"民警说的话，陈伟好像没听，他只想着自己用什么办法把吴新良抓到。

陈伟回甄皇路过甄荣家。甄荣看到他伤悲落魄的神态，关心地问："公安局找你什么事？"

"我父母……呜呜……"话没说完，泪水像东湾夏日的河水一样流淌不息。

"你慢慢说，别吓唬我。"她声音显得悲凉，好像陈伟又给他增加了一份悲伤。

"我不说了，先回家，你抽空到我家去一下，我等你。"陈伟觉得在她家伤心不合适，就叫甄荣到他家去细说。

仿佛又一面天塌下来了，甄荣到陈伟家时，陈伟哭得死去活来。他从头到尾冷静地把这件事的原委、经过及现场的情况对甄荣说了一遍。甄荣听着听着，泪水已模糊了双眼。陈伟忙递毛巾给甄荣，她接毛巾时抓到了陈伟的手。她此刻能理解陈伟的心情，她想给他一点安慰。陈伟顺势搂着甄荣大哭起来。他们都像行走时突遇一面斜坡，无法躲避，只好从险坡上滑到深谷，惊悚后，痛定思痛，伤痛不已。他们互相擦拭着泪水，这一刻，童年的美好时光幻化成一个个画面重新闪现。四位老人在战火与饥馑、艰辛和苦难的非常岁月里没有倒下，却在这平静和谐的时代突遭灾祸或者死于非命，真是世事无常，他们都觉得不可思议。

悲伤过后，陈伟说："阿荣，你别难过，你家的两位长辈或许没有什么大碍，只是因故没有音讯，我们还要动用手段去找，希望二老平安。我今天下午去宝洲，不过很快回来，我父母那边没有指望了，一定把甄叔阿姨这边弄清楚，即使是最坏的结果，死也要见到本人。"

"哎，这么长日子了，肯定没指望了，人的命如天定啊！"甄荣泪水涌满眼眶。

"你别太难过，我们还不知道结果，说不定出现惊喜，长辈们都是经过世面的，遇到啥情况都会对付，这世间好人多啊！只是没有凶险和歹人就好了。"陈伟有一丝埋怨地说。

"怎么可能呢？如果世间没有一丝危险和阴影，这就不成世间了。只是要能风气越来越好，坏人少且不敢作孽，就让人满意了，唉！"甄荣又叹口气。

在这个很多人都外出打工的村庄里，近几年在外面出事或遭遇车祸的有好多人。在陈伟的印象里，出行是有风险的，所以在家有个生意干着，他已很满足。只是村里人挣钱后纷纷把钱都用在建房上，一幢幢住房像洋式建筑，精致美观，让人叹为观止。这些人原先比自家手头上差得很，可现在不仅卤制生意做得好，生活也过得殷实，仅从建房上明显有和他叫板的苗头。无声的较量让陈伟决心一定要把生意做大，永远在经济上独占甄皇老大。这样他才滋生了扩大规模、开连锁店的念头。故乡的炊烟已飘散着异样的颜色，缭绕上空的不再是当年的温馨和本色。

清晨，陈伟驾驶着村里唯一的一辆"桑塔纳2000"，出村时车窗外的故乡影像给了他这样的想法。本不该这般追逐世俗的云烟，只可惜他没有能抵抗住物欲的诱惑。因此而栽跤的人真是数不胜数，家门口的甄峰是最典型的一个，不仅害了自己，还连累了父母。自己又何尝不是呢？为了多挣钱，弄得至亲长辈遭受魔爪。

大地向后远去，两边的田野依旧斑斓迷人。他觉得土地在自然的赏赐下，一年四季，都会分别展现各色壮美诱人的姿态。

春季里，大地复苏，万木吐绿，到处充满生机；有人在天沟边的泡桐树丛中低吟着"乡村无处不飞花，小伙弹琴，姑娘歌唱……"的自由诗章；东湾水边的垂柳和芦苇荡飞扬着云朵般的花絮，让人置身于浪漫的世界。夏日里，大地如多情的姑娘，引诱着各处的劳动者甩衣拂袖，尽情展示着结实的肌肉和强健的体魄；沟渠和河湾里的少男少女纵情释放青春的激情。深秋时节，庄稼成熟，四处铺满金黄，村民穿梭在收获的行列里，洋溢着一派祥和喜悦。唐代诗人刘禹锡的《秋词》这样讴歌秋天的美好——"自古逢秋悲寂寥，我言秋日胜春朝。晴空一鹤排云上，便引诗情到碧霄"。实际上这正描绘了秋天的另一种壮美。冬天降临后，候鸟南徙，大地沉寂下来，陷入一个绵长无语的冬眠；很快大雪纷飞，大地魔术般地幻化成一个银装素裹世界，一切生命似乎都参与了捉迷藏游戏，连人也躲在屋里，在温室里开始明年一切美好的酝酿。人性、人情、天伦、快乐、幸福，包括新的生命，真的要迎来一个全新的开始。年年岁岁，岁岁年年，季节如此，自然如此，人类何不如此啊！既然一切都是程序，千篇一律，殊途同归，又何必计较其间的每一个细节。

陈伟感觉脸上有热烫的感觉，他定神时感到了脸上布满了泪水。

他想专心开车，但迅速掠过的大地牵扯他的神经和灵魂。他的思维像车轮一样翻转，思绪亦如路边快速闪过的树木，一味地向后追逐。

爷爷年迈后，家庭教育是真切、深刻的。他们带着他去作坊，去田间，去湖边水塘，看他们给鸡鸭鹅去毛、开肠、清理、配佐料、蒸制、存放卤箱……长辈们知道他不愿看屠宰一幕，每逢此刻就会捂上他的眼睛。他认为屠宰和所有杀戮一样，是最残忍的行为，这也是让他后来产生研究一套文明卤制法念头的原因。他去田间跟他们学播种、育苗、锄草、掰杈、收获；品尝村民劳动的艰辛，粮食的来之不易；去乡里随爷爷、父亲带些烤卤食品或米面送给那些孤寡五保老人或失去亲人的孩子，以此萌生他关爱助人的念头。在长辈们质朴本色的感染带动下，他有着同龄人少有的睿智和善良。

他清楚地记得一次在卤菜销售店里，母亲将柜台上一只卤鸡弄掉在地上，因为没有包装袋，母亲怕沾上灰尘，便捡起来，单放在一个地方。而站在一旁的小叔，吹了吹上面的灰，又将其放在了随时销售的食品堆里。

"那不好，地上不干净，别人买去吃了，会闹肚子的。"母亲对小叔翻了一下眼。

"好好的，没事，不干不净，吃了没病。"小叔戏谑地自我解嘲。

"那也不行，良心比一切都重要。良心歪了，即使不生病，不亚于生病。"柜台里站着的父亲一句严厉的话让小叔不再吭声。当时父亲铁青色的脸压迫得小叔脸色也十分难看，连呼吸都不顺溜，默无声音地走了。陈伟站在一旁也不敢出大气，对长辈们的对话虽然只是懵懂，但他隐约感到，父母要求叔叔做事要实在，对人要以善良为本。此后他想了很长一段时间。

还有那次，他本是开玩笑，却被三宝误解，发生肢体冲突之后，爷爷无论如何要找三宝家人算账，可父亲却劝爷爷说："本身就是孩子间的事，无须较真。去找三宝家人说说可以，但不必一定要分出高下，追究责任。宽容是行事的根本，孩子的世界是真实简单的，再大的事也还是孩子做出的，一定要追究的话，反而增加世俗灰色的成分，这让孩子们难堪，最后无法收场。为避免直接摩擦，可以通过中间人去跟三宝家人说说，让他们管教好孩子，凡事要三思，不要鲁莽冲动，逞匹夫之勇。"爷爷采纳了父亲的意见，间接去拜会甄荣的爷爷甄五奎。甄五奎委婉当着两家人的面说开了。三宝家一是承担陈伟治伤的费用；二是这等于孩子过家家玩过火，一场游戏间的误会，此事不准再提，不要给孩子们造成阴影。父母的仁厚让他终身不忘，他暗暗发誓，以后将效仿爷爷和父亲修行积德，乐善好施，帮助他人，这就是他后来捐助多名留守孩子，并积攒资金，建一所专门收养儿童的学校的原因。只可惜，父母在这个节骨眼上遭遇厄运。

实际上，他更喜欢和登堂入室的同学们共聚，那样容易培养人自信、自强、团结进取的心理。他更向往和同学们一起去野外看庄稼打苞抽穗，绿草发芽返青，芦花儿绽放飞舞；看蜻蜓腾空，蝴蝶展翅；听苇鸟鸣叫，云雀歌唱……那是对天性自由快乐的期盼和神往。

可父母亲渐渐老了，像两棵风中的大树，不像年轻时那么精神有力，时常开心说笑。虽然家庭越来越有钱，生活条件越来越好，他们力所能及地帮助身边需要帮助的人，每逢节假日都不落下。可村里的另一种风气让他们和儿女都在不停地忙碌。同村人小楼一幢幢崛起，也经常听到你进城买房，他回镇上置地，谁谁发了，谁谁在城了买了商品房的消息。他们永远在奔忙着，为了多挣钱，他们去了宝洲，才出现眼下……陈伟越想越悲伤，车越开越慢，泪水模糊了双眼……他把车停靠在路边，走下车来，看着远方，眺望远处。田野上一群无名鸟儿乍然飞起，在空中盘旋一阵，整齐有序地又落在了原地，像操练有素的飞行员。大地是唯美的，大地是真实的，大地上的人是真实的，感情也是真实的，一切故事都那么真实。父母的悲剧竟发生在这不幸的故事里，让人多么伤悲啊！

他想大喊，想大哭！可当他看到后面有辆警车奔驰而来时，他的万千情绪和泪水化作了更汹涌地河流……

警车上两位侦查民警到他家去接他，想请他一起去宝洲配合摸排吴新良的下落情况，听村民说他开车走了，便一路追来，没想到真的去同一方向。

"感谢你们为案件辛苦上心。"陈伟对两位民警说，然后眼睛转向那群鸟落的地方。

"感谢不必，侦破案件、追凶缉逃是我们义不容辞的职责，或许你不能理解，此刻我们的心情远非你能相比。"一位民警说完，将目光转向他张望的方向。

陈伟心里一震，但表面依旧是伤感的表情。

这家伙真不知天高地厚，世界上有什么比死了爹娘还痛心疾首的事吗？但他没有讲话，把眼光直视民警。

"我讲的你可能并不理解，也许什么时候你处在我们这个位置的时候才有感受。"民警表情沉重，语调低缓，但很诚恳。

陈伟依旧沉默。民警分明听到他心里有话："你讲的听起来确实令人感动，但不知你卖的哪门关子？"

"你想想，你作为这起案件受害者的亲人，你只有一种最深切的心情，那就是悲伤。而我们作为案件的承办人，首先是悲伤，这是出于人最基本的怜悯和同情；其二是忧郁，因为同类之间出现不幸，必定引起周围人的灵魂惊悸，继而引发对原因的思考，以避免同类悲剧的发生；其三是我们作为捍卫百姓生命财产安全的人民警察，必须对此作出结论，即将案情查清。而在案件未破获之前，肯定是焦虑、烦躁，继而是自责的心态。因为上上下下、方方面面都在盯着我们，我们当然有顾虑，怕走弯路，担心出错，时时警惕，生怕违法办案。此外，我们还有危险相伴、透支健康等间接性困扰。你想一起案件是这样，年复一年，我们每天都生活在这诸多不良情绪的氛围中，和你相比，谁轻谁重，谁的日子好过？"民警停顿一下，掏出一支烟递给陈伟，陈伟示意拒绝。他瞟了一下警车上的那位同行，然后接着说："这起案件破了，我们内心压力顷刻会释放一下，但又有下一起接踵而至，天天如此，月月如此，年年如此，一生如此，我们真的不轻松。"

民警越讲越动情，他担心不能自抑情绪，顺势把脸转过去，目光再次搜寻那片落鸟的地方。

陈伟觉得这位和他年龄相近的公安是个热心肠，聊天就能把自己弄下眼泪的人必定是个直肠子、性情中人。他注意到民警哭了，虽然没有眼泪滂沱，但已濡湿眼帘，这种状态是近日来他常有的。

"你说吧，我们具体研究一下方案，我全力协助，不破此案，誓不罢休。"陈伟对民警说。

"我们先到宝洲，找地方具体研究一下……"他没有说完话，这时车上那位民警喊道："大张，队长打电话来，说抓到吴新良了，等我们回去讯问。"车上民警的话语顿时让两人惊呆了，好长时间没有说话……

第十四节　　初登政坛

从县城回来之后，老五爷心情开朗了很多。他认为，优秀的孙儿孙女可能很快就要走出这块他们祖祖辈辈生息的土地了，不要再和那些是非不断的泥腿子们搅在一起，生出很多事端。一星期后，县里来人传达了他盼望的消息，他的心里像开了花。对乡下人来说，这是件大事，预示着孩子们长大成人、变得出息；对一个家庭来说，那是烧了高香，祖坟上冒烟。他一直琢磨如何来大贺一下，他带领儿子们去了湾里一片祖坟上，烧纸祷告隆重祭奠了一番；又在家中祭祀堂里供神敬香，三叩六拜，如善男信女般在熏香祷告中完成了一桩心思。但左思右想，还是不够虔诚热闹，毕竟这是家族有史以来的大事，光耀门楣、光宗耀祖是他老五爷和祖先行善积德的结果。他心里清楚"扔火把"也是当地一种风俗。从正月开始，这儿身体灵便的大人们和懂事的孩子们，用稻草编搓的绳索，将芦苇或高粱秆、麦秸或芦苇缨捆在一起，约有一人多高，两手臂般粗细，人手一根，晚上茶余饭后，纷纷走出村庄。在宽敞空旷的干净地面上或田野里，三两成伙或结队成群将火把点着后，高举着走动、奔跑；可以互相抛掷对接，也可抛向空中，然后牢牢接住，既不能烧手，又不能落入地上，必须抛接又准又稳；也可以边嬉边唱，边跑边喊，火光照耀每个幸福的脸庞，映亮一片天空，如银河垂落，像街灯高悬，气势煞是辉煌壮观。

这是一种美好的象征，预示着薪火相传，人丁兴旺，日子红火，生活美好……

　　距这不远的便是陈胜吴广起兵和楚汉争霸之地，当年农民和将士在此揭竿而起，点燃了农民烽火，唱响了四面楚歌，成就了农民领袖，也陨落了一位悲壮的盖世英雄。"生当作人杰，死亦为鬼雄……"词人的惋惜和赞叹依旧回荡在这块古老的土地上。火把营造了一方地域的文化特色，也传承了农民个性的血脉和禀赋，以最庄严的形式表达着心性的高贵和自尊。老五爷知道火把在庄户人心中的分量，便决定来一次火把庆祝仪式。他把想法跟儿孙们悄悄一说，立马一拍即合。

　　他们准备了充足的芦苇、麦秸、稻草等材料，一根打机井用的碗口粗的铁杆，扎了一个骇人的巨型火把，正好厢房前有一棵干枯的老榆树。这些年光景不好，人都无法自保，树也经不起干旱和饥馑的折腾，在风雨中摇摆，慢慢枯萎死去，也没人放倒。赶上甄家喜事，老五爷便想到了它的用场，他们将浇注煤油的火把用铁条牢牢捆绑在树上，直插树顶。为了防止火星着落，离火把较近的厢房两边屋顶和堂屋南侧一角，他们铺上潮湿的帆布。晚上万事俱备，一家人都聚集在院里，甄峰从下面一点，火光蔓延整个火把，火势冲天而起。一阵助兴击掌的喝彩，很快也引来了邻里的围观，在欢呼声中，甄峰点放了一挂长长的鞭炮。

　　甄荣和陈伟慌忙分手，忐忑不安地赶回家，才知道火情原委。她责怪自己对家人一天的忙忙碌碌没有上心。事已至此，她总感到有小题大做之嫌。孩子离家进城找点事做，不至于这样兴师动众，反而更加不安起来。家人为她和甄峰哥的事准备得很周全，所需物品一应俱全，仿佛远行一样。甄峰兴奋地一直哼着小曲，甄荣却始终提不起劲来。

　　翌日晨，太阳出来了，大地布满金黄，连甄家院里也透着欢快喜庆的气氛。甄峰甄荣兄妹在家人、少数邻居及同学的簇拥下，慢慢乘牛车赶到不远的集镇，他们从那儿乘班车去县城。

　　赶车的五爷笑容满面，手中的鞭绳和浓密悠长的胡须轮番在晨风中飘摇……

三周后，一个俊秀美丽的姑娘走在去百货公司的街道上，她姿容端庄，步履轻盈，节律"咔咔"的皮鞋声应和着其内心轻松的心情。十分钟后，当她出现在一楼销售柜台前，人们才看出她是一名售货员，这就是甄荣。

"你好，大婶，要点什么？"一位妇女站在柜台前，朝柜橱里瞅着，脚步慢慢走着。甄荣的声音甜美而温和，一句话引来周围很多行人都把眼光转向这边。

那位妇女突然停下来，眼睛直盯着姑娘，仿佛以前就认识她，又像在她脸上能找出什么来。姑娘有点不好意思地说："大婶，你买什么，我可以为你服务。"

"嗯，我先看看再说，"但眼睛一直未离开她的脸，"哦，对、对、对了。我想买一床竹席？我侄子床上的席子都炸边了，想换一床。"她突然想起了来这儿的目的。

"那，大婶，你侄子床上的席子是多大尺寸？"姑娘边问边走向柜台一角，拿竖在那儿的几捆竹席。但那位妇女的眼光还是没有离开姑娘。

姑娘有点不好意思地说："大婶，你认识我吗？"同时把手中的席子铺展在柜台上。"嗯……嗡……"她头动了一下，像在点头，又似在摇头，弄得姑娘一头雾水。

"席子多少钱一条？"妇女问姑娘。

"一元五角一条。"甄荣说。

"我先拿回家试试，不合尺寸再回来调换可以吗？"中年妇女说。

"可以可以，大婶，你先拿回去，不合适就拿回来，我给你开张收据。"姑娘收好钱，就势开了张收据递给中年妇女。

抬头的当儿，才发现柜台前，中年妇女的左右和身后站了很多顾客，但他们也不问价格，也不提出要买东西，只是闲适地站在那儿。

"我走了，说不定什么时候还来。"中年妇女拿着席子向外面走，姑娘和很多顾客的眼光都追着她出门。"你走啦，大婶，如果不合适，随时来换，我们欢迎你，慢走啊！"姑娘的眼光直到中年妇女的身影消失才收回，像没有主角的一台戏。中年妇女走了，除了真正买商品的之外，剩下的顾客也不欢而散。但姑娘看出，那些顾客在无奈散去中仍带有不舍，有的边走边把目光牢牢地粘在她身上……

"小甄，出什么事啦？"一位五十多岁的男子走过来问。他看出这边围了很多人，以为发生了什么事情。

"噢，经理，没事，他们在买东西问价钱。"

"那好，你留点心，别出差错。"毛经理说话间向百货大厅里其他柜组走去。

"请放心，毛经理，我一定把事情做好。"姑娘盯着毛经理的方向说。

甄荣这时才想起刚才的那一幕，不知那些顾客因为她，还是因为中年妇女，才聚到这儿看风景的，难道自己有什么不妥当，还是那位中年妇女是一位什么特殊人物？可自己没有什么不对劲的地方，只是那位妇女穿着时尚雍容，显得端庄大气；或许果真就是什么人，值得他们那么好奇；如果仅仅是因为自己年轻长得有几分姿色，就引起那么多人的关注，城里人难免太无聊了吧？真是少见多怪。"当当当……"大厅里报时的钟响了，姑娘向那钟瞅了一眼，心想怎么到下班时间了？

上班给了甄荣轻松快乐的生活，特别是被顾客簇拥着追问商品信息时，让她内心生出一种优越感，相对于农村生活，城市生活也让她有一种自信和精神。学校生活的枯燥，世俗动荡的迷惘，青春萌动的不安……一切让她内心处于迷离之中。而如今她觉得自己可以为别人服务，个人劳动的价值得以体现，人生有了很充实的意义，心里美不胜收。想到这，她觉得今晚有时间去看场电影，来慰劳一下这份少有的心情。她上班不久和同事去过一次，今晚也是难得轻松。

　　二十世纪七十年代中期的世俗风向虽有变幻，但时光和季节的流转自然有序。傍晚，甄荣走在街上，内心涌动着轻松和喜悦，但当她看到满街的墙壁、电线杆和各类建筑物上粘满大小不一的纸张，空气中偶尔像从偏僻处或远方传来一阵闷响，仿佛有一种不安和恐惧包围着她。

　　一名十五六岁的花季女孩，除了青春的悸动和兴奋、自足和快乐，外面的世界对她的影响很虚幻、淡漠。悠然间，她来到电影院前的广场上。这家电影院叫东方红电影院，楼顶上悬挂着几个突出的大字。从外表看，影院像在整修，两边建筑崛起，满地建筑垃圾，显得很零乱。从整个建筑结构上能够看出，这是建设于二十世纪五六十年代的老式影院。上下共分两层，上层是办公室和放映室，下层是观众大礼堂。影厅内依次布满上千个座位，最低端是一个大舞台，舞台上面是一张宽大的银幕，是集放映、演出、会议于一体的多功能影院。在一楼放映礼堂的南北两扇门的门口设置了几道供观众进出的栏杆通道，也供工作人员收验影票使用。影院门口是水泥台阶，台阶前是一个偌大的广场，人来人往，川流不息。在台阶左侧就是一个不大的售票房，现在已经排满了长长的购票队伍，电影票总体还属稀缺物品。

　　她已加入了长长的购买电影票的队列。今晚所放的电影是《春苗》。电影院门前很大的海报上，一个围着白色头巾的姑娘显得清纯和阳光，那自然甜美的笑容对她绝对是一种诱惑。通过海报上的春苗姑娘，她切身感受到了青春的魅力，不光是诗情画意，也是激情澎湃，更是灵魂深处的歌唱，青春和奉献都是人类生活最美的篇章。

　　眼看就要排到售票窗口了，忽然东南方向传来嘈杂声，由远及近，呼啸而来，犹如山洪一般。她转脸望去，一大群头顶五星、身着军装、臂带红袖、手执木棍的人向这边冲来。

　　甄荣当时就蒙了，因为家乡那次事件在她心中存有阴影，乍一触及，总有不寒而栗的感觉。她这时品尝到了恐惧的滋味，这群人明显朝着她这个方向来的，风一般速度，突然就在眼前，令她措手不及。"他在那儿！对，不错，就是他……"一片惊叫声中，她忽然将眼睛一闭，听天由命吧！

"就是他，这个臭老九，反动学术权威，还有心情在这看电影，快跟我们走！走，走……"

甄荣慢慢睁开眼睛，看到为首的那个人边说边上去拉住她前面戴着一副眼镜、头发有些花白、知识分子模样的中年人，其他同来的人也跟着喊叫帮腔，一起上去捉住他要走。

"不许动，孙老师不是什么反动学术权威，他研究的都是对我们国家水利建设有裨益的专业课题，请你们不要伤害他。"这时中年人前面一个学生模样的年轻人奋力护在他前面。买票队伍另一侧的七八个年轻人也纷纷围住了戴眼镜的中年人，并大声和杠子队人员对峙，不让带走，看样子这些年轻人是中年人的学生。

"去你的吧，他就是臭老九，上面的命令都下了，我们在执行任务，你敢阻拦？"杠子队领头的一棍打在了挡在死抓住老师衣服的学生头上，血顿时顺额头流了下来。

"我跟你们拼了，你抓我去枪毙好了，凭什么打我的学生？"戴眼镜的中年人突然被激怒了，疯了一般上去撕拽那个杠子队领头人。他的那几个学生也上去和他们拉在了一起，企图把老师和那个受伤的同学弄走。

"给我打，不能放他们走掉。"那人一声高喊，在夜空下显得非常恐怖。排队购票的人群一下子乱成一团，周边围观的人助长了这群杠子队员的气势。

于是，一次次杠子举起落下，学生们死命上去阻拦和抢夺，部分学生死命护住戴眼镜中年人。有的学生被杠子多次打中，面部血肉模糊，有的弄不清是学生还是群众的人，捡起砖块石头或瓶碴碎土对杠子队员抛砸，有的上前和他们对打，混战局面很快扩大。被混战惊吓的无所适从的甄荣这时看到一名穿着藏青色保安服的青年人带着一班人从外面冲了进来，直对杠子队员大打出手，好像是戴眼镜中年人的什么人。忽然间，甄荣的眼睛一亮，心中像出现了幻觉，着保安服装的那个人似乎有些面熟。心里琢磨的当儿，她后面被什么重重地撞击了一下，她头一蒙失去了知觉……

第十五节　再现生机

　　民警和吴新良面对面坐下，当中仅有一道铁栅栏。跟在民警后面的陈伟看到吴新良，立马想打开留置室的门冲进去对其一阵暴打，但早已被提审的民警拦了下来。陈伟两眼发红，仿佛喷射着怒火。此时，他在用全身的力气呼吸，身体一颤一颤的。铁栅栏一侧的吴新良惊慌地看着陈伟，像被惊吓的兔子，畏畏缩缩地盯着一只即将给自己造成灭顶之灾的恶狼，内心充满了无奈和听天由命的绝望。雄狮般狂吼的陈伟被民警按捺下来，只有对吴新良怒视和愤恨。吴新良似乎体会到了，继而号啕大哭，说：“阿伟，你要冷静，我是冤枉的啊！”眼泪比哭声还利索，未等声音出来，便早早在他的脸上一路奔驰下来……这让民警、陈伟和在场的每一个人都觉得迟疑，同时大家还有一个发现，吴新良的左臂上带有一枚印有“孝”字的黑箍。

　　“你别在演戏了，吴新良！当初怨我看走了眼，把你当弟兄，谁知你是这种本性凶残、忘恩负义的东西。我对不起你们啊，父亲母亲！我真是个混蛋！呜呜……”说着，陈伟也哭了起来，边哭边打自己的脸，“啪啪”直响，嘴里“嗯嗯”地衬着劲。这声音飘在具备特别隔音和封闭功能的留置室内格外清晰。

　　“算了，算了，不要这样，我们要工作，你先出去，等一会儿我们再喊你！”民警对陈伟说。

　　陈伟泪眼婆娑地低下了头，朝铁栅栏内坐在凳子上的吴新良狠狠地看了一眼，然后出去了。

留置室内只剩下了办案民警和吴新良。他停止了哭泣，怔怔地看着民警，一副无辜的神态，又像满腹的话要说。

"谈谈吧，吴新良，你知道我们为什么抓你吗？"民警几乎单刀直入。

"不知道，我还在纳闷此事。"他看着民警说。

"千万别跟我们玩花招，一切我们都会查清的。希望你如实把事情谈清楚，我们只想看看你的态度。"侦查民警提醒他。

"让我谈什么呢？我本身就是无辜的，我的父母尸骨未寒，我还在找害死我父母的肇事元凶呢！"他看来满肚子委屈。

"一事归一事，不能混为一谈。刚刚你也看到了，我想那个人你应当认识吧？现在就请你谈谈你的合作伙伴陈伟父母是怎么回事？"民警平心静气地说，旨在打消他的恐惧心理。

"你们不会怀疑是我杀死了陈伟的父母吧？我觉得，你们简直在编织一个天大的笑话。"吴新良满脸无奈的表情，他看看两位民警，然后摇摇头。

民警互相对视了一下，都微微皱了一下眉头。一位民警把目光转向吴新良说："我们没时间跟你在这调侃，我们还有其他案件，你讲和不讲，何去何从，自己选择。别跟我们耗时间。"民警显得不怎么有耐心。

"再说了，我们不是跟你兜圈子，只是让你把事情原委再说一遍，看看你的态度。"另一位民警补充说。

"我不懂你们的意思，我更没什么态度，因为我什么都不知道。"吴新良一副疑惑无辜的样子。

"我不知道你是在演戏，还是在捉迷藏，你原先在哪开公司，干什么生意，公司人员情况，经常和谁来往，后来准备跟谁合作等，我们调查得一清二楚，你别抱有侥幸心理。"民警把事情说得透彻些，防止吴新良存在幻想。

"你们知道这些有什么用呢？我们做生意合理合法，一起合伙，也是双方自愿，这不能代表我就杀人了，岂有此理。"吴新良再次摇头表示不屑。

"吴新良，你也不要再装蒜了，你讲讲两三个月前，你和陈伟讲好的，由他父母亲代表陈伟并带着钱，直奔你们公司去的，怎么一去就没了音信，后来再发现就存尸荒野了，难道自己把自己绑起来杀了，又抛尸野外的？"

"你们破案要凭证据，不能随口乱说，这可不是闹着玩的，人命关天的大事，你们千万不要冤枉好人啊！"吴新良有点反客为主，对民警说教着。

"我们吃饱撑的，和你没冤没仇，费这么大工夫去逮你，你不要再熬时间，我们没工夫陪你，作为汉子要敢作敢当才对！"民警愈加不耐烦。

屋内很静，双方的对峙显得僵硬和尴尬。

"既然你这样讲了，我也和你们讲清楚，我不认识什么陈伟的父母，更没有杀人。别说我和陈伟是生意伙伴，就是陌生人，我也不会做出残害无辜、丧尽天良的事情。我文化再低，'老吾老以及人之老'这个道理我还是懂的，我根本没见过陈伟的父母。"吴新良语气中带有怒气。

两位讯问民警互相看了一下，然后一起转向吴新良。"三个月前，陈伟父母明明乘车到你们公司去的，是陈伟为他们买的车票。你怎么解释这件事？"一民警质疑吴新良。

"那我就不清楚了。本来我们在宝洲签好的合同，讲好各自回去准备资金，然后在宝洲碰头的。可左等右等，等不来陈伟，我们纳闷他是不是改变主意了，但也该和我们打个招呼，怎么能擅自变卦呢？我和我店里的马勇就给他打电话，可始终关机联系不上。我等不及了，眼看着我儿子结婚的日期快到了，我就回老家了。孩子事办完后，我就帮助我的父母亲在家门口经营起一个小百货店，打发父母亲晚年无聊的日子，我也就一直没到宝洲去。谁知前天父母骑三轮车进货，竟被一辆小货车碰……我可怜的父母啊！我对不起你们呀……"说着，吴新良大哭起来。

"最近可有人给你打电话？"民警问。

"前些日子宝洲店旁边的朋友打电话对我说，有警察到公司来找我。"吴新良停止了哭泣。

"你的意思是你与这起案件无关？"民警说。

"无关也好，有关也好。反正我不至于去伤害我朋友的亲人吧，你们应该会查清我的身份，我是一名农民的儿子，我最起码具备农民的最基本的道德和素质吧？我不讲自己多好多善，但农民的后代还去残害农民，良心真的被狗吃了，你们说对不对？"吴新良讲得很诚恳，没有违心的迹象，说完静静等着对面民警的评判。

"你回家后一直没去过宝洲吗？"

"没有，你们找到我之前都在家。我给店里马勇交代，一旦陈伟或者家人去宝洲，让他给我电话，结果一直没有等到马勇的电话，就一直在家待着。我打过马勇电话问陈伟的情况，他讲那次签过合同分手后就再也没见到陈伟。"吴新良的表情再次让民警心中犯了嘀咕，难道除吴新良之外，还有其他人参与此案，案件又出现了新的情况？

"那你一直在家，有人能够证明吗？"民警问。

"我的家人和邻居都能证明我从宝洲回来后没出过门，你们去了解一下就知道了。"吴新良自信地看着民警。

"你以前店里总共雇了多少人，吴新良？"民警说。

"一个男的，两个女的。男的是外地人，懂卤制手艺，女的是本地人，给他打打下手。我负责在外面联络进货和销售，不怎么具体问店里事，所以遇到陈伟后就想把生意做大点。"吴新良迟疑了一下回答，他自己忽然觉得店里的马勇似乎有什么不妥。

"你和马勇是怎么认识的？"民警问。

"我们是通过宝洲街上一个朋友介绍认识的。我们以前经常在一起打牌，后来就熟了。这个朋友讲他会手艺，临时又没事做，就介绍他在店里帮我照应生意。我看他还算老实，就把他当了朋友。"吴新良越讲越感到不对劲。

"你打电话给他，别的可说什么了，你可知道他现在在哪？"民警进一步问他。

"他一直在老店里。"吴新良说。

"可据我们调查，店早关门了，一个人没有。"民警说。

"什么，关门了？开什么玩笑，我给他留了那么多钱，叫他正常进货经营的，他也几乎天天打电话给我说生意的事，上门要货的人越来越多，特别是最近比原来要货要多。"吴新良认为民警说的仿佛天方夜谭。

"那你现在给马勇打电话，问他在哪，你讲你找他有事，要他在店里等你。"民警说。

"好！"吴新良迟疑地拨打吴新良的号码，可里面却传来空号的提示，他顿时感到天旋地转，差点栽倒。

通过对吴新良的讯问，两位民警一致认为案件存在蹊跷。原先王三宝副局长主持的案情分析可能有失偏颇，当时确定的案件主要犯罪嫌疑人的嫌疑初步排除，下一步他们要围绕吴新良的供述进行进一步核实，同时将这一情况向专案组报告。两人简单商议了一下，就决定出下一步的工作计划。

"吴新良，你现在可以回家，不要对别人说我们找过你，权当什么事没发生。赶快跟马勇联系，联系上了，不要跟他说案件的事情，就讲你找他谈生意上的事，叫他到店里等你。不过一旦有消息，立马先告诉我们，你要先稳住他，这是你下一步必须配合我们的工作，不然自己洗不清责任。"民警郑重地向他交待。

"好的，我简直昏了头，我成天都做了些什么？为了钱，连父母亲都不顾了，我真该杀啊！"吴新良哭天嚎地地出了刑警大队留置室的门。

听了两位讯问民警的汇报，王三宝一下子也蒙了。他根本没想到自己和大多数侦查员判断和认准的犯罪嫌疑人竟没有作案时间。他是一名老刑侦了，在各类案件的分析和判断上，基本上没有太大偏差，没想到这次出现了意外。他似有若无地点了一下头说："你们辛苦了！先回去休息吧。"声音轻盈得让民警只能听出大概。他示意民警先回去休息，过后再说。

随后王三宝用左手捂住了额头并支在了办公桌上，感到一阵心烦意乱。忽然间他抬起头来，脸上的沮丧慢慢散去，眼睛露出精神和光泽。吴新良被排除嫌疑并非坏事，因为他双亲刚刚罹难，如果他再是一名杀人恶魔，等待他的将是另一种结局，雪上加霜，似乎对一个人来说太残忍。人之多难本身就不公平，如若祸事连台，人会绝望，无法再活下去。从人恻隐之心来说，他心里找到了平衡的支点。作为一名人民警察，他心里始终装着百姓，装着和谐，装着安定，装着平安，他不希望发生案件，也不希望百姓受到伤害、遭受困苦……然而社会不随人愿，频频听到呻吟和哭声。这些年，他见惯各类凶杀和伤残，经历无数事故和案件，一起一起，他盼望有一天世间不再发生案件，周围也不再起纷争。然而，他渐渐感到，一切都是徒劳。于是，一步一步心灵陷于麻木和疲惫，只得隐忍、寒心和伤痛，心里长期积藏着郁闷和委屈，有时促使他真想对世界大喊：世间的人们啊！何时才能消灭魔鬼本性，永远都变成天使？但他不能怨天尤人，只能呕心沥血，一次次踏上征程。眼下这起案件更令他头痛，一般凶杀案件无外乎仇杀、财杀或者情杀，可目前来看，和陈伟有着直接经营关系的吴新良却没有作案时间，案件已陷入谜团。说来蹊跷，近一段时间，一对老人失踪，一对老人被杀，又有一对老人因车祸罹难，难道真的是巧合，还是其中另有玄机？他这时才感到，今生他真的碰到了最棘手的案件。但不管怎样，只要有罪恶和魔鬼，他们这些为民驱邪的天使们一定会让事实大白于天下……他正琢磨着，一位民警进来告诉他，有紧急情况，局长让他立即到局党委会议室开会。

第十六节　投笔从戎

当王三宝带领门卫和护校队员赶到现场时，中年教授和他的几位学生以及甄荣等多人已经倒在地上。看到阵势不对，那群穿军装、戴红袖章的杠子队员们趁机溜走了。

"快！把教授和学生送去医院抢救。"王三宝当机立断对手下说。他却慌忙跑到广场边一个穿着整洁考究、推着一辆半新永久自行车的围观者跟前，并掏出一把钱给他，说："你好，先生，我姓王，是职业学院的护校队长，这有十几块钱，我家人受伤了，麻烦租你自行车用一下，我把她送到医院就还你。"那人有些迟疑，王三宝把钱往他的中山装左口袋猛地一塞，说："谢谢你啊！"连说带硬地从他手里夺过自行车就跑，然后抱起甄荣，把她放在了自行车后座上，让他的一位手下帮忙推着自行车，跑向医院。甄荣被送到急诊室大约只有二十分钟，又被推了出来。医生说她是粉碎性颅骨骨折，伤势很重，而且颅内出血量大，在县医院抢救困难很大，必须连夜送到市医院抢救。王三宝听后，心骤然跌进深谷。

县医院救护车呼叫着驶向三十公里外的珠蚌市。王三宝紧紧地抱着甄荣，生怕稍一放松，她就会永久地离他而去，这一刻他感到了恐惧。从出生开始，稍事记忆，他就和甄荣在一起，除了父母之外，她是他生命中最重要的部分。窗外流动着近乎令人惊悸的嚎叫和无尽的黑暗，他胸中五味杂陈。惧怕、伤感和凄楚同时向体外奔涌，汇成浓厚的凉意，将他重重包围。中秋已过，沿着深秋，季节正向冬天奔跑。深夜的气温在这交替的时刻，显示出即将到来的冬天的威严。王三宝打了一个冷颤后，把甄荣抱得更紧。

他忽然觉得这又像一种梦幻，这个年岁，似乎该与眼前这种事情无关。往昔的情景涌进脑海，他和甄荣那帮无忧无虑的娃娃们还追逐在他们自己的世界里。车子的颠簸立马打断了他的回忆。他低头看看满脸血迹的甄荣，顿时才知道一切都那么真实，纵然他心里直想哭喊。

人们都说人生是美好的，可眼前怎么会是这种状态，自己的初恋正面临危险，生命至爱徘徊在死亡线上，美好的生活何时才真正开始呢？眼泪随着心思的游走无声地流出来。他想，社会漂浮动荡和失于安定，人便无快乐和幸福可言。那么，消除世间灾祸和纷争应该是人类最亟待解决的任务，而眼前他所从事的工作离他的想法还相差很远。他不顾医护人员的目光，低头在甄荣的额头上轻轻温存了一下。一名医生靠近甄荣，轻轻拨开甄荣的眼睛，用手中的放大镜照了一下，然后点点头，从她平和的面容中，判断得知甄荣暂时并无大碍。王三宝把头抬了起来，心里踏实了许多。

当甄荣家人都得知消息赶到医院时，王三宝已办妥了所有手续。甄荣家人了解真相后非常感动，特别是甄峰，觉得三宝和自己无愧兄弟和同学一场，实在义气，心里感激地扑上去，和他抱在了一起。"谢谢你，阿宝，把我妹妹当成自己的亲妹妹。"甄峰眼泪扑簌簌地直掉。

"阿峰，见外了吧！我们啥关系，别再说客气话，不然我要生气了。"他伸手去给甄峰擦眼泪。一切都过去了，甄荣虽然还处于昏迷状态，但医生说没有生命危险，只是要配合医院进行精心护理，等待瘀血消散，大家心中这才感到安慰。随后，王三宝不顾甄荣家人的阻拦，专门给学校请了长假，帮助照顾甄荣。除了特殊情况，都是王三宝和甄荣母亲陪在她身边。甄荣五天后终于苏醒过来，第一眼看到王三宝，表情宛若红艳花朵，舒心地绽开了笑容。

甄荣母亲从茶水房回来目睹此景，当即眼泪夺眶而出，说："孩子，你终于醒了，吓死我了。"她扑上去，抓住了甄荣的手。

甄荣叹了口气，说："我怎么会在这里，好像梦里一般。"甄荣眼里藏满好奇地问。王三宝看看她没有讲话，然后把脸转向甄荣母亲。

"孩子，你先休息，别问这么多，过后我才给你讲。医生说不要讲话，别累着，睡吧？嗯！"然后转过脸去用衣袖偷偷抹泪，但很快破涕为笑。

"阿姨，我出去买点东西，一会儿就回来。"王三宝轻轻和甄荣母亲招呼一下出去了，他想给她们娘俩留点空间。

在甄荣恢复的近两个月时间里，不管甄荣家人在或不在，王三宝都始终陪护在甄荣身边，这让甄荣为之动容。特别是这次，要不是王三宝及时到场，她很可能就不是眼下这种情况了，救命之恩时时萦怀。她想一生能有一男人如此贴心或命中遭遇足矣，她渐渐觉得王三宝在走入她的内心。甄峰经常来看她，她也不再避讳跟三宝的来往。甄峰也觉得像妹妹这样娇艳漂亮的女孩，将来确实需要三宝这样的男士保护和疼爱，自上次"挑兵"场上三宝对陈伟大打出手，他便萌生了如此念头。现在甄峰和三宝都成了甄荣身边的最亲的男人。至于陈伟对她，她也反复掂量过，相对三宝，陈伟现实生活离她远了一些，在缘分上略显平淡，就像茶水，味儿还不够浓。当然阿伟对她也是痴心的，关键时刻也是拼死救她的，可人生有时这般捉弄人，她终将要做出选择，那也只能看缘分深浅吧！回想当年，她内心萌生着一种对善良的亲近，对美好的憧憬，对情感的朦胧。而如今她已经迎来了异性挚友最真切的关心和奇巧的境遇，她不再是当年懵懂无知的俊丫头，出脱成了明辨是非和懂得珍惜的大姑娘。一段时间，她为此事滋生出莫名的忧伤，甚至会为花儿打蔫、鸟儿受伤、天空飘落细雨等自然小事感到失落。

　　有一天，甄峰来告诉他们一件事情，说马上就要征兵了，他想去报名参军。三宝一听猛然一愣，然后说："现在这时候风头不是太好，当兵又能干什么，还不如静观其变，等现在这股风潮过去再说。"三宝有些忧虑。

　　"还等什么等，本来我们走出家门，想通过求学苦读，将来能干一番事业，谁知竟是这番样子。看看安心学习的还有几人？我实在不想这样傻等，我们自己要出去闯闯。"甄峰的话听起来好像他深思熟虑过，他自信地看着甄荣和王三宝。

　　"你这种想法就不对，不管学习求知，还是当兵从军，不仅仅为自己谋一份职业，最主要的是将来能为家庭尽点责任，能为社会做点事情。我们现在真要到部队，也是出于当前的国内国际形势，捍卫祖国荣誉，建功立业，保家为民。"王三宝满脸严肃地说。

　　"你也太天真了，把生活看得太美好，现在这个情况，国家还有什么值得我们去保护？我们出去只是为自己找出路而已，我没你这么高境界。"甄峰不屑地看着王三宝，神情甚是不悦。

　　"好喽，好喽！你们都在这胡诌八扯什么，要是叫外人听到了，捅上去可要坐牢的？"甄荣忙从病床上站起来，走到门跟前，将门关死。"你们以前在校还围绕土地争辩论道呢，今天面临实际问题怎么就犯晕呢？你们想想看，土地在特殊的情境下，或者放置在特定的时间来看，就会上升到特定的意义。土地是国家的，她是民族的象征和人民生存的家园。丧失每一寸土地都象征着国家遭受屈辱，彻底失去土地意味着人民失去家园和根脉，国家走向衰亡……这是最基本的注解。参军从大的意义上说就是保卫祖国，捍卫人民利益。实际上每年征兵就是为了中华民族的尊严和强大。民是以食为天的，没有土地就谈不上衣食住行，失去土地也就失去了赖以生存的根本。古人云：非土不立，非谷不食。土能生万物，供养人类繁衍生息，其功用厚重，被奉为神明，自古以来，人们以土地为神。我们中学所学的课本里秦牧的散文《土地》中有这样的故事：晋文公重耳为躲避迫害，落难于荒野。逃亡途中，饥饿难忍，乞讨于村郊。农夫说，我这里没有粮食，只有这块土地。农夫把脚下的黄土盛了一钵，送给重耳，重耳很气愤。他的大臣赵衰告诉他：'土者，有土也，君其拜受之。'意思是说，你有了这块土地，你就有了社稷，就有了国家，你就有了你的王位和权力了。重耳听后跪了下来，把这块土捧在手里。这就是人们常讲的土地理论，也表明了人们对土地的态度，即土地是人类的全部财富、权力和社稷。从这古老的传说中，土地在社会发展和人类生存中的重要性略见一斑。"从甄荣的气色和语气来看，甄峰和王三宝知道甄荣的伤势已愈，心里无比欣慰。

"啊，你这个小妮子，我原来以为你是个啥都不知的病丫头，谁知还懂不少嘛！哥小看你了，你算是长大了，哥高兴。但哥哥的事你不要担心，我自己会安排好的。把自己的事情处理好就行了，别再让我和家人担心就谢天谢地啦！"甄峰以老大的姿态关心着妹妹。

"阿荣永远是好样的，不管哪个方面，只是为人处事太柔弱善良，容易吃亏遭损。俗话说，彩云易散琉璃脆。天下事大体一样，凡美好的东西最难留存，此乃峣峣者易折，皎皎者易污。哎！"王三宝叹了口气，接着说："以后你要多留心才行，我们不可能天天跟着你，我自己也不知道何去何从。阿峰讲的参军的事，我还真有点心动。自从我来城里读书，本想换个环境多学点知识，将来为自己找件事情干干，不想让父母操心。谁知我等乳臭未干的毛孩也会生不逢时，碰到这种状况，后来只有通过关系到学校当护校安全员混口饭吃，这才落到眼前地步。不过还好，要不是校领导让我们赶到电影院保护教授，我想，见你们还真没机会，只是场合太伤心了。好了，一切都过去了，我们以后都要好自为之，好好珍惜。"三宝眼角湿润，声音渐渐低沉，三人情绪一下都跌落下来。

"真是无巧不成书，虽然爷爷当年领导的领导打招呼，找到市里一所中学上了学，可是'涨潮'以来，大多数老师被校方撵回家了，只有少数老师在撑着。那天，一大帮穿黄军装、戴红袖章的人到学校乱砸乱抢，还打伤了留守的老师，学生们红眼了，就和他们对干，结果双方都有人受伤。校长一看怕出大乱子，下令让所有的学生和老师都回家了，只派了几个门卫，校门也锁上了，我也就赋闲了，不再为之乎者也和 x、y 伤脑筋了。"甄峰打破僵局，怕三人气氛冷清。

"那你们学校太惨了，那帮人竟闹到学校，而我们水利职业学校基本还正常上课，但上课的大多都是那些农村的孩子，他们等待风向变化，将来能分配找个工作。他们对学生不敢怎么样，但对老师，特别是搞学术研究的老师，想方设法地整治。他们白天不敢到校，怕遭遇护校队员拦截，就打听消息，跟踪这些老师。阿荣受伤就是那个晚上，一帮群专队员跟踪中年教授到影院，才发生了冲突，最后误伤了很多群众。现在想来有点后怕。"三宝讲起这事还心有余悸。

"现在就是太乱，到处都是打砸抢，怎么得了？哎，年轻人真的没有出路了。你别说，参军真的是件好事，在军营里锻炼，学点部队上的本领，能保护自己，还安全，我说你们不如就当兵去哩！走，我能出院了，陪你们报名去。"甄荣说着说着来了劲，脸上露出灿烂的笑容，宛若花儿突然绽放一样。

"瞧你这妮子，你以为报名参军是赶集。除了身体，政审要求条件可严呢，我们还得走爷爷的后门才行！"甄峰一本正经地告诉她。

这时父亲甄岳群哭丧着脸走进病室，大家突然觉得不对劲。甄峰问："爹，怎么啦，身体不舒服？"三宝和甄荣也都忙围上去。

"你爷爷他恐怕不行了，马上给阿荣办出院手续，我们赶快回家……"

"啊！"三人异口同声发出诧异的惊叫，他们分明听清甄岳群最后的声音是哀号出来的。

第十七节　再觅真凶

　　王三宝赶到会议室，党委成员全部到齐。局长开门见山，通报了最近发生的一连串案件。案件主要涉及一些不法分子，采取欺诈或者迷幻手段，骗取离退休老人，交来家中现款抑或提出银行存款。全国各地屡屡发生此类案件，已引起公安部重视。上级要求开展专项治理，加大侦破打击力度。听完通报，大家议论纷纷，只有王三宝内心没有一丝波动，他知道这类案件与自己正在侦破的案件相比，简直可视为小巫和大巫弟兄列队，滑稽可笑。那只是损失钱财，而他侦破的案件伤及的是无辜者的性命，并且受害者是老人，面对魔爪和死亡毫无反抗之力。这对拥有灵性的人来说，是件最残忍的事情，犹如用刀捅戳他的心。局长是掌握全盘大局的，紧跟上级部署，县委要求的就是他重视和主抓的中心工作，他并不怪局长，他找了个借口离开了会议室。

　　回到办公室，王三宝依旧坐立不安。他本来认为犯罪嫌疑人已经浮出水面，案件会很快破获。可讯问吴新良，他却没有作案时间。那么，所有侦查工作前功尽弃，专案民警情绪再次陷入低谷。作为一名专案组领导，他需要安定下来，重新梳理思路，再次考虑下一步的侦查路径。他犹如大海上迷途的航行者，面对茫茫大海和滚滚浪涛，四周是遥远的天际，没有航标和港湾，没有丝毫海岸的迹象，船员全都迷惘和失落，甚至生出绝望和恐惧。作为一名船长，他必须站出来，敢于担当，身体力行，鼓舞斗志，战胜绝境，探索前行，决不可就此倒下，坐以待毙。

这犹如人生，遭遇再大困难和艰辛，生活还要继续，人总要活下去。现在到了他必须立即决策和担当的重要时刻，而他自己内心都想追问苍天，凶手到底是谁？他苦闷得连他自己也不知自己是谁。他点上一支烟，烟雾慢慢缭绕开去，渐渐将他包围。他真想在迷雾中幻化和解脱，那是怎样一种情景啊！神仙过的到底是一种什么样的日子，他没去想过，但他这一刻悟出了最基本的感觉，应该是清闲悠哉和迷醉乐思吧！当然他是人，他不是神仙，他有最基本的人生责任和使命。天地间如果真的存在神仙，他们远离世俗，逍遥自乐，而血肉之躯的他却有需要他服务的千家百姓和相濡以沫的亲友。回想过往，他已负疚累累，从此他不再想为他生命视野中的人添加一丝遗憾。门开了，刑警队长林海走进来，看表情他有事想说。

"什么事说吧？"王三宝问。

"王局长，去宝洲追查马勇的同志回来了，但没有找到马勇。调查得知，他大概是半个月前离开的，离开前接到了吴新良的一个电话，内容是问他有没有警察到公司找过吴新良，那天以后他就悄悄离开了公司，不过一直跟吴新良通电话，从昨天我们传唤吴新良开始，就再也联系不上了。同时我们还调查到他在宝洲有一名狱友叫刘三。刘三没有什么正式职业，以前给人家开过车，后通过打牌认识了吴新良，马勇到吴新良公司上班就是刘三介绍的。但我们去找刘三，刘三也不在宝洲，到底去了哪里，家人也不知道。"林队长不急不躁地讲着。王三宝坐在办公桌前，眉头紧锁。他听得很细，希望从中听到什么玄机，就像悬崖下面的人死盯着崖上救助者抛下的救生物。

"你们辛苦了！案件至今未破是我的责任，主要是由于我的轻视和急躁。"王三宝讲了句官话。长期从事侦破工作，遭遇困境的情况太多，要想让手下坚持，他只有不断地加压和鼓励，不然会出现两种后果：一是彻底放弃案件，二是民警神经崩溃，有些话他关键时候必须要讲。

"没什么，领导辛苦！王局长，你也不要太过于忧心劳累，你放心，给我们时间，我们不会放弃，一定会把案件拿下的。"林队长的话明显在安慰领导。王三宝点头，眼光慢慢地定神注视着林队长，眼神里面充满信任和默契。这一刻就是当事者面对苦难时的精神和力量。

"我相信，我会和你们站在一起的，直到最后将凶手绳之以法。"王三宝露出坚毅的神情。然后，他嘴动了一下，林队长知道他有话要说，忙说："王局长，你有什么指示尽管吩咐，我们一定执行。"王三宝若有所思地看着林队长说："下面我看这样：第一，通过数据将案件上报省厅，看可能列为部里挂牌案件，通过公安部发布通缉令，全国追捕马勇，这样力度大得多，效果会更好。第二，扩大协查范围，向周边地市县发出协查通报，尽力查找甄岳群夫妇的下落，只要发现类似情况的乞讨、迷路老人或者尸体遗骨等都可向我们通报，务必活要见人，死要见尸。第三，通知甄家亲属，还要动员一切可动员的力量，在所有亲友间寻找二老，特别是那些以前不怎么来往，但却有着很深的感情关系的亲友，多方思考，避免疏漏。和大家说一下，再咬牙坚持，只要拿下这起案件，整个警队和专案组放假三天。"王三宝的话到最后说得很干脆。

"是！我现在就去安排，同时把你放假的指示传达给他们。"林队长转身就走。

"哎，你小子别断章取义，案子破了才能放假。"王三宝忙叫住他，一脸的嬉笑。

"怎么可能呢？放心吧！我的局长大人，我不会假传圣旨的。"林队长挤了一下眼，笑嘻嘻地出门而去。

林队长一离开，王三宝拨通了甄荣的电话。他亲自给甄荣说，让她回忆一下她家有没有不常走的亲戚或朋友，特别是祖辈和父辈有交往的，多想想两位长辈可能去的地方。同时要她最近密切关注着有没有涉及案件的信息，但目前看老人还很安全，估计到了一个什么特别的地方。

王三宝对她百般安慰了一番，谁知那边传来的第一句声音就是甄荣凄惨的哭声。王三宝怎么询问缘由，她始终不讲话，最后竟泣不成声。王三宝没法子就假装生气地说："你不讲我挂了，以后我也不见你了。"一阵沉默之后，王三宝听到电话里发出一句不完整的声音："我……娘、我爹他……他……们跳……河了……啊……"哭声随后连成了凄惨的歌谣……

第十八节　军歌嘹亮

　　新兵连集训早已结束，甄峰被分在了某团工兵一营二连，王三宝被分在了炮兵营下面的一个排，两人所在的地方相距不到十公里。因为训练各项成绩优秀，加上文书探家未回，王三宝临时担任连队文书。投笔从军，两人还真顺利。办完爷爷的丧事，甄峰拉着三宝的手一起去公社报了名，除了甄峰有一点色盲，两人一路绿灯。

　　在县里体检查出甄峰色盲，军医准备提笔在合格意见栏画"×"时，公社带队的干部阻拦了他，说："谢谢你，同志，这孩子你高高手放行吧，他是棵好苗子，我认识他，他是军属之家的后代，爷爷就是当年淮海战役中的'支前小英雄'，前不久过世了，他可能过于伤心，最近眼睛才出了点毛病，我想恢复一段时间会好的。"军医抬头看了看公社干部，一脸的真诚，想到他的负责精神，就顺手签上了"合格"。这位带队的公社领导仅仅通过从公社报名到县体检站体检这段时间，就对甄峰留下了好印象。连队集训期间，负责训练的领导也发现了甄峰的灵活和聪明，向接收连队领导推荐了他，不然像这种违反常规的安排几乎不可能。

　　后来在部队的日子里，甄峰的表现验证了领导的眼光。他服从命令，听从指挥，尊重老兵，眼色活络，腿脚勤快，很快赢得了官兵的好评，渐渐地甄峰融入了集体。每逢双休日，甄峰就和王三宝等一些老乡聚会，以免思乡之苦。日子过得很快，一晃一年过去了，甄峰在此期间先后两次荣立三等功，并且凭着成绩和自身外形条件，他很快成为所在部队首长的乘龙快婿。

那是在一次军区大比武时，一位首长发现一名俊朗阳光的战士，面色红润，神采飞扬。一头乌发散发着青春光泽，一脸自信像手握胜券，一飞而起的速度像离弦之箭……尽显一名军人的素质和优雅；动作潇洒，干净利索，几乎每个项目都是第一。

他和本团代表队所有成员并肩携手，共同囊括全军大比武的多项个人单项和团体冠军，创造了全团前所未有的神奇和佳话。正是这次比武，他将四个单项和一项全能冠军全部收入囊中。随后他五次登台领奖，以至于这位首长为他颁奖时非常奇怪地调侃说："怎么是你、是你、还是你？小伙子，你太棒了！过后我要亲自接见你。"随后他便成为全军的一名标兵，并很快提升为排长，同时也成了首长家的常客。不久，他和首长千金，一位军中娇花牵手走进婚姻殿堂。

甄峰军功屡建，又成姻缘，而在炮兵连服役的王三宝也不甘落后，毫无逊色，他虽然没有甄峰的运气，但谨慎和实干也成就了他的际遇，特别是他美好的品质，让战士有口皆碑，啧啧称道。有一次，他和战士在部队附近巡逻，一群孩子在河边庄稼地玩耍，忽然间一名儿童栽倒，滚进了水流湍急的河里，引起河岸边其他孩童的一阵惊叫。王三宝急速脱去军装，飞奔河下，直扑儿童落水处。河水很深，孩子已经下沉。他小时在家曾习拳练武，身体的力量、速度、协调和爆发力都属上乘。这又是一条季节河流，河水随四季流动变化，水质清澈。他从孩子落水的地方依稀能看到孩子下沉的方位，猛地扎下去。经过一番寻找，终于抓住了孩子的衣服。经过对昏迷状态落水儿童进行人工呼吸，孩子终于醒了过来。闻讯赶来的孩子家长那个感激劲无可言表，让他本人也倍感吃惊，一件普通的小事，对相关家庭和当地社会竟会产生那么大的反响，正能量真是不可思议。他没有接受当事人的感谢礼品和酬金，但没能逃掉军队和地方各类媒体的采访和追踪。报道铺天盖地，压得他无法宁静和喘息。他的确拥有英雄情结，希望自己有一天能为民救急解困，办点有意义的事情，人若如此，社会风气定会好转。但他却不知真正做一件自然的小事，让人这般揪心。不过，上级政治部门给他荣记二等功。后来有的采访是在连部门诊室病榻上进行的，救人后不久他大病了一场。那时已入深秋，河水积蓄着深厚的凉意。他救孩子上岸后，把军服盖在了孩子身上，后只想照顾孩子，自己长时间身子潮湿单薄，不经意间受了凉，而随之而来的就是接受道谢、慰问、采访之类的活动，他没能好好休息。他知道这些都是人活着需要应对的风尘事务，无法推拒，只有默默承受下来。当一切沉寂后，身体的疲惫和曾遭受的寒凉越过体能极限迸发而出。

他浑身发烫，像炉火烤灼，头痛得仿佛就要爆炸，不得不去诊所打吊针。人总是这样，闹而思行，静而思乡。当身处喧嚷环境的时候，总一味地去拼搏大干，无法停下前行的步伐；当热闹退去的时候，总又觉得应当真实本色怀念来处。故乡的一切都值得他思念和记忆：父母和老师，同学和伙伴，田野和堤坝，河流和湖湾；激情澎湃、催人上进的课堂演讲；风风火火、妙趣横生的村外"挑兵"；就连短暂的城里时光，那次电影院门前广场的恶斗……一个个场景构成一幅巨大的画面，一抹抹景色组成一处庞大的图案，人生的美好全由生命中的每一份美丽和精彩拼接而成。对王三宝来说，所有风景图画中最靓美突出的一抹就是甄荣的面孔。有人说，人生有三件事情回忆是痛苦的——死亡、灾祸和爱情。而现在，王三宝想起了往事，想起了他和甄荣相聚的时光，不仅没有丝毫伤痛，而且内心迅速涌满了甜美和幸福，关于他们的记忆注定要带进坟墓。

离家临行前的那天，他和甄峰等一批即将入伍的新战士，共同到公社接受了人武干部的训示。待一切安排妥善后，下午王三宝只身去了县城。晚上，他先和甄荣到街上吃了晚饭，又到电影院门口的街上几个主要的去处转了一趟，最后到了他在护校队的单独寝室。他的寝室紧挨着队员们的集体寝室，因为星期天多数队员休息了，只留三名队员正在门卫值班，这儿显得十分安静。面对心仪和思念的姑娘，王三宝内心的激情犹如海洋深处潜藏的暗流亟待暴发宣泄，火山内久蓄的热量伺机滑动喷涌。他太爱甄荣了，当然甄荣对他也早已生情，只是她没想到平素总是一本正经、一副道士冷峻面孔的王三宝今天表达感情的方式突然那么直接，更没想到这种两情相悦相亲的机会来得那么快，以至于她无法应变，只能处于被动。当王三宝将门反锁，猛然抱住她的时候，她开始还被动无力地推拒，后来只能发出甜蜜而略痛的呻吟声。

王三宝外凉内热，又是个武疯子，狠命的时候就真的变成了现实生活的疯子。待甄荣的叫声让他感到心疼的时候，他突然停止了铁钳般的双臂，嘴唇在甄荣脸上狂轰滥炸后，轻轻地半抛半放地将甄荣弄到了自己的单人床上，开始慢慢地脱甄荣的衣服。"你疯了，你也不看这是什么地方。"甄荣气愤地质问他。

王三宝一声不吭，继续去扯甄荣的衣带。

"啪！"甄荣一巴掌扇在了王三宝的脸上。因灯光昏暗，王三宝只是怔了一下，但甄荣觉得这巴掌打得很重，心里觉得疼痛。

王三宝"哇"的一声哭了！"我爱你！嗯嗯嗯……"王三宝虽然哭着说的，但这话说得干脆而且声音很大，仿佛涨满小屋，飘到外面乃至很远的地方。

甄荣担心外面来人，声音忽然变小，说："我俩现在那个了，你拿腿走了，我怎么办？将来我怎么有脸再活下去。"音量小却沉闷有力。

"你把我看成什么人了，我到部队一定会好好干，将来回来找份工作挣钱养活你，让你幸福！我不会扔下你不管的，我会负责的！求你相信我！"王三宝吃力地说着，但却带着哭腔。这时甄荣看清了，王三宝已泪流满面。

甄荣说："那你将来回来我们在一起也不迟，我等你！"她说得很认真。

"不行！我害怕，那么多人围着你，将来我回来，你就不一定属于我了！阿荣，答应我吧，我不会亏待你的，你不知道我多爱你！没有你我就不想活了，我来城里就是想混个人模狗样，让你能看得起我，嫁给我，我要你呀！唵，荣，我的心这辈子都是你的。"他的泪水再次汹涌而出。

"那我成了什么人了，我父母知道会杀了我的。"甄荣自言自语，看起来内心很矛盾。

"我今生非你不娶了，即使将来你另嫁他人，我也不会再娶。如果你等我，就还是我的人，就无须害怕。"王三宝诚恳的态度让人信服。

"唉……"甄荣一声长叹，显得痛苦至极。

"荣，给我吧，我求你了！"说着跪在床边。

甄荣把头背向别处，眼泪流了下来，伸手去拉王三宝，王三宝顺势起身，两人拥倒在了床上。心里略显坦然的王三宝刹那间让一条美人鱼耀眼在面前，像混沌灰暗的天气里突然蹦出个雪人儿，刺得他眼睛眩出异光，大脑阵阵发蒙，心脏"咚咚"随时要跳出。当他眼前的一簇雪团确实真实的时候，本来紧张惊恐的心情平静下来，临场快速应变正符合他的性格，也是他的能力。他觉得眼前的女子属于他的。他剥光了自己的衣服。他虔诚和神圣地扑了上去，既有血性和冲动，也兼备着怜惜和轻微；爱情是人类永恒的灵魂赞歌，是天赐的色彩和美好，但他却怕自己的粗鲁伤害天使的娇躯。甄荣在他身下顷刻间变成了一团棉絮，柔弱而温热。他的身体被其召唤，再次开始喷吐热量，一个集中本能和力量的物体突兀而出，好像在寻找归处。王三宝现在是一个探测家，嘴巴就是件灵敏的探测仪，甄荣身体的每一个部位成了他忠实细致的探测目标。他已经听不见甄荣发出声音的原色，看不见眼前的一切，此刻世界在他心里完全不复存在，只有他和身下的晶莹绵软和血液澎湃。迷蒙中，他终于找到了要去的地方，随着身下一声刺心的尖叫，他突然平静了呼吸，停止了动作，细看身下的那副娇媚容颜上滚动着亮晶晶的花儿，他心中顿生一种怜悯。他用嘴唇轻轻地在甄荣的脸上摩挲着，似乎在慰抚她的伤痛，手像一台播种机，一直在抚摸她的身体，期望能驱赶痛苦，能最大限度地播种舒适和快乐。就在他隐隐担心和忧思的时候，身下的那团棉絮开始酥软绵柔地缠绕他，和他越贴越紧，他呼吸更加吃力，同时全身节律地颤抖。这突然间挑起他的斗志，他知道他的身体在她的控制中，就像跨上一匹即将飞奔的骏马，远方的风景在频频召唤；又像乘上一架直冲云霄的银鹰，蓝天上沁人的瓦蓝在守望；骏马开始驰骋，飞机开始飞翔；他奉命感受到了骏马驰骋原野的舒坦，也体验到了纵横高深的旷达。他们晃动着、颠簸着、畅游者、呻吟着、呢喃着、狂叫着……不时发出只有两人能够听见和理解的爱情咒语。他们时而策马扬鞭、时而收缰伫立，时而仰天长啸、时而屏息收力……如此反复，他们自己也不知折腾了多长时间。经过上天入地般狂飙之后，王三宝如一名苍天遨游者猛然之间落入大海，周围被茫然水域包围，无力地躲开水流的淹没，设法尽情自由地呼吸。甄荣的脸色像傍晚夕阳映照下的天空，散发着缤纷的色彩，粉红变成最主打的颜色和基调。马蹄声脆终消尽，机声轰鸣遁入虹。他们真正回到踏实的地平线的时候，时辰已经入夜。他们没有远足者归来后的疲惫，而是对美景良辰的眷恋和感慨，他们一次次回味着人类缘分和爱情的难能可贵和永世壮美……夜渐渐深了，他们默默睡去，用自己的独特意识和方式分别对他们的未来予以设计和祈祷……他们和爱神一齐睡去……

　　此前的这次相聚时时触动着入伍后的王三宝的神经，而这一次，他的内心更加忐忑，对甄荣的思念更加浓烈。可是因为部队纪律和国内形势的走向，甄荣没能来看他，他也没机会探家。王三宝本来身体病了一场，而为此整个身心都大病一场。多亏学生时代的理想论辩给了他启发，家国思想渐渐覆盖了个人情感。国是家的整体，家是国的细胞，没国哪有家？古人尚有"不破楼兰终不还"和"匈奴未灭，何以家为"的报国情怀，更何况他一介七尺男儿。他内心发誓在部队好好干下去，争取干出点名堂，保家卫国才有实际的意义，同时甄荣也会刮目相看。思念终于慢慢沉入心灵沟壑的深处。当了干部后，他把心思多用在了战士身上，用剩余的时间大量阅读，提升自己的文化，弥补学业上的空缺。文化的涉猎是广泛的，他在书本上像一名真正的骑士，紧握知识的缰绳，在古今文豪巨匠和哲人志士思想的广阔疆土上纵情驰骋，领略他们风采的同时，也丰富了自己。生活如此多彩，人生越来越有意义。偶尔他也去看甄峰和其他同乡战友。

甄峰知道他的素质和干练与王三宝相比，在同一根标杆下有那么一些差距，但他有着自己的优势——不俗的外表和常人无与伦比的精明。当王三宝提干的时候，甄峰已经是堂堂的副营职干部。他的一举一动讲究实效，有益的事情才去亲力亲为，无意义的事他认为是浪费时间。当初他曾一度喜欢陈岚岚，但当他发现其条件远次于罗佳丽时，很快转移爱情。但到了部队以后，罗佳丽就成了海底珊瑚，云外苍鹰，离他过于遥远，早已被抛置脑后。

王三宝偶尔也去看甄峰和其他老乡和战友。一起喝酒，一起谈心，一起叙叙旧情，借此互相了解故乡的消息。思乡之情，人皆有之，像人爱美一样，是根深蒂固、与生俱来的灵魂情愫。若一个人从不思乡爱国，活着的意义就会大打折扣。

第十九节　河岸遗物

　　民警赶到时，现场被人围得水泄不通。甄荣抱着河边的衣服正在哭泣。一件酱色带圆形花纹的女士缎面棉袄，一根黑色帆布腰带，一个灰色鸭嘴帽，一件浅蓝色线衣，一件年轻人锻炼时穿的显得破旧的白色背心。据甄荣和少数邻居反映：这些东西除了一件背心外，都是甄荣父母的。从迹象和老人性格心理分析，老人很可能已经遇难。从老五爷开始，甄家十分重视子女的家庭教育，而甄峰的事情让老人感到大失颜面，辱没了门风，强烈的自尊心使他们一时难以转出俗角尘巷，最后选择短见，也属于情理之事。

　　据民警推断，老人有想不开投河的可能，但为什么还要把衣服丢在河岸。从这些天老人失踪的事实看，老人是极不愿意让外界知道他们的形迹，怎么可能还把衣服脱在了岸上？其次，他们穿的衣服和时令不符，不可能刚过酷热的夏天就穿厚厚的棉衣？再者，现场还扔下一件白色略显泛黄、陈旧的背心，背心决不是老人的，目测尺寸大小，那应该是孩子穿的。据第一位报告的村民反映，他是一大早来湾里收鱼篓时发现了这一情况。头晚上这里一直到黑，湾里面和方圆几公里内到处是人，没有发现异常情况，更没有发现跳河的人。夏过入秋，正值农闲，很多人都在这一带"挑兵"观战，村民散去时夜幕降临大地。如此说明投河者跳河时机大约在晚上至黎明之间。有村民反映，村里有一名叫"小鸽子"的单身汉，身体残疾，常年在湾里看渔网，吃住在船上。经详细调查，小鸽子这两天去几十里外的姨娘家相对象去了，那里有人带来了好几名四川蛮子，他正好不在。事情扑朔迷离，民警一筹莫展。伤心不已的甄荣突然冷静地告诉民警一件事，本村有一名女疯子，经常去她家转悠，有时摸走一些东西，特别喜欢拿大哥甄峰用过的物品。据她回忆，白色带有"文化革命"字样的背心的确是大哥的。母亲以哥哥为荣，只要大哥以前用过的东西都留着，常常在天气晴朗的时候拿出来晾晾。这次母亲和父亲出门之前把家里闲着不用的衣服都拿了出来，准备晾晒后入柜，哥哥的事使他们匆匆离家，还没来得及收拾晾晒的衣物。

这一情况让民警意识到有点价值，但即使找到她，可是疯子又怎么能谈出真实情况呢？他们觉得还要在外围做进一步的工作。

村里村外，警民动了一番心思，没有找到疯子，她也失踪了。

疯子叫陈岚岚，经常在村里转悠，眼睛直勾勾地看人，嘴里不停地念叨着，像自言自语，又似和上帝交流，有时宛如与行人说话。但大家都知道她是个病人，除了其家人找她吃饭，没人真正要和她讲话。她年轻时嫁到一个离甄皇几十公里外的源上，丈夫是一名瓦工。开始时两人上工下田，日子倒还平静；后来因为她时常发呆，嘴里祷告似地咕咕叨叨，然后一阵窃笑……当人一问她，她立马回过神来，叹口气，恢复正常。随着类似情况频频地增加，逐渐引起丈夫和家人的怀疑，特别是好多次夫妻同房时，嘴里嘟噜着一串串让人懵懂的话语，但事后她眼神中充满激情和幸福，脸上露出安慰和满足。渐渐留心的丈夫每当这时注意观察她的表情，细听她的话语。除了隐约听到"峰呀、亲呀"什么的，其他还是一无所知。为此婆家人到娘家找她家人理论，说婚前他们隐瞒其精神病情，家人拒不承认此事，探访邻居也没有结果。就这样生活维持了好多年，离婚离不掉，婆家也不敢让她生孩子，怕子女遗传有精神病。后来她病情渐渐加重，一人常到村头井边、田间机井旁、湾里水边……发呆，嘴里不停地"峰呀、亲呀"的咕叨着，家人和村里人发现后生怕出事，慌忙劝她走开。丈夫和家人觉得日子久了也不是事，夜长梦多，赶快找个解决办法。丈夫最后到娘家把情况如实反映，既然婚不能离，也不能老把一个定时炸弹放在家中，万一哪天她出了什么事情，娘家人肯定会闹个天翻地覆。与其把她放在婆家养着，还不如把她送回娘家，家人还能时不时看着，遇到什么事，都能知道原委。实际上，娘家人大都清楚怎么回事，甚至个个心里跟明镜似的，只是心照不宣。哎！也是没法子，人生无常，啥事都会遇上，真没想到这事摊在自家头上。当年陈岚岚和甄峰一闹别扭，父亲就开始担心。岚岚心眼小，目光短，易较真，平素动辄噘嘴生气；这事分量重，来得急，她不一定承得住，很可能出乱子。但按岚岚二哥的意思没有啥，说甄峰这孩子，虽然长相可以，但浮躁、虚假，给人不踏实的感觉，将来不会有大出息，按农村人的话说也不是什么好东西，没啥可惜的。讲这话时，父亲紧张得忙看四周，甚至上去捂儿子的嘴，生怕再惹出什么乱子。当时他家和甄家相比，各方面都不在一个层次上。但岚岚二哥旁若无人，根本不当回事。仅此而已，别无他法。孩子过家家般的事，实在无法理论和说清，只能私下发发牢骚。可打那以后，岚岚像丢了魂，上学没了心思，动不动就发愣，特别是一听到甄家的事，更有甚者有关甄峰的事情，经常号啕大哭，要么多天茶水不进，一点姑娘家的样子都没有喽。家人开始不清楚，后来发现她有病，还带她到处看病。再后来，她的病情似乎重了些，她有时一个人跟在甄峰后面，或者很多人发现她有事无事肯到甄峰家周围转悠，常惹得村民笑话。陈岚岚17岁那年，东源里来人给村上几个年轻人提亲，顺便说到岚岚。岚岚家人一听感天谢地，根本不敢要什么条件，赶快答应。其他人无一成缘，而岚岚不久出嫁了。岚岚满心不情愿，但苦于甄峰已离开甄皇，她心中的梦也早已破灭。据村里人讲，岚岚出嫁那天，全家人看不出有什么异常，她却哭得像个泪人。就这样，岚岚一步步离开甄皇，又一步步回到娘家。不管岚岚走后，还是后来她回到村上，村里都平静了多年。但近两年，外面传甄峰出了事，岚岚心里的魂好像被勾了起来，她又频频出来了，经常转悠，村民的东西经常丢失，当然最多的还是甄家……所有这些情况，都被民警悉数收集在册。但即便如此，眼前的一切难道说明跳河者就是陈岚岚吗？河中是否存在根本没人的可能？这么多年过去了，现实生活的情形已经让她有所醒悟了吧？她不必要去为一个无法兑现的虚梦去做傻事。再者，甄荣父母目前还没找到，要是跳河的就是她的父母呢？他们这时唯有一头雾水，同时觉得世间的事要想真正弄清，需要的是时间。

民警回到县局，准备将这些情况报告给王三宝，王三宝和刑警大队长正在为前期发生的案件和事件发愁。听到民警的报告和分析，王三宝说："村里和派出所尽快组织人打捞，必须得到最后结果。"

"正在打捞，不过水域太大，一时半会儿很难有什么结果。"民警说，语调中像一只皮球正向外漏气。

"那也得抓紧打捞，不管什么结果，否定本身就是查实和证明。"王三宝关于刑侦的观点每一句听起来都富有哲理。

"知道了，我再催他们一下。"民警心里知道，王局长现在正处在万般无奈的情境，再小的事情都会叮嘱几句。别说他，凡是局里搞案件的人这些日子见到他都溜着走。案件一件接一件，件件棘手，压得人喘不过气来。目前，宝洲新良食品公司的那个马勇还没找到，上面已经下发了协查通报。人找不到，很多疑点难以说清，别说破案了，一切都悬着。作为分管侦破工作的公安领导，他有着推卸不掉的责任，所以他心里火急火燎的，不顺眼的都碍事。

日子过得像白水流经平川一般，急速没有滋味。王三宝在办公室里等消息，实际上就是数日子，他时刻幻想着某一处办案的民警会突然带来好消息。他知道天道酬勤，但也讲运气。人生的事有常理，也有玄机，有时明摆着的一看便知，有时深不可测。很多时候案件根本不发，急得他们手直痒，即使发案了，无须周折，他们侦破起来易如反掌；有时一段时间案件连发，像是背后有眼睛盯着，生活中有人得罪了谁，看到执拗和不平，就一股脑儿把苦难和屈辱朝人间泼洒。王三宝他们今生的任务就是不停地破解生活中简单和复杂的道理，或者在两者之间转换。

一星期后，王三宝等来了消息。河里打捞并没有结果，但下游发现了一具女尸。经辨认就是那个疯女人陈岚岚，死时怀中紧紧抱着甄峰和甄峰家人的衣服，河边的衣服是她投河时掉下的。王三宝明白一件事的同时，整个人又陷入了嘀咕。一个人的一生就这样完结了，岚岚当年也是他的发小，共同的玩伴。那时他们无忧无虑，充满神性，那才是最刻骨的体验，最浪漫的记忆，最美好的时光，最初的人生。可正是这沁入骨髓的感受，才住进人类的灵魂，永远不能逃离。当他把情感一旦投入到某处或某人，才被牢牢地系住。她因这段记忆，到死都没能忘却甄峰。大多数人认为她痴她傻，她有精神病，实际上这正是她做人的本色。基于这一点，她才可称为是一名地地道道的人，一名实实在在的女人，而非他类。这一时期，作为都还小，离生命的源头很近，灵性的成长还没被世俗的尘土污染，人也就最真实。往往真实而专一的心灵会贻害自己的人生。只是像岚岚她这种人在人类群体中能有多少，而被她魂牵梦绕、死也无法忘却的甄峰又是什么样的状态呢？王三宝围绕这样的问题，在自己的房间里整整一天没出门。

第二十节　平步青云

　　第三次总攻击的命令终于由甄峰下达。作为独立团的一名政委，他立在团指挥部举起了望远镜。正前方一处高地上，军旗飞动，军号嘹亮，硝烟弥漫，杀声阵阵，军人们以固有的素质和天职呐喊着扑向敌人。周围大片的田野，如无垠的绿毯，茂密的林木郁郁葱葱，各种灌木整齐而美观，像人工精心雕琢的风景，满山遍地的各种野花纷呈竞艳。越过浓密的炮火和成团硝烟，高处是广漠无际的天空，偶尔飘飞的野鸟和浮游的云朵，点缀在幽蓝和浩瀚之中，凸显一片松弛和悠闲，与下方袅袅升起的尘土和大团大团卷起的黑雾遥相辉映，形成两个鲜明的世界。阳光和烟火，和平与战争，如果这世间没有侵略和杀戮，生活完全还是另一种情形吧！此时甄峰的心里进行着对话。这次战役是我国南部边陲个别国家无视他国主权，屡犯我边境和人民生命、财产安全而进行的一次自卫反击。中国军方高层早有遏制其嚣张气焰的打算，此前甄峰作为一名中层军官虽没有正式接到此方面的通知，但他已经感到了某种气息。那次老乡聚会，他没敢透露这种猜测，话里隐藏着几分提醒，分明在对战友们说：真是笨到极点，大战在即，你们还在吃喝悠哉，简直酒囊饭袋！聚会不久，甄峰和王三宝以及位居要塞的同乡们所在的部队都先后接到集结开拔的通知。正好王三宝所在工兵二营并入甄峰的步兵团，合成独立团。在独立团所在西线部队夺取雅街、黎塘的战斗中，敌方采取地方部队和公安及民军在边境拼死抵抗、主力步兵师实施机动作战的战术，以空间换时间，与我军周旋，给进攻带来很大阻力。正是这次战斗，王三宝带领全排战士，突破敌人火力封锁，冒死前进，为主力进攻部队提供了通讯保障，取得了最后的胜利。因这次战斗，王三宝火线被提升为副连长，甄峰因指挥得当，也荣升为独立团政委。事后甄峰觉得他和王三宝都来自北方的中原大地，顽强勇敢铸就了他们的内在性格和血性，当年课堂论道为他们开阔了最初的生命视野，也丰富了他们的报国情怀。现在足以证明，他们完全有志向和能力，在国家需要的时候挺身而出。他的战友是好样的，他的同乡是骄傲的，在出发前的誓师大会上，他们与家人的告别书印证了每个人内心的铮铮誓言。当时甄峰特别看了王三宝与家人的道别：

亲爱的阿荣：

　　因父母识字不多，我这封信直接写给你了。当然在我心里，你也早就是我的家人了。上级要求每一名干部和战士给家人写一封信，想来想去我觉得还是借这个机会跟你聊聊，平时你不往部队来，我们说话的机会本身就很少。

　　上级让我们写这封信恐怕还有一层意思，那就是我们很快要上战场了，既然上战场，那就会有生命之虞（当然你不要担心，有你的保佑我会平平安安）。因为俗话说，子弹不长眼睛。这时我才知道，我看过的一部外国影片《魂断蓝桥》中，男女主人公为什么相识后很短时间内办理了结婚手续，只因世事无常，特别是战争瞬间改变一切，美好的爱情更经不起人间风浪的折腾。扯远了，我们还得回到自己的故事。如果我身边有人给我算卦，我今生应该是一位最幸福的男人。尽管我出生在乡村，但你却伴随着我的童年乃至整个孩提时代，那时我们是怎样的无忧无虑啊！甜蜜中带有酸涩，纯真中偶尔嫉妒，人生的梦想从此开始飞扬，一发不可收拾，这些美好的回忆会永久伴随我一生！

如果上帝错爱，给了我幸福的童年和记忆，让我成了最快乐的孩子，那么爱神又失手，让我得到迷人的爱情。在远离故乡的那个小城，我再次遇到你，深爱你，得到你！我甚至常常梦里自问或笑醒，凭什么我会摊上这么好的运气，罩上祥云闪烁的吉利，中得三生高照的福祉？我已经万分满足了，将来战斗结束了，无论我干啥，都会尽最大能力让你幸福。因为你是今生为我种植幸福的人，我无以回报，就以幸福馈赠吧！我也是一个懂得以牙还牙的人，嘿！荣，你是我一生追求进取的动力，是我快乐幸福的源泉，有你，我死不足惜！看，我又说不吉利的话，那是多遥远的事情。我想说的是，我会好好保重，珍惜自己，好好打仗，让你和父母，让家乡父老为我骄傲。你也要保重自己，保持快乐心情，抽时间去看看我的父母亲，他们是给我生命和感知的人，加上你的爱，共同铸就我多彩、快乐和完美的人生！

荣，回头我还是得和你开个玩笑，因为上帝肯和人开玩笑，人是上帝主宰的。比如，我的爷爷，就曾在以前那场战役中倒下了，自然我一百个、一千个、一万个不学他，但万一我有个三长两短，步了他的后辙，你和父母千万不要太难过，一定好好活下去……这是我的心愿和祈祷！

再见，别了，我无法割舍的荣，为我祝福吧！

三宝于大战前夕

看完这封信时，甄峰哭了，团部其他领导还笑话他太娘们。但当大家都看完这封信时，才知道泪花闪烁属情理之中，评价确实感人至深，云云。

甄峰对自己的告别信没有多大波动，一方面他是一名副团长，危险对他而言不是大的担忧，告别信内容自然平淡无奇。再者，他庆幸这次上级给他人生中又一次挑战和机遇。在这百年不遇的机会中，他只有认真把握，争取再创辉煌，为自己的未来捞取资本。谁知天遂人愿，王三宝他们的一次行动，竟然让他们都得到了提拔。这次攻取眼前这块高地，他就以团主要首长的名誉发布的总攻令，一周前却不可能。此刻他心中如置块垒，好不惬意。他慢慢地放下望远镜，一名参谋端杯水放在他的观察孔前，他掏出毛巾轻轻擦了擦脸，然后拿起水杯。"轰"的一声，一颗炮弹在指挥所外不远处爆炸。"首长，危险！"参谋忙把甄峰推在一边。"没事，我要看着我的部队把高地收复。他们在前沿阵地流血，我这算什么？"他猛地站直了身子。参谋似乎为他的话语所感动，不再动弹，悄悄在一旁看着他走向观察孔。

又一次攻击开始了。高地上的战士，在飘舞的烟火和战旗下成排地向前冲去，对方密集的炮火，不能阻止他们的冲锋姿势和义无反顾的强大气魄。不管哪种兵种，不管身带哪种兵器，他们都以最快的速度向前冲。虽然他们不曾拉手，只是相伴着向前，但你能感觉到他们都同时注视着前方，心中同仇敌忾，并凝成了强大的力量，向前、向前、向前！永远朝着一个方向。甄峰看到了他们这支众志成城的队伍中有人倒下了，越来越多的人倒下了，更多人倒下了。但却没有一个人改变原先的方向，不管哪种姿态，最后总是头朝前方。挺立着的同志看到战友倒下了，于是增加了胸中的愤恨，继而加快了向前冲击的力量和速度。蓝天高远了，天际飘来缥缈歌声；大地变阔了，战士们个个变成了自由放纵的炫舞者；敌人的炮声和狰狞隐去了……战士们个个都成了顶天立地的英雄，他们已无所畏惧……世间万物在他们心中瞬间升华。冲锋是勇敢者的常态，退缩是懦弱者的羞耻。不管倒地，还是前行，他们这时分明体验到一种魂魄，以及足下土地上千百年来流行的精神。

忽然，甄峰看到一种奇异的美景。正前方，一名指挥官持枪指挥着战士冲锋。看清了，这名指挥官左手还扎着绷带，右手短枪，他身边的每一名战士都背有一架报话机，纤细的发射天线头顶摇曳，声音随着跑动的身影飞扬在空中。记不清这是第几次冲锋了，他们又开始了新的战斗，正随着前面的战友飞奔向前。甄峰定了定神，把望远镜放得靠眼睛近一些，目光锁住了那位指挥官。他真正看清了，他是王三宝，不错，就是他，上次强渡红河那次战斗，他的左臂被一颗步枪子弹击伤。左边半个身子衣服成了半面火红的战旗，他竟然说轻伤不下火线。当时通讯员哭着要背他下去，好家伙，王三宝差点掏枪把他给崩了，通讯员和卫生员吓得再也不敢龇牙，直到战斗结束。可今天他又上来了，而且直接冲到了最前沿。

王三宝向前指着，同时边跑边回头招呼着他的战士，看那架势，立马冲上山顶都恨之已晚。一颗炮弹在他旁边爆炸了，滚过一阵浓烟，几名奔跑的战士再也没有起来。王三宝漫过烟雾向那儿瞅了一下，摇摇头，凄楚的大喊一声："冲啊！我们和上面的小鬼子拼了！"凄厉的尖叫声散布在旷野中，让人闻之惊恐胆寒。身边的战士们又冲过去了，他跟着也冲了过去。"砰"的一声，又一颗炮弹在王三宝正前方炸响了，急速奔跑的王三宝猛地倒向那堆山花绽放般的火光。甄峰看得清楚，王三宝一丝没有避让，没有躲闪，没有停滞，身体实实在在地与爆炸进行了一次碰撞，非常干脆和直接，他目睹了真正的英勇和壮烈。"坏喽！三宝出事了！狗日的敌人！"甄峰心想，同时眼泪流了下来。他放下望远镜朝外就冲，被两名参谋死死抱了回来。

打扫战场时才发现，王三宝没死，但下身血肉模糊，重伤，被送往战地医院抢救。自卫反击战也很快结束了，大批伤员回国进行康复治疗。在一家军区医院，王三宝得到了国内最好水平的医治，伤情和精神得到快速恢复。但由于生殖系统一根传输管被炸碎，当今世界还没有修复和再造医疗技术，他终身变成了特等残疾军人。王三宝得知这一消息，犹如晴天霹雳，当初战场上负伤而归的平静消失得无踪无影。他躺在床上号天哭地："天哪，早知这样，你们为什么还要救我，让我死了算了。我没有脸活了，我怎么会成为一个终生残疾的男人……"猛然醒来，他发现自己正躺在一张熟悉而陌生的姑娘的怀里，一张冷艳而清秀的面孔正含泪注视着他。他忽然再次大声哀号，随之又猛地推开姑娘，说："你去，我不认识你！"他显得很倔强。

"别动，这有多好，我就很满足了，哥哥和你，我的两位最亲的人，都能平安归来，安然健在。你可曾想到，有的人永远从战场上回不来了，即使回来也永远站不起来了。你当初不是给我讲，上帝万一开玩笑怎么办？现在上帝仅仅跟你开了小玩笑，我们感激还来不及呢！"甄荣安慰他说。

"你别骗我了，我知道我这辈子完了，我和你也完了，我活着也没什么意思了，你走吧！祝你幸福。"他再次推开甄荣。所有的离别和思念这一刻却不能表达，而是用这种方式来分手，他心里像针扎似的难过。泪水、泪水、泪水，该死的泪水还有啥用？人啊人，世间痛苦能不让人血肉之躯来承受多好？

在这场战役中，甄峰功成名就。他很满足自己荣升为正团职干部。战前他利用和朋友的关系涉足烟草经营，赚了百万利润。名利双收，他在人生路上取得了很大成功。每想到这一经历，内心有一种难以名状的满足和自豪。既然如此，感情生活上，他可要成为一名主宰者了。本身是在关键时刻，岳父大人提携了他，妻子也是一名军官，双方真可谓夫唱妇随，天地无双。自己年纪轻轻，就如此成功，爱情和婚姻上也不能委屈自己。妻子相对而言，那可是半老徐娘，逾秋红叶，风韵难存，枝败叶黄，他早已不把这位女军官放在了心上。有的人总是这样，见异思迁，移情别恋乃生活常态，他也今非昔比了。突然有一天，他做出一个让自己难以预料的举动，当他离开后，妻子才知道事情的严重性。没有和岳父与妻子打声招呼，更没有商量，他便私下申请转业，并很快得到批准。当妻子知道他这一做法欲当面质问其良心和责任丢哪时，他早已独身一人乘上北去的列车，辗转反复，悄悄地来到离他祖籍不远的一个中原城市桐鞍。鉴于他当时的职级和条件，很快在桐鞍市古桐区当上了副区长。对他而言，工作和仕途上的一切障碍都不是问题。他有着祖辈父辈在战争和往昔年月靠感情和德行铺垫的关系。爷爷当年靠生命、理想和一些战争年代的首长熟悉并经常来往，即使在和平岁月里，一个老实厚道的农民也没有忘记曾经给予提携、关怀的老领导，那也是一个农民的骄傲，因而时不时拜访、看望。爷爷死后，父母偶尔也去走动，叙叙旧情。恰恰是长辈们的本色和感情来往，在他后来的人生道路中起到了重要作用。每到关键或必要时刻，他在部队打磨锤炼的公关能力，使他会利用一切可利用的人脉条件。另外，转业前他已是百万富翁，疏通关系和打开关口方面，他有着雄厚的物质基础。他与财富的结缘可以追溯到二十世纪八十年代。当时他所属的部队在西南某市，当地一个烟草公司在他的部队大院租房办公。聪明和敏感的甄峰便去找到烟草公司经理批发了一箱香烟，转手倒出去，赚了120元钱。这笔钱相当于他那时一个半月的工资。

　　淘得了第一桶金的他，已不满足于小打小闹，而是整车地批发倒卖，短短几年间，甄峰足足赚了三百多万，在当时，这可不是个小数目！

　　这时的他对金钱有着无与伦比的崇拜，每获一笔收入，犹如得到一次满足和快感。当股票在中国刚刚兴起时，他又购买了朋友推荐的股票，到他转业时，他把股票卖掉，赚了200万元。此时，他不仅仅是一个衣锦还乡的正团职转业干部，而且还是一个腰缠数百万元的大富翁。这样一来他双翼丰足，左右逢源，如鱼得水，当一名副区长也实属自然。

在甄峰转业和工作安排都一路绿灯的时候，王三宝被分配到当地公安机关当了一名警察，但感情和婚姻上却经历着一场地震。他忍受万般折磨和屈辱，终于以男人的尊严拒绝了甄荣的要求。他一生不娶，但希望她尽快嫁人，另寻幸福。他们之间的事情，开始因人们无知，在甄皇和社会上飘飞着各种传闻和猜测。王三宝父母对儿子的做法也不可思议：男人要敢爱敢恨，怎么能割舍自己心中的爱呢？甄荣父母也是找王三宝大闹，反复指责他是一个当代陈世美。女儿的痛苦、泪水和沉默使他们悟出了什么，最后才慢慢平静下来。

两个月后的一天，距甄皇二十公里的关帝庙来了一位青年女子。她戴一副墨镜，嘴角略带忧郁和疲惫，但轮廓依旧看上去清秀端庄，气质高雅，皮肤如雪，头发瀑布般明亮飘逸，身材亭亭玉立，走路风尘仆仆。她并不注视行人和其他事物，而是径直前往关帝庙烧香、祈祷、叩拜……然后转身离开。这引起很多香客的好奇，大家自从她进庙，就把目光粘贴在了她身上，直到她渐渐远去。有个别附近的居民认识并议论女子的身份，说她就是甄皇方圆几十里内最漂亮的女人甄荣，可惜她的男友在战场上受伤残废了……只有甄荣心里清楚，人生犹如旅行，风景和坎坷布在其中，只要行走，该来的总要到来，该走的一定会远去，谁都无法逃离……王三宝说得多好，上帝是经常和凡夫俗子开玩笑的，关键是看调侃的主题；吉祥人则会幸运高罩，凶险人则会厄运连绵。而她竟遭遇这般不幸，真是欲哭无泪。世上本无家，渴望与渴望相遇便有了家。可这个家只是一个梦中的窝巢，还没筑建，就彩云一样破碎了。帕斯卡尔说：人是一个被废黜的国王，否则就不会因为自己失去了王位而悲哀。从人的悲哀也可证明人的伟大。借此可以把人类的精神史看作恢复失去的王位而奋斗的历史。真实含义是人高贵的灵魂必须拥有配得上它的精神生活。甄荣原本觉得万有皆失，唯有精神永存，可三宝突然从生活中远离，何处再有精神家园？自己心已经死了，再也无家归航。那她就把未来的祝福送给王三宝和所有的亲友吧，愿他们好好活着，一生平安。宗教植根于人的天性和生活的基本境遇中，每一个绝望的人都是迷路的孩子，但却知道神在某个地方等待着。这正是甄荣这位饱受磨难、痛苦不堪的女子来关帝庙的缘由。从关帝庙出来，墨镜下两道晶莹的光亮在太阳下显得更加刺眼，她的心终于安定下来，她注定要孤独走完今生的旅程。

第二十一节　真凶何处

王三宝一段日子寝食难安。他这一生除了至亲长辈，没有子女，总想把自己的能力和精力多用在为百姓办些有益的事情上，对他来说唯一体现的方式就是破案。当年不管是上岗，还是任职培训，老师反复强调的就是作为一名人民警察，宗旨态度和服务意识至关重要，首先明白为谁服务；在此基础上，才能不断地提升能力，增强素质，更好地履行职责。苏格拉底说得好——"美德即智慧"。讲大一点这叫崇高理想和价值，讲小一点就是职业道德操守。他觉得，这有点像一位学者的说教：先做人，后做事；又像哲学家的观点：有德有才，其善多为大善，谓之高尚；而有才无德，其恶多为大恶，称之邪恶。人先德后行，才会目标清晰，服务明确。他不敢保证自己多有才智和能力，但品德要绝对端正。他在部队的一言一行，已经让战友有口皆碑。他工作以来也一直遵循着这一原则，尽力多为周围的服务对象做些工作，让群众满意。可现在真的卡壳了，他感到无言面对受害者亲属。

经过侦查和多次综合分析认定，和陈伟有生意伙伴关系的吴新良的作案嫌疑被排除，那他在宝洲食品公司里帮忙的马勇为什么要杀他老板朋友的父母呢？和他们无冤无仇。如果是为财，那么采取欺骗和偷盗手段把钱弄走也就完事，为什么要铤而走险，剥夺两条生命？然而陈伟父母身上用于与吴新良合作经营卤制品公司的巨额资金确实不翼而飞，这违反了一般的案件规律。既然陈伟不会残杀双亲，吴新良又没有作案时间，似乎那个马勇疑点应该上升。话说回来，单凭他关机和突然失踪就能判断他有作案嫌疑吗？从推理上看，过于牵强，但案件是真实的，到底谁是真正的凶手呢？王三宝消瘦多了，饭菜到了口中失去了往日的味道。甄荣的父母，一对善良的老人怎么能从人间蒸发呢？一连串的疑问悬挂于脑海，直压得他寝食难安。

发射出的箭都陆续收回，但却没有案件的线索，更没有吴新良的消息，案件的侦破似乎到了山穷水尽的地步。作为一方主政社会治安的官员，他觉得有着无可推卸的责任，更怀有深深的愧疚感。他一直待在办公室里思索着侦破案件的方向，也在期待着各组随时传来的调查消息。一天早晨，电话铃突然响了，他心中的激动不亚于一个口渴难耐的孩子奔向自己分得的水果。

侦查员报告说，他们在马勇的家乡临平公安机关调查得到这样一条线索。这里也曾发生过多起老人被杀死、伤害，以及抢劫老人和涉及老人的交通肇事案件，但都没有捕捉到任何破案线索，交通肇事者大多当场逃逸。当地警方经过长时间侦查，确定过很多嫌疑人，最后一一否定。其中一名最重要的嫌疑人就是马勇，但经过调查，除了认定一起交通事故外，所有案件都因证据不足悬而未破。司法机关只能以唯独一起交通肇事判马勇三年徒刑。正是在服刑期间，马勇结识了宝洲街上的无业青年，然后通过和他们一起打牌，认识了卤制品公司老总吴新良。同时，现在已经查明，很多年前，这里发上过一段艰辛酸楚的故事，故事的主角就是他们需要查清的马勇。马勇祖籍在临平不远的沧海，小时候，他的生活并不幸福，父母经常吵架，感情不和，为此马勇心烦，为逃避家庭战争便不断流落街头。后来母亲负气出走，父亲变换着带别的女人回家，父亲心情郁闷，对马勇的暴力日渐加深。继母受父亲影响，也常对马勇横加指责和打骂，马勇心中尚存的一丝家庭希冀终于破灭。可到了上学的年龄，马勇想上学，交不起学费，马勇继续在街上流浪。为扔下包袱，一次意外的机会，一个朋友提到在临平有一对夫妇，膝下无后，非常想要一个孩子，正好马勇的父亲经别人介绍，将马勇以500元的价格卖给了这对老人。这对老人非常善良宽厚，与邻居也极为融洽。长期缺失亲情关爱的马勇一下去了充满爱的家庭，有种如获珍宝的感觉。周围的一切，肃静的村庄，自然的芬芳，嬉戏的伙伴，村内外四处开放的花儿和遍地的植被，村后山坡上大片的树木和竹林，随处洋溢的鸟儿歌唱……这里是自然天赐的人间仙境，更是孩子们无忧无虑生活的童年乐园，一切都慢慢地向他的心灵世界渗透。马勇自从来到这对善良的老人家，好比从一个冰窟猛地走进一个温暖的天堂，从此把欢乐和笑声填满了一个本来寂静的家庭。马勇如老人掌中之宝，老人给马勇营造了一个衣食无虞、自由快乐的温馨家园。岁月溜走，感情日深，一家其乐融融。老实厚道、耕种为本、附带编织竹器养家的父亲，勤劳和善、终日忙碌、总让家庭整洁温馨的母亲，阳光坦诚的儿子挎起书包沐浴在朗朗的读书声里。每天，马勇一放学，母亲就会站在村口朝着学校的方向眺望，风雨无阻，犹如太阳东升西落，然后母子相依着、搀扶着回家。一有时间，父亲和母亲就带着他去赶集，有时到田间锄草或者给庄稼掰杈也带着他。大人做活，马勇在一旁玩耍。他奔跑在田埂上，真正地沐浴阳光。"孩子，跑慢点，别摔着了！"父母不时地提醒着。他驻足微笑着点头，然后扭身低头看水渠里的鱼儿穿梭游弋；忽而又兴奋地扑蜻蜓、逮蚂蚱、捉鸟儿；有时父母歇息间跑到水塘里捉苇鸟和红鹳子给他，极力满足他内心的好奇和希冀，直到夜幕覆沉，万籁俱寂，远处的灯光依稀闪烁。他越来越感知原先的生活那么遥远，甚至已没有记忆，现在才真正生活在快乐的王国里，眼前的父母才是真正的亲人。全新的世界，不仅带给他美好的憧憬，甚至让他感到像梦幻一般。"活着如此美好，以前的那个家庭是否是上帝的考验和捉弄。"他内心的惊喜和快乐难以束缚，不能自禁的时候，自己就偷偷跪在房间里和大地上，对着屋顶或苍天繁星大喊："我到底是谁，竟这么好的命运！"怨恨从心中消失，替代的渐渐是对生活的感恩。光阴荏苒，日子蜜一般不经意流失，很多年过后，马勇便在这样的环境里长大了。然而这时却发生了一件令马勇再也无法磨灭的伤痛和记忆……

第二十二节　无声陷阱

太阳像懂得人的心思，天刚亮就早早升到了空中。甄峰虽一夜无眠，但第二天一大早就去了办公室。作为副区长，他是一位务实稳妥的人。他四十多岁，一头浓密的头发乌亮而富有光泽，端庄周正的发型透着飘逸大气的神采；国字形脸庞，面色红润，鼻直口方，棱角分明，动作干练，举止之间无不显示着他的个性。他来区政府工作已经快三年了，大家对他的工作成绩有目共睹，同时也大加褒扬。昨晚上，他和有关分管工业的领导，为了拯救面临破产、有着几百名职工的一个纺织厂，苦苦研究到了后半夜，他的改革方案最后得到了大家的一致赞同。后来回家他躺在床上，辗转反侧，无法入眠，弄得妻子也睡不安生，频频怪他。他脑海里不断翻腾着工厂改革后的工作阻力、工人反应、效益成果和上级态度等事宜，转而一想，只要为了救活一个纺织厂，挽救濒临下岗的工人，担风险也属正常。心安静下来，他的眼皮开始打仗，可扭头看到墙上时钟快行进到七点，他就势翻身下床。上午八点半，二轻局还要把昨晚研究出的具体方案报他审核后，上报区长和区委书记。甄峰抬起手腕看了看表，正好门外有人敲门，二轻局刘局长和纺织厂蔡厂长准时推门进来。

"甄副区长，上午好，你来得真早！"刘局长招呼他。

"我们大小是领导，心里有事睡不着呀！再说群众无小事，那么多工人等着吃饭，我哪能安心扯大头呼哩！"他说这话时很严肃。

"那是，那是，还是领导境界高。不过你也得注意身体，我们桐鞍一百多万人口离不开你呀！"刘局长一副忧郁关心的口吻。

"没事，讲讲吧！方案我看看。"甄峰迅速步入正题，可听了刘局长的话，内心非常感动，心里暖乎乎的。

他详细听了两人的汇报，又详细看了方案，并在材料上签了字。他正要目送两人出门时，蔡厂长看到刘局长出门后，忽然回头说："甄副区长，我们厂里职工过意不去，让我给你表示一下，给你买点营养品补补身子。"说着，从上身内衣里掏出报纸裹着的一大摞钞票，回头又看一下身后的门，然后放在了甄峰的桌上，报纸散开了，闪着蓝幽幽的光泽。

"你这是干什么？我们都不要忘了自己的身份。怎么能拿工人的血汗钱做交易，立马拿回去！"甄峰几乎吼着说的。

"甄副区长，我们没有别的意思，就是觉得你替我们工人着想，我们都想表示一下心情。"蔡厂长颤颤巍巍地说。

"不要多讲，立马拿走，不然我让纪检委的人来拿。别让我动气处分你！"甄峰的脸还是绷得很紧。

蔡厂长知道他非要拿走不可了，甄峰是以领导的口吻讲的，没有任何商量的余地。"好，甄副区长，我拿走！"蔡厂长急速卷起了桌上的报纸。但蔡厂长走后，甄峰陷入思考。

他想自己为什么变得死板起来，实际上他何尝经得起诱惑。当年在部队，金钱就对他充满诱惑，他想方设法批发香烟贩卖，又想点子炒股，千方百计捞外快。可眼前这是理所当然的回报，偏偏严词拒绝，真是有点不近人情。更何况这几乎不费工夫，又不担风险，不过在旁边讲讲话，拿点意见，省力还省时。他在办公室走来走去，左思右想不是味，而且越想越气。"啪"的一声，屋里传出山响。区政府秘书室有一名年轻女工作人员进来，要打扫碎玻璃。

"你出去吧，我无意间碰掉的，等一会我自己来，我正想一件工作上的事情。"

"这不行吧，怕扎着你！我清理一下吧！"说着，工作人员又拿起扫帚去扫地上的碎玻璃。

"给我出去，怎么这么啰嗦？我的话没听懂，真是的！"甄峰再次吼叫起来，工作人员慌忙跑出门。

甄峰气得把烟灰缸摔碎了，散落一地，甚是碍眼。工作人员害怕扎着他，欲打扫，也被他呵斥走了。

他内心火气大了一些，自己也感到莫名其妙。他慢慢关上门，心潮渐渐平息，回到座位上，思绪却又跑到了远方……

那时在部队，他第一次去找朋友——当地烟草公司经理。他要朋友给自己一个机会，让他学着做做经营买卖。烟草是紧俏商品，批发商议价购买后，可以通过销售挣得差价。第一次他面对一百二十元的收入，眼睛简直发亮，心里乐开了花。可他一分没要，全部通过请客吃饭、购买礼品，回报给了那位烟草公司的朋友。以后在朋友的帮助下，他的投资越来越大，收入自然愈发可观。钱是样好东西，他不断地买好烟好酒和各种皮货给担任军区首长的岳父大人，岳父也喜形于色，妻子也越来越殷勤。平时他和妻子都是军官，他的军衔还高于妻子。但在家里，所受到的待遇却有差别。他经常遭到妻子父母的冷眼，妻子也对自己不屑一顾。他仅仅是个长得潇洒点的农村娃子，走到这一步，离不开岳父一家人的提携。他生活在这样一个高干家庭，自然谨小慎微，战战兢兢。在一些大事问题上，大气不敢出，更没有表态的机会。自从他有钱后，他不断买点东西带回家，家庭的空气也轻松许多。每个人都是笑颜相待，这种氛围活络了心情，他开心多了，不再有寄人篱下的滋味。有位哲人曾说过："世间大多的幸福与金钱无关，但悲剧大多数是由金钱引起的。"他觉得，这纯属无稽之谈，没有钱，他过的什么日子，现在又是什么样的状态，自己就是最好的例证。应当说，挣钱是最好的营生，他暗自庆幸路子走对了。

　　很快在烟草公司担任领导的朋友帮助下，他的存款数字不断攀升。他虽是一名军人，却也是当时为数不多的百万富翁。就在甄峰日子慢慢照进阳光的时候，上面有了百万大裁军的大动作。二十世纪八十年代深秋的一天，中国军方高层座谈会在首都某宾馆会议厅召开，会上中央军委决定裁减军队员额一百万。中央军委一号首长在科学分析中国国情的基础上认为，国家的安全保障最终取决于一个国家的经济实力。在百业待举的当前，国家经济建设是大局，必须硬着头皮把经济搞上去，一切要服从这个大局。"大局好起来了，国力大大增强了，再搞一点原子弹、氢弹，更新一些装备，空中的也好，海上的也好，陆上的也好，到那个时候就容易了。"同时各总部、各兵种、各大军区和国防科工委机关及其直属单位，撤并机构，人员精简，将原来的军区合并压缩。调整后的军区，战区范围扩大，兵源充足，物质资源雄厚，战役纵深加大，从而提高了大军区的独立作战能力。较大幅度地调整各兵种的编成比例，加强了特种兵部队。凡保留下来的陆军，军级建制全部改编为"合成集团军"，与原陆军相比，集团军的火力、突击力、机动能力都有所加强，提高了现代条件下的合成训练和作战能力。全军撤销或合并了一些初级指挥院校和专业技术院校。对全军来说，几乎每一个人都面临着进、退、去、留的选择和被选择，几乎每一个军人家庭和每位军人的利益都会受到触动。当时难怪有人说，这是一次从上到下、从里到外的"立体震荡"，是一次脱胎换骨的"大手术"。一夜之间，人民军队有六十万干部被列为"编外"，陆军部队的建制单位有四分之一要撤销，其中包括那些有着几十年光荣历史、立过赫赫战功的部队。当然裁军"消肿"，精简整编，是按照革命化、年轻化、知识化、专业化的方针有序进行的。正是这时，甄峰面前突然掉下一个大问号，内容贴着去留抉择的标签。经过后来本人的努力和家人的全力操作，他如愿留了下来。但在后来军队干部提拔条件的限制下，顺利留在部队的甄峰很长一段时间没能得到提拔。二十世纪九十年代初，岳父已经退休赋闲，甄峰自己也再没有了当初到部队的那种热情，他想到了转业复原。他不敢跟妻子一家人商量，悄悄打了报告，然后秘密周旋活动，就这样他选择回到了桐鞍市。他没招呼、没写信，甚至没留一个纸条，就离开了他生活多年的部队。甄峰坐上了返籍的列车，心终于放下来。窗外的大地忽然让他想到了家乡，想到了童年，想到以往的生活。人生就是旅行，风景尽在途中，错过了就永不再复。自己的生活选择，自己把握，何必拴在别人身上。早知如此，何必当初，十年前退休得了，大好的青春白白浪费了。惋惜在心中慢悠悠地游动着，他感到了特别的沮丧和失落，烟虫突然爬满全身，每个细胞都像在蠕动。他在掏烟时手无意间碰到了上衣里一件硬邦邦的东西，顿时精神一振，心情豁然和窗外的阳光融为一体。那是他这些年来经营烟草和炒股的收入，足足几百万呢！如果仅仅为了生活，几辈子都用不完。可人在旅途，身不由己的。自己还年轻，还有更大的事业在后面，很多的财富在等候，路无止境嘛！人不为己，天诛地灭。古往今来，谁人不为自己未来做最好的打算呢？火车到了桐鞍车站，他还在为自己谋划着……

人生得意，好事连台。回到桐鞍市后，甄峰被安排担任古桐区副区长，分管多项重要的工作。三年来，顺心如意的他对这个位置比较满意，尽职尽责，清正廉洁，彻底获得了各级领导和群众的认可与口碑。换届在即，他知道下一步需要打点活动，钱对他来说确实重要，自己口袋来的钱他还不想大幅浪费，毕竟那是原先含辛茹苦挣来的。面对工作范围内的既得利益，他再不能这样不识时务，该得的报酬应当回收，不然外人也会讲自己不食烟火。他脑海有了主意，心神平静后，他把烟灰缸碎片清理完，慢慢端起茶杯呷了起来……

甄峰自我感觉刚悟出道理的时候，恰巧两个月后，古桐区政府换届。

长期敬业谨慎的他果真在数名副区长的竞争中脱颖而出，当上了区长。踌躇满志的他在仕途的阶梯上越爬越高，似乎再迈两步就到了他自己理想人生的顶层。

甄峰在区长的位子上平静无奇地干了三年，虽没有抒写惊天动地的辉煌业绩，但也未发生明显的疏漏和过错。在冬季的一天傍晚，他接到市委的一纸任职命令：免去甄峰古桐区政府区长职务，任桐鞍市国土资源局局长。

那一刻甄峰简直不敢相信自己的眼睛，愣了半天回不过神来。眼前的文件那么令人恐惧，仿佛一张玉皇大帝诚心捉弄他的魔咒。他心里翻江倒海，几乎昏倒过去。我担任区长已经三年，不出意外，两年后换届，我顺理成章地接替书记的位子。任区委书记之后，进市委几大班子就十拿九稳了。现在倒好，把我挪走，分明是给别人让位子。一时间，他百思不得其解，自己刚过不惑，年富力强、精力旺盛，正是甩开膀子干事业的时候，组织上却把我平调到国土资源局，分明是在政治仕途上给我宣判了"死刑"。他越想越不是滋味，越埋怨自己平时太仁慈。转而又想，自己只不过是一名农家出身的孩子，无论如何没有料到社会的复杂性。他一时难以承受这种变故和结果，随后连续两个月生病卧床，直到病愈后才上班就任，同时他感到有一种莫名的感觉开始慢慢在心中萦绕和升腾。

第二十三节　魔鬼咒语

王三宝嘱咐侦查员对马勇的家庭生活背景一定要查细查全，不可疏忽大意，这对分析判断几起案件的性质和范围至关重要。侦查中的每一个环节和每一个嫌疑人及每一处疑点都可能成为破案的关键。王三宝仔细听着属下的述说。

当幸福在生活里尽情流淌的时候，有一天，正和未婚妻在屋前劈竹子分签的马勇接到村民的通报：村外的环山路上，一对骑三轮车的老夫妇被过路车辆撞倒，车子肇事后逃逸，现场去了不少民警。受伤老人正是马勇的父母，已被送往镇上医院抢救，现在民警请伤者家人赶快到现场。马勇放下篾刀飞奔而去。现场三轮车歪倒在路旁，车身整个变了形，竹篮篾框散落一地，这正是马勇家的车子。

马勇头晕了一下，险些倒地，一位民警过来扶住了他，说："你冷静一下，先上车我问问情况，然后一起去医院。"马勇仿佛听到了远处车子的声音，然后在那儿瞅了一下，眼泪狂涌而出，随着民警上了警车。

民警还没问完，车子就到了镇上。大约不到半小时，医生和护士都出来了，其中一位朝着民警说："男的头部受伤太重，颅骨粉碎性骨折，女的腹部流血过多，都不行了。"然后很随便地摇摇头。马勇一听冲上去要打医生，说："我要杀了你，还我的大和娘！"随后就昏倒在地上。民警和惊恐的医生也伤心地叹息着。整个村寨人出动，体面地为两位老人办了丧事。老人平素为人厚道，从不和邻里红脸，大家都为他

146

们的突然罹难而伤心。唯一的养子马勇神志不清，在村民和未婚妻的张罗下才圆满将老人出殡安葬。

民警紧锣密鼓地调查案件，抓捕肇事者，村民也很快恢复了平静的生活。唯有马勇连续发烧，嘴角起满水泡，还不停地胡言乱语。请来医生，说他急火攻心，过度悲伤所致。经过一段时间调治，体烧终于退去，但马勇大脑像出了问题，目光呆滞，从不言语，常常一人东一头、西一头地在村寨周围转来转去，一个人站在山坡上朝远方观望，仿佛山那边有什么人在等待。

结果非常残忍，案件没能破掉，肇事者没能抓着。马勇得知这个消息没有丝毫表情。

马勇文化不高，初中没毕业就辍学了。他生活的地方靠大山，大山里的人通常不愿意走出去。俗话说："靠山吃山，靠水吃水。"山里人有的是养家糊口的手段，有的是发家致富的方式，大山本身就是一座宝藏。何况马勇不愿继续读书，大多因为他和父母不想分开，只要考上高中，就得到山外边去读。那里离家很远，要住校，一刻也不忍分离的一家人害怕这种状态。紧接着再考上大学，要去更远的地方，情感像人与人之间的粘合剂，一旦粘连，很难分开。马勇辍学后便回到了父母身边，朝夕和父母相伴，已经是很壮的小伙子，却被父母尾巴似地牵着。他天天帮助父母劈竹投木，编筐运篮，轻快地打着下手。父母心疼马勇，总是阻拦他不要做活，跟着就行了。马勇觉得跟父母在一起干点活，即使累一点，心里也有着快乐和滋润。美丽的心情融入了他们的美丽家乡。村里住着一千多户人家，寨子周围到处是茂密的树林。竹楼和木楼在铁树、凤尾竹、橡胶、芭蕉、紫桐树的包围中。几乎每家的阳台和楼前都种着各式各样的花卉，春意盎然，一派热带景象。木楼前都有黄色或黄蓝色的圆柱形水井，姑娘们挑着竹桶并用其舀水，让人感觉好像走入了画中。晴朗的日子，花样容貌、年华并身着花样服饰的姑娘在路边卖着竹制生活用品和手工艺品。马勇慢慢长大了，后来和既是伙伴又是同乡的傣族姑娘恋爱结婚。这样当年那对没有子女却行善积德的老夫妇，养育了马勇，并盼到了可以享受天伦之乐的时候，一家人充满了欢乐，生活也如蜜里加糖，甜上加甜。

天有不测风云，一对善良者突然离去，所有活着的人都会埋怨苍天，期冀公道，可天理又在哪儿？马勇突然间脑子进水一般，疯疯傻傻的，妻子百般规劝，想抹去他心中那个疙瘩，的确他有时恢复到正常状态，但很快又是精神恍惚，反反复复。妻子阿珍心里也没了底，越来越害怕。随着时间的推移，马勇不再东奔西跑了，身体也恢复了，慢慢地干起活来。除了帮妻子忙忙家务，有时骑着车，带着砍伐工具，到山里去选料。有一天当地派出所接到报案：桃花上山竹林里一对上山采药的老人被杀死，身上装饰物和采撷的药材被抢走，附近有人认识死者，他们是后山村的居民，一对相依为命、以采药为生的夫妇。警察到现场后只能确定凶手为男性，属非流窜作案，死者伤口为当地砍削树木或竹子的刀具所致外，其他未留下任何蛛丝马迹。警察在当地安营扎寨待了一个月，始终没有发现有价值的线索。周围村民几乎过了一遍，村不漏户，户不漏人，犯罪嫌疑人像在人间蒸发了一样。警察最后不得不撤离。

村民还在惊恐，此事尚未平息，四个月后的一天，在桃花山后的深水潭里又发现了一男一女两具老人尸体。经查死者为当地人，夫妇关系，家庭条件较好，没事闲着来山里转悠，顺便采点草药、野果和山货。警察又折腾了几个月，最后案件还是悬而未决。

一个月后的一天，一对老年夫妇在村前的山路上慢悠悠地说笑行走着。有人看到一个骑三轮车的男子突然从后面猛地撞向两人，致使两人倒地并滚入路旁山涧，之后男子驾车仓皇逃离。

老人被及早发现送往医院，因抢救及时，幸免于难，但都是重伤，落下残疾。案件很快水落石出，马勇是肇事凶手。

　　马勇因故意伤害罪被判刑入狱，妻子探监时哭得死去活来。马勇若无其事平静地看着妻子，并不上前安慰，直到被警察带上警车……

　　王三宝听到这些情况，陷入了沉思。他觉得，马勇的人格存在障碍，并有变态心理。儿童时代，马勇生活在残缺的家庭环境里。在其心理将变形和扭曲的时候，幸好老夫妇用关爱拯救了他，把他带上健康、阳光和理性的道路，过上了幸福的生活，也使他对亲情产生疯狂的依恋。后来老夫妇的意外死亡让他彻底绝望，以致最后他的精神裂变了。王三宝只是这样推测，但实际情况又是什么样子？他犯罪的动机在哪儿呢？因为很多人都是与他无关并无辜受害的，案件又陷入新的迷雾。

第二十四节　人生何益

　　一段时间以来，甄峰脑海里一直盘旋着一个问号，那就是怎样处置日趋扩大火热的人际场。他到国土局上任时间虽然不长，但找他攀附巴结的朋友不少，嗷嗷鸣叫、纷至沓来的有求者让他十分头疼。甄峰深信自己是一位人生智者，"近朱者赤，近墨者黑"、"挚友如异体同心"、"友谊是培养人的感情的学校"、"有了朋友，生命才显出它全部的价值"，这些中外哲人名家的格言警句他烂熟于心。在交友问题上，他应该有自己的标尺，然而自从到国土局上任后，他开始犯难了。人的感情应该是纯真的，俗话说，友谊贵在长久。但通过几个节假日，他感觉到昔日那些社会上的老板朋友们登门时的态度有点奇怪：毕恭毕敬，谨小慎微，似乎另有企图。他在部队时练就了面对生活中一切际遇的平静心态，这时他竟没有了明确的手腕和态度，自己潜意识也似乎觉得心理上悄然发生着变化。他这时承认自己追求上进的思想慢慢衰退，其他生活方面却一时说不清楚。有时他连续多少天都在琢磨一个问题：自己为啥在仕途上总不能一帆风顺？有时候他又反向琢磨：既然在仕途上不顺心，那应该在哪些方面寻找补偿呢？他为此着实苦恼过。他难以自拔的时候，似乎有了新的打算，心理天平慢慢平稳下来，渐渐对工作也提不起兴趣。他觉得，什么事业心和责任感，都是骗人的鬼话。岁月流转，人生如水，眨眼到了新世纪。一个周末的上午，甄峰家来了一位西装革履、仪表非凡的中年男子。男子称和甄峰有世交，他爷爷和甄峰爷爷原来在北边那场战役中认识后，一直没有间断来往。当年甄峰爷爷为了甄峰和甄荣的事还去找过他的爷爷，那时他的爷爷还在甄峰家乡当革委会主任。两人围绕过去和现在的家事谈了很长时间，但当他要甄峰在某件事情上帮忙的时候，甄峰借故把他赶走了。那人临走时，甄峰叮嘱了一句，说："当我是朋友就经常来玩，不然别再进我家的门。"

此后不久又一位客人让他无奈，但也顺畅地安排了。

这是一名身背挎包和甄峰年龄相仿的男人。他一进门就让甄峰感到奇怪。"你是？"甄峰呆呆地看着。

"真是贵人呀，这局长一当，就不认人了。"男人感到诧异。

甄峰怔了一下，说："噢，是大亮呀。瞧我这记性！"说着，马上迎上去和男子拥抱在一起。"好好好，几年不见，发福了，险些认不出来了。"

"哪有，跟你可是天壤之别呀，你是我们的骄傲！"男子寒暄地让甄峰心里飘轻。

"你派头也出来了，三日分别，当刮目相看。你好，你好！"甄峰和男人互相拍打着肩膀。

来人叫裴洪亮，甄峰战友，现在桐鞍市做房地产生意。"我的局长弟兄呦，我们那么多战友，数你干得好，最令大伙攒劲哩！"裴洪亮继续说着恭维的话，露出一脸的谄媚。

"说啥呢？我这个样子，够惨淡的了，你还开涮我。快说有什么事要我帮忙吗？"他看出来裴洪亮决不是来叙战友情的，肯定有事找他。

"还是战友水平高，我的确有点事想请战友关照。你看，我从部队回来后，到地方当了市场管理员，工资太低，一家老小要养活，没办法，正好后来上面改制，我买断工龄下海了。我开始带一帮同乡来桐鞍搞建筑，挣点小钱，然后就成立了一个专做房地产的公司，慢慢走到今天。

我的局长战友，现在干啥都难，你可要拽我一把呀！"裴洪亮最后一句话低沉凄楚。

"日子都不好过，世事维艰，我们都应当各自保重。"裴洪亮后面那句话似乎打动了甄峰的心怀，甄峰一直等他把话说完。

甄峰眉头皱得很深，然后朝屋里喊："苏红，饭菜怎么样了？我来战友了，你快出来一下，我们中午要喝几杯！"甄峰抹头朝里面说话。

"哎、哎！来了来了。"随着声音，一名女子从里面飘到了客厅。

"你好！嫂……"裴洪亮正欲招呼，可当他看到面前女子时，张开的口顿时无法合拢，猛然睁大的眼睛久久不愿眨动。

"哇塞！"他心里像飞速挤进一个惊叹号，差点跟着激动的心情跳入口中。女子三十岁左右，中等身高；肌肤像刚下的一层雪，细嫩明净，泛着耀人的光彩；眼睛如两汪泉水，睫毛乌黑纤长，上下聚合闪动着；脸上白里透着红润，五官排列十分得体；俊俏的额头下，是直而精巧的鼻梁，两边向下并列着对称平整的脸颊，宛若玲珑玫瑰的秀耳掩映在浓密的发丛中；嘴巴不大，嘴唇透着自然的红色，口角弯直分明，高低有致，翕动间飞扬着健康诱人的气息；那飘逸的头发映衬着布满兰花的白色连衣裙，如一袭黑色瀑布舞动在洁白的云朵中……"这是你嫂子，不过你没见过。"甄峰说。

"哦，嫂子，你好，你好……"甄峰的话打断了裴洪亮的思绪，裴洪亮对自己的失态有点不好意思。他老早知道甄峰这家伙搞女人是高手，没想到这么神奇，这把年龄了，又找一位这么年轻貌美，堪称国色天香的老婆，艳福不浅呀！佩服，佩服！他心想。

"光知道嫂子漂亮，不知道真是绝世佳人！"裴洪亮心生羡慕。

甄峰部队上那位老婆早就分手了，现在是佳人新欢，这家伙一辈子应该知足了，裴洪亮思想老是乱跑。回过神来，他摇摇头，然后笑笑。

"没事吧，可是身体不舒服？"甄峰关心地问。

"没有，我想嫂子像天仙一样，我们战友又多一份骄傲和光荣。嫂子简直可以去参加选美大赛。"

"看你说的呦，哪里哪里，哪有你讲的好看呦！你们聊，你们聊，我把饭菜备好哩！"女子一阵呢哝软语，然后一阵风似的又飞进了里间。

"你嫂子在江南上过大学，地方话学得不错，说话怪怪的，我平时不怎么和她讲话。"甄峰看着妻子的背影说，不过这时他心里突然生出一种自豪。

这一天，他们两人都醉了，部队的战友之情又平添了一层情分，仿佛成了手足弟兄、生死之交。

桐鞍的建设虽不及江南沿海开放城市发展神速，但也属于重点规划的城市。市区发展和改造及相关配套设施的建设在有计划地进行着，这给各类热心投资的老板们提供了商机。这是经济转型期，各类相伴而生的因素和现象都在慢慢滋生和浮现。正如马克思在《资本论》中阐述的一样：资本来到世间，从头到脚，每个毛孔都滴着血和肮脏的东西……资本在逃避混乱与纷扰，它的性质是胆怯的。这是极准确的，但还不是全面的真理。像自然惧怕真空一样，资本是惧怕没有利润或利润过于微小。一有适当的利润，资本就会胆壮起来。百分之十会保障它在任何地方被使用；百分之二十会使它活泼起来；百分之五十的利润会引起积极的大胆；百分之百会使人不顾一切人间的法律；百分之三百就会使人不顾犯罪，甚至不惜冒绞首的危险了。叫嚷和斗争如果会带来利润，它就会鼓励这二者。走私与奴隶贸易，充分证明了这里所说的一切……因为利润，所有一切都变成了有形和无形的战场。每个人都想争夺这一战役的胜利。另外，达尔文在《物种起源》书里有关于鸟的体格、嘴形变化与鸟在暴风中的生存能力或食物结构改变后的生存能力关系的记载：1890 年，美国马赛诸塞州发生一场大风暴，有人收集受伤的鸟，发现受伤的鸟多半体格比较弱小，而体格比较强壮的较少受伤；1977 年，大龟群岛发生干旱，原来鸟类喜食的一种小种子减少，这些鸟类不得不改吃一种大种子，其结果是许多鸟类死亡，而活下来的鸟类嘴部都较大。这就是物竞天择，适者生存。

眼前的工地上热闹非凡，一片大兴土木的景象。这儿原是紧靠城区的一块景色旖旎、风光秀美的田园。根据规划，这里将开发为新城，创立科技工业园区，但市区主体建设工程还未全部上马和竣工，进展相对滞后。可投资商是一位离休高官的后代，率先拿到了这块土地，提前进入了施工。只是他们不是创建科技工业园，而是盖商品楼。部分大楼伴随隆隆的机器轰鸣声即将拔地而起，但周围尚有大批即将开工的工地上，堆满了各种建筑材料，显得一片散乱。有些暂未开发的地方依旧林木葱茏，间或点缀着熠熠闪光的微小湖泊和人工水塘。朝北和朝西就是田野和村庄。两位戴着安全帽的工人互相使了一下眼色，慢慢从脚手架上下来。看得出来，他们心情很好，显得轻松愉快，边说笑，边向旁边一片空地走去，边走边向口袋掏着什么。在离开工地不远的地方蹲下，纷纷点起香烟，周围顿时弥漫着一团烟雾。

烟雾中传出一阵轻微急速的咳嗽声。"哎，你可知道这块地方本来是好地方，不能开发的，就是按规划也不能摊到这个地方。这里有个公园，周围植被也很茂盛，园里还有一个小湖泊。据讲过去一个大诗人曾经来过这里呢，有许多古迹。"一个穿灰色劳动布工作服的中年男人悄悄地说，然后向周围窥视了一下。

"听说过，具体情况不清楚。反正老板后台怪硬邦。"蹲在他对过的一位年纪较轻的男子说。

"那你就不懂了，潘老板后面撑腰的就是直接管土地的领导，人家跟潘老板还是世交呢！"中年男子很神秘地说。

"噢，那根子怪硬，那我们选对主了，不愁拿不到工资。"披着藏青蓝坎肩的年轻男子似笑非笑地说。

"瞧你那说的，你才挣几个钱，出点苦力累得要死，你看人家老板揽一处工程，谁腰里不挣得满满的，你喝一点汤水还美这么狠。"中年男子有点不屑一顾。

"就那也算我们走运。人家挣大钱那是人家的造化。当今风气在这，越有钱越挣钱，越有权越捞钱，我们打工可不能跟人家比。就这遇不到好主还落空呢！前面不就有几家开发商老板不出血，压着钱不放，拖欠多了，工人揭不开锅，只有走人。"年轻男子说得逼真。

"这你算说对了，不过你讲的那还是好的，听说有的老板拿到工程款以后卷铺盖就跑了。我以前就遇到一个这样的老板。"中年男子感同身受地补充说，一边露出赞同的神色。

"呱呱……"远处一棵孤独无助的垂柳上，有只莫名大鸟悲戚地大叫着，像宣泄着不满。

"走吧！我们继续干活，早一天完工，早一天拿到钱。"中年男子瞅了一下那边的鸟对面前工友说。

"走嘞！早完早回家，老婆等我掐！"披坎肩年轻男子懒洋洋地偷笑着自我调侃。两人一道回到了工地。

整个桐鞍市，除了少数几家公司承包的工程正常开工外，其他规划项目还在蜗牛一样地履行着申报、招标、验资和待批等各种手续，很多还压在国土局局长甄峰的案头上，但经过他快刀斩乱麻的紧急处理，都顺利地解决了。

一天下午，他坐在办公室里准备翻翻办公室刚送来的报纸，突然看到办公桌左前方一大堆厚厚的材料，大多是关于申请购置土地、申报承包工程项目、土地使用权出让、房地产开发经营、矿产资源开发利用、土地性质考察调研和认定、竞标资质和依据等文本，有的相关科室和业务部门签署了意见。他便顺手拿到面前翻阅，突然他看到一份材料还没有批复，他决定开一次会议，便拿起电话准备叫办公室秦主任。

与会人员全部到齐，甄峰开场讲话。他向来开会时不苟言笑，会场气氛总显得很严肃。"按说这个会老早该开了，但我看最近大家都很忙，所以推到今天才开。今天的会议内容主要是把前期各项工作碰碰头，各部门科室汇报一下工作情况，然后再研究一下下阶段的工作，同时把该结的事情全部办结。下面先由陆副局长谈谈近期的各项工作。"甄峰每次开会都很民主，大家都能谈工作、谈想法，都有自己足够的时间和机会。

"好，我先讲讲。"他侧面的陆副局长低头打开了笔记本。陆副局长讲了约有二十分钟，紧接着各科室负责同志汇报各自的业务。土地征管科负责人姚科长在讲到土地申报和审批时，讲到了近期一些单位公司和商家手续存在这样那样的问题，再者就是有些公司申报投标工程，资质上有猫腻……特别有一家外地公司，他们公司的实力不足以承担金水湾那一带地方的开发，我觉得……"

"吭……"他正讲着，甄局长忽然咳嗽了一声，像是有意的，又像是喝茶呛了一下。他没在意甄局长咳嗽，接着讲："我觉得，那一带涉及很多居民，又是老住宅户，开发难度肯定很大。同时，他还在为土地价格四处乱跑做文章，我恐怕到时候会出事。上次'骏马房地产开发公司'在西城区开发，他们打着后面有人的招牌，不去做周围相关住户和群众安抚工作，却大肆狂砍乱伐，不仅把周围有价值的植物和贵重物种都毁掉了，而且还把公园里很多重要的古迹也损坏了，群众反映很大。大家都知道，大诗人是中华民族文化的代表，更是地方文化的显著标志。相关古迹被破坏，这是一种悲哀，讲重了是一种罪过，我不该讲这话，但我确实已经听到好多人在议论，在抱怨，在骂娘……不多说了，言归正传，当然一些具体材料都报给甄局长了，请您在审核的时候认真把一下关，具体情况还得由您定夺，我就讲这些。"姚科长看看甄峰，随后又非常自信地看了大家一眼，不过大家都在看他。

"噢，大家谈完了，我讲两句。"甄峰看了一下手表，品了口茶，表情很平静。"大家都知道，现在的形势，首先，开发建设是当务之急，桐鞍也不例外。我们作为主管部门，更要紧跟形势，全力支持当前的中心工作。其二，现在刚刚开始，各项工作千头万绪，遇到困难属于正常，共产党人要知难而上。特别是第三，我们在工作中，尽力在各个环节上要精简程序，要为开发申报、审核和办理各项业务的当事人提供便利，当然要把握原则，在原则基础上要开绿灯。还有这些开发商里面，很多是外地人，他们满怀雄心壮志来这里投资，想做点事情，挣点钱，我们要理解，同时要支持。从另一个角度说，他们是来帮助我们搞开发，搞建设，讲大一点就是支持我们的改革开放，支持我们的事业，没有他们，很可能经济短期内难以搞活，甚至倒退。所以我们的态度要明朗化，眼光要放远一点，站位要高一点，要本着热情服务、便民利民的工作宗旨。我刚刚看了，有一些商家条件和资质还是不错的，比如这家叫什么'东方房地产实业有限公司'的……"他说着顺手拿起一份材料在大家面前扬着，然后继续说，"我看这家公司实力就不错，我们就要尽最大可能地为其提供方便和条件。你们具体负责……"

"甄局长，刚刚征管科姚海成同志讲的就是这一家，对！叫'东方房地产实业有限公司'，他们申请投标的就是金水湾一带，这家我派人考证了一下，实力和资质有些漏洞，正在审查。"陆副局长突然打断了甄局长的话，甄局长先是面无表情，后来眼睑立马变成了紧绷的弦，面部拉成了刚绷的大鼓。

"陆副局长讲得不错，不过……"姚科长想就着陆副局长的话补充一下，看到甄局长的脸色，顿时停下来。"不过当前的形势不允许在枝节上拖泥带水，只要大的方面没问题，上马后要多监督、勤检查，在工程质量上绝对不能放松，我们该拿的意见已经上报，最后把关还得请甄局长决定，他站的角度不一样，拿主意更准些。"姚科长的话让甄峰紧绷的面容放松了一些，但没一丝笑意和轻松。

"姚科长讲完了，我再说两句。"甄峰在姚科长讲话的时候，心里很纠结。一方面"东方房地产实业有限公司"明显存在问题，但必须接这个工程。另一方面，面对部下合理的建议，甚至正确的反对意见，他应当怎样做？他慢悠悠地端起了杯子，放在嘴边，但并没喝水，而是眼睛直盯着会议桌的一个地方。忽然间，他感到了身处的场合，才开口说："你们讲的都是对的，发现问题要提出来，我们是民主会议，大家都要讲话，我从来不搞一言堂。你们刚刚讲的这个'东方房地产实业有限公司'，我们为了慎重稳妥，可以进一步深入调查其背景和实力，但之前要相信人家，先批准放行，发现问题再调整变通，不要影响市里工作大局，枝节上的事不宜过多纠缠。那块地方市里很重视，市委和市政府主要领导都过问过此事，我们不能让上级领导为之烦神，所以处理一些事情要快捷，决不可拖泥带水……"

"那，到时候围绕老的……"甄峰没有讲完，姚科长想插嘴。陆副局长看了他两眼，示意他停止，他只好停下来。再者就是甄局长声音突然提得更高，好像阻止他插话。

"大家听好了，现在我宣布，从即日起，大家要高度紧张起来，把支持和配合开发建设提到政治高度上来，不许任何人存在私心杂念，不允许设卡刁难。有问题不怕，我们要以诚恳协商的态度把问题解决掉。关于土地性质的问题，大家想想，我觉得他们开发的是商城和商住楼，特别是居民还原房，这些都是政府该赔偿和补偿的，是该做的工作，讲白了，这也是一种政府行为。何况这里建的都是复合型的建筑，商场和周围配套广场等设施，都带有公益性质的，按照国家土地使用性质也是讲得过去的。你们事后再磋商一下，我再考虑考虑，暂且就以公用性质记录。"他抬头对后排负责记录的党组秘书小赵强调。

"今天的会就这样，时间也不早了，会议内容和相关文件随后……"

　　"甄峰，你个不要脸的给我出来，哪来的贱货、野种来我家撒野……你不跟我讲……"就在会议结束的时刻，突然会议室外一阵嘈杂声，大家一听，知道是局长夫人来了，都慌忙出了会议室……听到声音，甄峰突然才真正意识到，人生真的没什么意义了，幻灭感惊涛般汹涌着向他席卷过来。

第二十五节　苦涩人间

　　案件侦破走到今天，本身到了山穷水尽的地步，突然之间出现了马勇这个极富疑点的犯罪嫌疑人。这让王三宝几将干涸的心田落入几滴清凉的雨珠，惊喜的同时添加几分湿润。这种惊喜很快转瞬即逝了，因为案件的结果让他无所适从。他只有把案件的整个情况重新梳理一遍，尽快找到答案。然而马勇毕竟只是嫌疑，真正的证据还没有。侦查的目的就是打消一个又一个问号，释解一个又一个疑点，一步又一步靠近结果。但感觉让他知道，眼下无论如何要全力抓捕马勇，或许能从中找到突破，最后抓到案件的元凶。

　　可自从上次民警到宝洲调查马勇扑空后，其手机一直处于关机状态，难以捕捉其行踪信息。越来越让王三宝揪心的是如果民警调查到的那些情况确实属实，当地发生的案件，马勇至今也不能排除干系，只是缺少证据认定而已。特别是当下老人失踪和他若有关系，那么他的潜逃对社会隐藏着巨大的危险性，抓捕马勇更是迫在眉睫。向全国各地协查结果显示，除了他们掌握的老年夫妇失踪和被杀案件外，近期个别地方又出现类似的案件，当年一个劳改农场附近一对看瓜的老年夫妇被人在光天化日下用刀砍死，但至今仍未告破。据说为侦破这起案件，当地公安机关耗费大量警力，也承受了很大压力，但终因影响太大，公安局长也因未能破案而引咎辞职。恰巧的是这个农场当年就是马勇服刑的场所。现在想来，难道这也是天大的惊人巧合？从事侦破工作这么多年，王三宝可以说遭遇坎坷和挫折无数，但如此沮丧确实属首次。随着时间的推移，案件侦查的深入，他内心忽然间涌起一种新的感觉，这也是他从未有过的。这种感觉越来越浓，渐渐覆盖了他的失落和忧郁，好奇和刺激慢慢鼓起了他的希望和力量。

王三宝这样推测，如果上级业务部门将所有同类案件串并成立的话，这样一宗系列案件背后隐藏着一个或一伙凶手，这样一个或一群魔鬼无异于飞驰在大地上的凶禽猛兽，吞噬着无辜的生命。可怕的是，这带有思维和智商的灵长类动物一旦泯灭人性，就比禽兽更坏无数倍。俗话说：猛兽的凶残仅限于本能，决不会超出生存所需要的程度。人凶悍起来没有边际，完全与生存无关。为了畸形的欲望和变态的心理，什么恶行都能干得出来。可马勇为什么要干这些伤天害理的坏事呢？光就甄荣父母而言，他们和马勇没有任何关联，讲白了风马牛不相及，又怎么能把他定为犯罪嫌疑人呢？

他们调取所有的监控录像资料显示，甄荣父母开始确实沿着高速边去往自己的家乡，包括路上遇到了巡逻交警，可是后来他们突然消失了。消失的情形在监控录像中没有任何记录，因为当中有一段监控因维护被关闭了几天，那几天正是他们去向的迷惘期。但民警做过计算，从两位老人行踪消失的地方开始，离他们家也至多百十公里，如果他们正常沿途徒步的话，三天之内到家绰绰有余。即使家人沿途寻找，也未见人影。这个时候按时间分析，马勇应该在宝洲吴新良的公司，他不可能发现老人，并赶到此地对他们下手。再说，他们和马勇也没有冤仇，马勇为什么要伤害他们呢？这真令人不可思议。可老人怎么就失踪了呢？

话说回来，马勇仅是一名宝洲卤制食品公司的员工，怎么和老板吴新良有着那么深切的关系，以至于后来与陈伟联手成立联营公司时，竟然将一切事务交由他全权代理，这对一般人来讲，都是不可能的事情，怎么在他们之间就发生了呢？这当中是否有其他原因？再者，陈伟为了研究卤制品开发和保鲜储藏的课题，就能把那么大的事情，全交由父母代理，那么大的资金让父母携带，这里面真的会那么简单？一连串的问题又铺天盖地向王三宝压来，让他更多地联想到问题的复杂性。他拓宽思维、举一反三，觉得这背后肯定还有更加难以理解的原因。既然案件侦破还没有进展，那就从周围向中间靠拢，迂回中寻觅契机，最后找到内核，揭开真相。马勇暂时无法归案，王三宝觉得还需要调查陈伟和吴新良，或许他们能提供有关马勇或者案件的信息。王三宝思考分析并综合这些情况后，心中有了新的打算。他喊来刑警队长碰了一下头，告诉他自己的想法，两人一拍即合，当即作出新的决定：分头出击，再次北上。民警像离弦之箭又一次发射出去。

王三宝安排完工作，已到了下班时间。晚上，一个人的家庭生活非常孤寂。白天有工作萦绕在脑海，占据和包围着他的时间，他觉得充实。可到了晚上，炉火冷淡，没有热闹。孤独是一种境遇，夜深人静的时候，孤独者的精神便失去了驿站，于是变成了煎熬。一个人食住器具，一应俱全，可以称得上家，但这种家毕竟少了温暖和生气。他觉得，家是把人与大地和生命的源头连接起来的主要纽带，有一个好伴侣，筑一个好窝，生儿育女，扶老携幼，这会给人一种踏实的生命感觉。言外之意，虽然人来到这世界本应"赤条条来去无牵挂"，但活着总要有一个靠岸的地方，当人离去时才不会感到举目无亲，不然真会陷入没有根基的虚无中。

他是一名警察，又是领导，大家对他格外敬重。只有深夜，他暗生一种屈辱。特别有时面对个别蛮横的犯罪嫌疑人的眼光时，他觉得自己残缺的身体和灵魂像被穿透一般。他心里会突然燃起一股火焰，感到厌恶和恼怒。于是双方较量更加激烈，往往对方低下头颅，但他知道自己是用智慧和尊严合理将其战胜的。这种生活对他来说，也习惯了，往常情绪良好，没有案件心理负担，日子过得开心。业余读书看报看电视，省亲聚友会同事。老家经常来人，局里那帮战友也经常来看他。忙忙碌碌、一年一年就这样过来了。人生本身如白驹过隙，哲人曾言：在孩子眼里，世界是一成不变的，在世界眼里，孩子一眨眼就老了。眼前的生活世界他天天面对，每天日升日落，每季花开花去，每年春华秋实，整体流程相似。但毕竟华夏大地在改革春风的沐浴下，日新月异，更加强大；治安形势愈加平稳，百姓安居乐业，一片歌舞升平景象。看到身边人的生活如此快乐和殷实，个人失落一点算不了什么。自己无非每天忍受点回家后的生活清冷和惨淡。"好的婚姻是人间，坏的婚姻是地狱，人终究是生活在人世间的，而人间自有人间的乐趣。"他本来就没有婚姻生活，所以他日日品尝着单身的苦涩。当年他本可以享受婚姻的幸福，虽然略带缺憾。但由于男人的自尊，他毅然拒绝了甄荣的要求，就此毁掉了两个健康纯洁的情感世界。他在隐忍生活苦酒的时候，另一个人也在遥相伴随。他内心清楚，甄荣的苦痛远在自己之上。"天上飞彩云，地上储美名。"因为她是一名贞操胜于生命的女人，她扛起的是尘世间最复杂和苦痛的生活重荷。自己心仪的人儿都尚如此，日久天长，对于这种独身生活他慢慢地承受下来。

婚姻营造家庭，家中才有孩子和笑声，才有温馨和谐，才有天伦之乐，才有相濡以沫，才有相依为命，然而他没有。每逢节假日，他想抽空陪父母在一起，但常常因工作，连享受亲情的机会都很稀缺。"一家不圆圆万家"，他心里还是满足的。

在世人的眼中，他应该有一个伴侣。伴侣之间要有实质意义的亲爱和肉体交融。但没有又如何呢？依旧可以在生活风雨中相扶相持。有多少次有人想给他撮合，包括他的长辈、亲人、同事和朋友，然而他一概回绝，他眼里始终守着甄荣，一位绝佳女子的形象。结果那些人渐渐灰心了，放弃了。然而，后来有一名他曾办理的一起案件的受害人母亲，知道这一情况后，突然登门拜访，非要帮他找个保姆。他好说歹说，终不能推却那位母亲的好心，最后他说来人只能以保姆身份进入他的生活。

就这样一位三十多岁的女人走近他的身边，开始照顾打理他的生活。她是本县郊区的一名农妇，本来和丈夫感情很好，夫妻恩爱，生活和美。可丈夫在外地打工时，为救一名落水儿童牺牲了。丈夫被评为当地"见义勇为十大模范人物"，她非常敬佩丈夫的行为。在丈夫死后，她与年幼的儿子相依为命，固守孤寡，多年不嫁，靠着一点抚恤金清苦生活。儿子渐渐长大后走进学堂，她想出去做点事，将来为儿子留点后路。她老实本分，为人善良，长相还算清秀，周围好心人也都想为她牵线，找个对象再嫁，可她从不为所动。有一天，姨娘来了，谈话时想起了她的终身大事。但姨娘知道双方情况，只想让他们互相搭个伴，又知道她的脾气，不敢直接对她讲明。而是对她说："外甥女，我知道你这些年过得苦，孩子幼小，这年头真不容易，姨娘看着难过呀！"说着，掉下眼泪。

"姨娘，别难过，这世道怎么不是活呀！俺就这命，我好着呢！"本身鼻子酸楚的她立刻振作起来。

"闺女，我有一个想法，想叫你多弄两个钱，贴补贴补柱子，孩子正是长身体的时候，要吃好点。"姨娘很关心她。

"不碍事，我还有那一亩多地，饿不死的。"她很实在。

"那点地管屁用，今儿个征明儿个占的，还不都被那些有路子的人弄去？"姨娘肚子里藏着世俗怨气。

"那你讲有什么办法多挣点钱？"她为姨娘的热心所动。

"我认识一位公安局的领导，人很正直，也就一人生活，是破大案的，专为老百姓办好事。他……"

"他那么好的……"

姨娘正讲着，话就被外甥女打断，她不信。

"他那么好的条件，怎么会一个人生活，说给谁听谁也不信呀！"她一脸的狐疑，但却对此有些兴趣和好奇。

"你看你这孩子，姨还能骗你不成？"姨娘对外甥女不相信她的话大为不解。

"人家恁好的条件，一般的人家也不叫你进。"外甥女心有一丝动弹。

姨娘一听外甥女的口气觉得有戏，就说："人家又不是叫你去做媳妇，是让你去给人家照顾家务的，过去那叫丫鬟，你以为当夫人呀，讲究那么多干吗？"

外甥女脸一红，说："你讲的啥呀？我哪是你讲的意思，就是给人家当使唤丫头也得讲条件呀！人可是领导。"但心里还是乐滋滋的。

姨娘心里清楚外甥女的心思，王局长的情况她早就听说了，她担心讲出来外甥女忌讳，侍候人也想找一个身体全乎的，忙说："你听好了，主要是给人家把生活起居打理好，让人家有一个好心情，腾出时间帮老百姓多办事，办好事，破大案。老百姓安生了，你可是全县的大功臣。"姨娘讲得一本正经。

"姨娘，你把我想象成啥人了，我哪有你那心思，我怕人家嫌俺碍手碍脚、口吃嘴笨的，到时候不高兴发了火，还薄了你的面子，那多不好？"她解释。

"孩子，千万别有这样的担心，那是绝对绝对不会的，那可是个大好人，世界上最好最好的人，心好、和气、没架子，专替别人着想，净办好事的大好人，我有幸认识这个领导。我了解他，所以你不必有包袱。"这话好像是心里发出的，姨娘说话时可是一脸恭敬。"这也是俺一辈子的福气，能遇到这样一位贵人，哎，俺要……"她叹口气好像话没说完。

"姨娘，你心里有话就说，我不过是问问，怕做不好误事，还让你当中不好做人。"外甥女说。

"那倒不必，你接触就知道了，他对人真好，是个好官。跟有些当官的不一样。孩子，你可知道早些年，俺家你表弟毛毛和同学出了点事，结果都被派出所抓起来了。我心都凉了，到处找人。那时毛毛太小，村里统计的户口有出入，把毛毛年龄报大了，但是户口本上年龄正够。有人给俺讲，毛毛犯事的时候不够年龄不负刑事责任，可以申诉。你知道我和你姨夫两眼漆黑，哪有门路啊！我们到村里和派出所跑了多少趟没有眉目，我眼都哭肿了，案子最后报到公安局。后来有人给俺讲，公安局有个领导，人称'王青天'，我死马当作活马医，抱着试试看的想法，借了一千块钱，到城里去找他。人家名气就是大，不费事就找到了他。谁知一见面，真不一样，那个态度，和气着呢，真像社会上传的那样，叫热什么服务，我感到他像亲人似的。我把情况一讲，他说不要急，小孩户口真是错了，你回去回忆一下，有哪些材料能够证明，过后我安排人调查一下。你放心，不会冤枉无辜的孩子……他一讲完，我眼泪就下来了，跪在他面前，又看办公室没人，就掏出一千元给他，说：'求你救救我的孩子吧，他太小。'人家说：'钱装起来吧，我会把问题弄清楚的，早回去吧，这是我的电话号码。等一会儿要是没有班车再来找我，我给你安排旅馆。'后来我把能搞到的材料都找到了，他安排人一查，就是派出所和当年统计户口的人搞错了，那是我和你姨夫都在外打工，他们随便填的。毛毛户口得到校正，他救了毛毛，也救了俺全家。你知道，没有毛毛，我怎么活呀！再后来我买了水果礼品什么的，除了留了几个苹果，都让俺带回来了，还跟俺开玩笑，说：'苹果代表平安，这我留下了，祝你和家人跟全县的百姓都健康平安、幸福生活吧！'俺那心里暖和得无法说。再以后，我经常去看他，但他从不嫌弃，每次对俺没话说，还留俺吃饭。不过，我越来越为他伤心，好几次我看他在家就吃泡面，要么就把剩的米饭开水冲一下凑合……俺心里像针扎似的，那么一个大男人怎么能吃那个，咱老百姓生活也不像那样，所以我想天下好人不能受委屈，就想找个人照顾他，你看我讲这么多。"她抹着眼泪。

"那么好的人怎么不结婚，一个人过？"外甥女更好奇了。

"恐怕是遇到难过不顺心的事了吧？虽然我们很熟，也不好细问。"姨娘说。

"那我就去试试，不行俺有自知之明，老早走人。"外甥女俊俏的脸上似乎打消了疑虑。

就这样，这位女子走进了王三宝的生活。果真像姨娘说的那样，这位公安局专管破案的领导确实是好人。他成天忙碌于现场和单位之间，回家很少，即使回家也很迟，回到家不是看书就是写材料，有时很迟了还会听同事汇报工作。原来回家吃饭是个问题，现在他一到家，热茶热饭、热汤热水一应俱全，有了家的感觉。再说了，保姆模样俊俏，身材苗条，眉清目秀，看上去让人舒服。平素过于忙碌，他没时间注意到工作之外的生活细节。但也有放假闲暇的时候，他偶尔看着不停穿梭在眼前的这位保姆，忽然间竟萌生出甄荣的模样来。她跟甄荣真的有着惊人的相似：虽然不到甄荣俊俏，但也差不了几分，都是清秀端庄的美女，做事利索，温婉贤淑，皮肤细腻……但念头很快一闪而过，人家毕竟是保姆，何况自己条件不允许他有非分之想。"他要是甄荣多好，但甄荣要是永远待在他身边不就毁了吗？何况开始她愿意和自己在一起的呀！是什么让自己走入了这样的生活情景……"他偶尔生起这种念头，时间久了，她变成了他生活中的一张画、一处风景。他对她也是关心备至，除了担心日常开支欠缺，他几乎不问家里其他的事宜，一切全由她担当。保姆渐渐感到，这位领导不仅敬业为民，为百姓做事，而且十分热爱生活、热爱人生、挚爱亲友，他的宽厚和善良让人感动。她想无需问缘由他处于这种状态，可是他从来都是一副豁达、磊落的处世态度，亲人、师长、战友、同行、每一位来访者和他接触，心中立马就会洋溢着温暖。她慢慢地感受到他无微不至的关心和体贴，心底不止一次涌动着一种声音——这男人真好。开始她每天忙完还匆匆往家赶，或者碍于情面，她在他家从来不留宿。有一天傍晚，他还没回来，她忙完了，天突然下起大雨，实在回不来了家。无奈之中，她就用他平时看书用的凉椅，在他卧室隔壁的储藏间铺了一张简易床榻，躺下睡了。他夜里加班回来发现此景，疲劳顿时减轻了许多。以后她遇到特殊情况或者太迟了，就会在他家休息。他开始温暖而又别扭，日子久了，慢慢习惯。

除了晚上偶尔各自分屋休息外，白天各自忙乎着自己的事情。在小区里多了这样一位女人，大家也从惊异变得慢慢习惯。随着留宿次数的增多，大家感到诧异，每天和他招呼的同时，投去怪异的眼神。他知道男女之间的事情与他无缘，他和再多的女人来往也属正常来往。可是家中保姆越来越不安了，她的家务超出了保姆的事务范围。原来小解用的痰盂、平时穿的内衣……这些事情在保姆来之后，也都是他自己处理的。为了不让她知道，他把内衣藏起来，她竟然找到洗了。还有一次，他夜里接到电话后，去了大案现场，痰盂没来得及处理，第二天她端出去倒了……她越来越觉得自己应该像一名女主人一样照顾他，这是对一名男人的敬重，也是对男性的依赖。当年丈夫就是有这种大义和坚强，才义无反顾跳入……然而，这位男人又是丈夫所不能比的，她思念丈夫的同时，更想跟他的心贴近一点。

有一天，他忙完工作很迟才回来。她把饭菜热好端上来，他觉得案子破了，心情高兴，就想喝点酒。她脸红着，也端起酒杯陪他。他是心情好自我庆贺的，但她却越喝越来劲，频频邀他敬他，他也喝得晕晕乎乎。外面下着小雨，滴滴答答的，屋内宁静而温馨，让人觉得有一种十足生活味儿。人的内心感触宛如雨滴向外倾泻。夜深了，她喝多了，他也喝得浑身火燎一般。他扶她到房间的一刹那，她猛地抱着他，说："你别走了，就在我这睡吧！我……"她反客为主。他被她这样一搂，心里的火焰直朝外喷，但一想到自己的情况，顿时灭了。他把她放在床上想离开，谁知她死死搂住他的脖子，说："你要走，我也走了，我出门跳河……"嘴里呜呜哝哝说着什么，他就势也躺在了床上，他们相拥着睡了一夜。

从此以后，王三宝一回来，她就上去亲他，开始他拒绝，但她转脸流泪，说："我知道，我配不上你，但我也是人呀！给我点感情能丢你的脸吗？人活着真没意思，我还不如去死呢！"三番五次，他怕伤她的心，渐渐开始承受她的亲热。

有一天，他忙完工作在外面和同事吃点饭，回来发现她一个人喝很多酒，就偷偷回屋休息。谁知半夜迷迷糊糊地感到有人趴在他身上乱摸一气，一只手已伸到他的下身，他猛地推她，可她像触电一样收回了手，"啊"的一声惊叫。"怎么是这样，你为啥早不说，你原来骗人……嗯……"接着大哭起来……"我没有骗你什么呀？我自己的事不需要对谁说呀……"任他怎么劝说，她始终哭个不停。他被她闹急了，忽然大发雷霆，说："哭什么哭，有什么了不起的，我一个堂堂副局长还抵不上一个鸡巴？"她戛然停止了哭泣。

好长一段日子，王三宝总觉得对不起他的保姆，她也是人之常情啊！古有诗云："春阴正无际，独步意如何。不及闲花草，翻承雨露多。"名妃佳人都有春心恋意和肉体念想，何况肌体健全的痴情少妇？保姆何错之有，竟遭到他的无理指责，他王三宝自己的病能强加于别人吗？

打那以后，保姆离开了王三宝，王三宝也决定不再接触女人。人啊人，在这火热的尘世间，在阡陌纵横的大地上，到底会有多少苦涩悲戚的故事呢？除了他遭遇的，其他的不再发生，多好……

第二十六节　温柔陷阱

　　甄峰在国土局工作转眼已经多年，对业务早已谙熟精湛，处理关于土地方面的事务游刃有余。他很少出门到基层检查或指导工作，习惯把自己关在办公室里处置和解决工作上遇到的难题，同时接待所有当事人和来访者。办公室门经常关着，只要来人，开一下随即又关上了。常有人到他办公室门口，看到门紧闭就走了，实际上甄峰就在里面。他上班非常按时，但下班往往很迟，的确是同事眼中一名地道的敬业者。这种办公方式适合现代形势发展的需要，让办事效率更加快捷有效。最为忙碌的是他桌上的电话和纸笔，他总是在不停地打电话、写条子，安排各种事宜。自从部队转业到地方开始，他就养成了这个习惯。那一天的上午，他上班不久，刚准备泡杯茶，忽然有人敲门。来人是一位妙龄女子，他看到时，内心猛地一震，心里的波动是被女子的鲜亮刺眼的粉红色连衣裙给冲击的。女子真是国色天香，倾国倾城。他内心对女人有无尽的爱恋，特别是美女。每次见到富有姿色的女子，都会让他大脑瞬间出现短路。不管青春时期患精神病的陈岚岚，还是后来部队的第一任妻子，都是丰满性感的身躯和姣好的容颜，给了他触电般的冲击，最后他才动用才智将她们俘虏。单讲在部队时，他所在的营地内驻有一个女话务班，话务员们每天都经过他的门前去营部打水。有一天，他和战友出门有事，忽然发现一名身着黄色军装的话务员非常漂亮。他顿时忘了脚下的步子，以至于战友喊多少声他都没答应，眼光死死盯着她的背影和手中的红色水瓶。他默默待了三天，偷偷上街买了两个与话务班一模一样的水瓶。瞅准机会，他在看到那位美女时，忙上前打招呼，说："你好！同志，正好我去水房拿东西，你把我刚打好的开水拿去吧，我顺便再去打两瓶。"说着，接过她的水瓶，转身一溜烟跑了。女子觉得有点突然，但望着他年轻干练的身影，内心感到小伙子挺真诚。第二天，她准备打水时，水瓶已经满满的，放在那里。天天如此，始终不懈，那位小伙子成了她的打水员。就这样，小伙子平淡滚烫的白开水，再加上不俗的外表，渐渐打动她的芳心。后来他才知道这位美女竟是部队副司令的千金。阿弥陀佛，天助他也。他内心简直高兴地要疯了。眼前这位女子和当年部队那位相比，除了一身军装外，外表有过之无不及。当然妻子早成明日黄花，跟这位无可比拟。"局长，你在考虑工作吗？我跟你打招呼哩，你怎么不理人呢？"一阵呢哝软语袭进耳鼓，话语轻柔绵软像没骨头的人讲出的，娇滴得如蜜罐内的蜜汁就要外溢。

"噢，你看，我想有一个会，明天哪些人参加，不好意思。"听这女子讲话，他身子都要酥了，随时可能倒下。

"不行的话，你先忙，我明天再来找你有事。"女子对他送去一个笑脸，扭了下身子就要出门。

"不不不，我考虑得差不多了，你有什么事就说吧，我一定认真听。不耽误，不耽误！"他连忙挽留，生怕眼前的仙女稍不留神就飞走了。

"甄区长，我是陈伟外甥女，当年考取桐鞍职业专科学校，学的是企业财会管理，毕业后直接分到一个宾馆当服务员。"她慢声细语介绍自己的经历，像一个说书人娓娓道来。

"哦，你这个舅舅真够沉住气的，有个这么漂亮的外甥女在桐鞍也不讲一声。"他心想这位美女老乡的确能为桐鞍增添色彩，他和所有甄皇人都该有一种自豪感。

"舅舅怕你忙，不愿意给你打招呼，我听他讲过，他和你是同学，还是老乡。所以你也是我舅——舅。""舅"字拖得很长，让人觉得她在和亲人撒娇。

"你舅舅多心了，再忙也不能忘掉老乡，下次有事就来找我，不要客气。我最乐意为家乡人办事的，亲不亲，故乡心嘛！你说对不对？"他显得很和气。

"你真是一位好领导，一位好官员，我们家乡人和桐鞍老百姓真是荣幸啊！"女子的话和声音合在一起，像润滑剂，使甄峰心里十分服帖。

"你太会说话了，我心里高兴啊！但我没你说的那么好，只是尽职尽责罢了。你说说今天找我可有什么事？只要我能办到的一定效劳。"甄峰话语中给女子打气。

"你知道，甄局长，眼下改革开放，整个社会都在思变，观念在变，行为方式在变。我们老家也是这样，攀比意识剧增，门族观念加大，挣金贴面，老宅翻盖，新宅拓宽，征地占地，土地纠纷迭起。村里是这样，镇上也是这样，周围都这样。县城在改建，郊区在新建，新城卫星城逐渐连成一体，乡村慢慢向城市靠近，农村人一般随着耕地的减少，都在向城市迁移。比如，你们那个甄皇，大多数年轻人都走了，光我外公一家除了舅舅陈伟办个卤制品加工厂，没事在家研究研究卤制菜肴保存开发外，都出门做工和经商去了。你看看，我孬好是一位大学生，无论如何不能再回老家生活。开始我也竞聘了几家单位财会岗位，但是工资太低，我都放弃了。后来我才到桐鞍一家宾馆当服务员，好不容易才熬到一个宾馆客房部经理，可今天因服务态度被批评，明天因卫生环境被通报，后天因效益滑坡被扣奖金……难呐！"说着说着，难过地低头抹眼泪。

"呦呦呦，别难过，我来帮你解决这个问题，来来来……"甄峰没想到她懂得不少，忙掏出手帕去给她擦脸。

"我实在不想干了，昨天无意间看到一份你们国土局最近要在全市招考一百名土地协管员的通知，我就大胆来找你局长大人了，先前我舅舅经常提到你，所以想请你帮忙，看你可能给关怀关怀。求你了，甄局长——"她拖着长长的"长"音朝甄峰扭了一下腰，不愧是高校的一名广播员。可能为生计所迫，优美雅致的普通话被她演绎成了不伦不类的娇音软语。

甄峰愣了一下，顿时回过神来，说："先考试，先考试，我根据情况再想点子，不急不急。我的老乡亲亲，坐下喝茶吧！"他拉她坐在椅子上，端起工作人员倒好的一杯茶递给她……

就这样，后来也没人知道她考试成绩，最后被分到了市区的一个国土分局当了办公室副主任，不久还成了甄峰的妻子。实际上，她几乎不上班，在家静作闲置太太。有一点甄峰清楚，这样一介柔弱女子，在捞钱上可是一把好手，心狠手硬。有时，有人找甄峰办事送礼，碍于情面和难度，甄峰勉强推辞，便转脸找她，但她从不打顿，钱再多她都敢收，眼睛从来不眨。

可这位相距甄峰家乡不远、就读江南一座高校、相貌姣好的佳人并不知道，在她嫁给甄峰后第三年里，又一位求甄峰办事的年轻女子投入了甄峰的怀抱。此前，甄峰在一次酒桌上，因这位美女的社交能力和酒量，让甄峰为她一百亩地降低了一百万的价格。女子也被甄峰的"真诚"和风度所打动，甘愿奉上身心，纵然她知道甄峰早已有了家室。只是不久她生下了一个儿子，并随着时间的推移，孩子渐渐长大，她越来越跟甄峰要名分。两人为结婚的事私下多次争吵，甄峰寻找各种缘由一拖再拖，可眼下孩子要报名上学了，她竟抱着儿子以上学交费和没地方住为名闯进了甄峰家。

尚在开会的甄峰猛然听到门外的吵嚷声，心想坏了，肯定是一直隐藏的母子俩找上门，家里的这位才闹到了单位！他强打精神地走了出去。

"何人在堂堂国家机关门前撒泼，还不给我轰出去！"他出会议室门就大声呵斥，同时看着正在劝阻的工作人员。

"别他妈装蒜！不要脸的东西，你还有脸轰别人出去，你背着我在外面养女人、生孩子，你无耻透顶，你……"她说着，拼命向甄峰抓去……

"混账！""啪！"的一声，他大骂的同时，朝她脸上扇了一巴掌。"磨蹭什么，还不快点把她拉走？"他恨恨地对办公室的几位工作人员说。他们上去拉她，她胳臂猛地一甩，说："没你们的事！我让他知道花心的后果。"大家都束手无策，只有无可奈何地站着了。

"我要告你，你利用职权，强奸妇女，大家都来看！这是当年他强暴我的证据。"说话间，她从腰里拿出一个女式白底花纹内裤，上面隐约有几块暗褐色的斑块。大家听到这句话后，顿时沉静下来，忽然间都面面相觑。

"我一句假话也没有，绝对是事实，当年我找他……"她似乎感到戳到了甄峰的痛处，大家犯愣的当儿，她再次提高嗓门大喊。甄峰决没想到她会来这一招，头发立马竖了起来。大家内心也意识到事情的严重性，一起上前捂嘴、制止，并把她拉出了局长办公室。

甄峰也被劝回局长室，独自一人叹息着，喘着粗气。事到如今，已无法回头，他知道一切始作俑者都是自己的欲望。从部队的妻子到现在的妻子，再到那位地下情人，每一位都是巾帼佳丽，女中俊杰，如果他和其中任何一位结婚并安安稳稳地生活，也不会到今天这一步。只是由于他过于贪婪，要求太多，只有自食苦果了。确实他太热爱女人了，但作为男人谁又不爱女人呢？实质上，一个男人在现实生活中真正需要的就是自然和女人。歌德说："永恒之女性，引导我们上升。"一位哲人说过："一个男人连女人都不热爱，你很难想象他热爱人生。"只有依靠女人，男人才能走向更实在的人生。现代文明早已把人类同自然隔离开来，幸亏还有女人，女人们是男人们同自然之间的最后纽带。一个男人一生未受女人熏陶，他的灵魂是一颗四处飘荡的孤魂。在道家鼻祖老子来看，奇妙女性生殖器是天地的根源。每当面临重大人生抉择的时刻，女人比男人更理智。不是吗？当年在家乡，不是疯女人陈岚岚的爱慕给了他雄性和刺激，他就会失去雄心和斗志。要不是到部队牵手那位首长千金，他不可能一步步走到这个级别。如果不是后来的老乡美女，他也不可能生活得如此开心。要不是那个隐藏不露的地下情人，他也无以打发仕途遇挫和苦闷无聊的日子，更不能享受无尽的悠闲和激情……没有女人，他的日子真的不好过。想到这些，他心里竟涌过一丝难过，鼻子爬进一缕酸楚。或许他真的错了，不过，至多算他对女色贪心，喜新厌旧。可他身边的女人并不多，一个正处级干部，几个女人算得了什么呢？对错天定吧，他真的不知道人生的正确答案在哪里？隔壁屋里那位的吵嚷声还没停息，他这时想象这个女人犹如他生活中的魔鬼，害得他名声扫地，以后还有什么颜面在单位待下去，不如……他说着冲出门去，准备狠狠教训一下这个美女蜕变成的母虎。

第二十七节　人海奇遇

又一年的春天来到了，百花盛开，草木吐绿，万物复苏，大地孕育着勃勃生机。三月不愧是自然中最富有感召力的月份，它真如夏日的黎明一样艳丽，若童年一般欢快，如初生婴儿一般富有生命力；它把多种感人的光泽，从天上、从云端、从花海、从树林、从原野、从大地、从万物千像映入人的心灵。

中国改革开放已走向纵深，国力日臻强盛，百姓歌舞升平，国际影响逐渐提高。各行各业都呈现出蓬勃发展的势头，依法治国成为法制工作的理念。作为一名人民警察，为了适应工作需求，王三宝越来越注重业务上的充电和提升。除了田野抛尸案和老人失踪案件未破，他们去年的整体刑侦工作在全省依旧名列前茅。今年开春，上级派他到边远地区的一个警察培训基地学习，主攻犯罪心理学。除了平素需要他出差协调案件外，一般他也没时间出差，留守目的主要为了预防突发案件。但他内心还是想出去转转，换换大脑，放松一下长期紧绷的心情。特别喜欢的一件事就是坐在车窗前看流动的大地，思绪也随着风景流云般飞翔。

现在他乘坐的列车正扯起风，挂起云，巨龙一般飞越彩虹，划着美丽弧线，一路嚎叫着奔向远方。他倚在窗口，心情安静下来，思维的缰绳却悄然松开，随列车飞驰开来。他一贯的思维模式认为上苍创造了人类，人类开启了生活，生活依赖于土地，土地孕育着故事。土地是人类永恒的故乡和舞台，而他和战友的使命就是永远守护这七彩舞台的安宁，使人们尽情上演喜剧和幸福，尽力减少悲剧和辛酸。他并没完全做到，此刻他内心闪过一丝失落和忧郁。

　　他不止一次想过，在土地上发生过的故事，形形色色，悲喜共融，爱恨交错。虽然哲人说，生活是七色的，人终究生活在人间，不仅要热爱阳光明媚的春日、激情如火的盛夏，还要热爱那些冷雨薄雾、冰雪袭骨的严冬季节。不仅要接受那些让人温暖感动的故事，还要正视凄惨悲楚的情景。然而人追求善良和崇尚美好的天性注定想和不幸与阴影说再见。真情和友爱的故事千千万万，悲伤和灾祸也频频发生。春风不问路，坦荡之旅是靠人来行走的。无限美妙的自然风光，需要同人类的生活心境和氛围合上节拍，离开人的因素，再美丽的景致也只能徒有。如果每个人都献一点爱心，伸一只援手，这世界就会多一点阳光，多一分温暖，才能共同撑起一片明丽的天空。"嗡——"新的站台可能快要到了，车子嘤叫了一声，微微震动了一下继续驶向前方。王三宝眼光从无垠的天际收回近处的大地，领略着上面纷纷转场的万千舞者，很快又进入了沉思。阳光是心情的花朵，玫瑰是季节的花朵，而情感才是岁月永不褪色的花朵。自然界再美的花朵也不会超过自然限度而长久持续，只有美好心灵的花朵才能承载人间的幸福。既然人与人之间都友好相处，充满感情，怎么还会酿制那么多的案件和悲剧？人们想过没有，当面对那些被飞来横祸夺去宝贵生命的死者，当看到被悲剧和灾难折磨得痛苦不堪的受害者的亲人，悲剧的制造者们，难道你不感到良心受到谴责吗？难道你还能生活得心安理得吗？凄惨的故事，即使是在这温暖的春天里，人们也能品尝到悲痛的滋味。人们多么希望，悲痛不要永久的重复；多么希望每个人能够以善良仁爱来面对眼前这个世界，但愿人间不再听到痛苦的呻吟和凄厉的哭声。又一站到了，王三宝看到下车的旅客们纷纷提着行李箱走下来，再走出去，走进又一个酷似大旅行箱似的列车，奔向新的站台，演绎新的人生故事。虽然是春天，但飞跑的风儿把王三宝的脸颊吹得透凉，他感到了僵痛和麻木，他把脸向车窗内靠了靠。他想下一站就要到了，目的地就在前方。下一个城市或许繁华，或许富足，但是一个城市真正的品质还是由居民的道德素质、风俗习惯和文化积淀所决定。几年来，他多次带队参与政府部门组织的拆迁、开工安全保卫任务，很多原始、古老、珍奇和唯美的建筑、老街和景致被强行毁掉和拆除，取而代之的无非是写字楼、商厦、汽车城、贸易中心、柏油马路。他真不忍心看到一个个不愿离开家园的居民忧郁的面孔、伤心的泪水。然而城市依旧迅速崛起，土地大面积缩减。不仅如此，由于城市发展的急速扩张，很多祖祖辈辈以耕地为生的农民渐渐丢失了家园和根脉，不得不大规模地向城市迁徙，只有打工才能弥补因失去耕地而带来的损失。话又说回来，谁不依恋家园，思念故土？一块生活多年的地方，自然界的一个温暖窝巢，留存过艰辛和欢乐的地方，是一片温馨的生活家园，一处真实的天伦驿站，一个情感寄存的故乡。王三宝工作中遇到过一位年迈病危的母亲，恋家却很大义，本不愿搬家，但为遵守政策，临终前对子女念叨：即使搬迁，也不要走远，常回来看看，世间什么都不重要，唯有家才是让人牵挂和向往的地方……每当想起她，他的脸上总泪流不止……那位母亲的善良和勤劳是与生俱来的，不认识几个字，却懂世故、识大体。现在如果她还活着，即使生活的家园有些破碎，但整个城市的形象已今非昔比，一样会感到安慰的。然而，在他的印象中，城市越来越繁华，人与人之间却越来越陌生。他觉得，连自己难得地利用出差时间在城市间思考和放松的闲适都将被剥夺。即使从这一个城市到另一个城市，也不过是从一处喧嚣到另一处喧嚣，从一处缥缈到另一处缥缈，从一处繁荣到另一处繁荣，从一处浮华到另一处浮华，从一处不安到另一处不安……车站到了，王三宝被高音喇叭惊停了思绪，他一副意犹未尽的神态，提着行李汇入了接站的人流……

　　在培训部大厅报到时，一个熟悉又略显疏离的面孔进入他的视线，那位和他年龄相仿的人也看到了他，两人足足对视了几秒钟。一个着急地挠头，一个不自觉地捂了一下额。"阿鹏！""三宝！"突然两人同时脱口而出，继而抱在了一起。这是一次华东、华南和西南多区域关于犯罪心理研究的联合培训，岗位涉及公检法等多个部门。他们谈起了这些年来各自的生活和工作，回忆起快乐的童年和家乡的那帮伙伴及他们的老师，哀叹甄峰的命运……当年，甄峰和王三宝离开家乡的时候，罗鹏因优异的成绩被推荐上了一所师范学校，两年后在家乡当了一名小学教师。一场动荡和混乱开始，渐渐殃及校园，老师被冠上"臭老九"，罗鹏回到了自家田间背天锄地。甄峰和王三宝走进军营的时候，高考制度开始召唤万千莘莘学子和有志青年，亦如春风煦日沐浴校园，罗鹏参加了高考，被华东一所政法学院录取，四年后分配至市中级人民法院刑庭当了一名法官。他和王三宝相距不远，但来往甚少。不过，他和王三宝一样，在各自岗位上为百姓做着力所能及的事情。只可惜那些曾经的面孔，如今大多数北南西东，杳渺无音。时光易逝，不管怎样的生活状态，除甄峰外，大家渐渐都老了。他们纷纷感慨和庆幸生活无巧不成书，人生无处不相逢。

在培训的宝贵日子里，他们和来自五湖四海的同学、兄弟单位的战友，欢聚在偌大的课堂里，学识渊博的大师们将专业知识传授给他们。他们还叙情感、畅佳话，开展有益的文娱活动，憧憬美好的未来，学习给他们注入了新的激情和希望。每一位同学都深深知道，人生的每一种阅历都是宝贵的财富和幸福的记忆……

相聚最多的还是王三宝和罗鹏。他们是同乡和发小，又可以说是同行。只是王三宝工作在县公安局，通常说是基层一线，而罗鹏工作在市人民法院。他们业务上联系较少，音信通联不多。但他们拥有共同的生命源头和故乡，忘却童年，就是切断人生的来路。同一片土地上成长的孩子，天赋的亲切是根深蒂固的。

　　最后他们共同的话题回落到甄峰父母的失踪上。他们分别回忆了老人失踪前的一些片段和很长时间以来的寻找和侦查情况，一致认为，老人的失踪实在蹊跷悬疑。他们分析和推断：根据老人的年龄、性格和文化阅历以及衣着特征等，老人不可能发生被绑架和拐骗等情况，假如猜测不成立，其家人会接到敲诈电话或相关信息。如果老人一起访亲探友，平生没出过远门的他们不会一走这么长时间，再说他们无论如何也会设法告诉家人，如若遭遇车祸或者遇害等不测，时间已过很久，应该早已事发。如果老人自寻短见，也该发现……各种情况集中反映出一种结果，老人失踪确实离奇并难以理解。除了学习以外，这起失踪案件也成了他们频繁探寻和交流的话题。职业和良知促使他们固守一个信念，必须下大力气，不惜代价，解开这个谜底。两位老人只是一对普通农民，对他们来说，遭遇和经办的案件林林总总，这不过是一起事件，甚至还不能说是案件。但这一对老人和他们是有渊源的。如果人生有许多的缘分，同根同脉该属第一天地之缘。老人是家乡的长辈，是童年伙伴的亲生父母，也如同自己父母见证了他们的成长。先祖孟子"老吾老以及人之老……"的话还在心中回响。罗鹏告诉王三宝，他有亲戚和同学在旅游和宗教部门工作，他回去想通过他们拓宽寻找的途径。他责怪自己两眼一抹黑地忙碌着，要不是遇到王三宝，至今对老人的事蒙在鼓里，实在对不起当年关爱自己的长辈，更对不起一起长大的甄氏兄妹。三宝一番安慰后，两人盟誓对此事不能再有一丝懈怠，将双手紧紧握在了一起……

第二十八节　欲壑深深

甄峰用了九牛二虎之力方才平息家庭风波。他一段时间面色苍白，精神萎靡，显得没精打采，上班一副有气无力的神态。他依旧把自己关在屋里，除了内部开会和需要办公室购买用品，大家很少能见他一面。他好像在思考工作，又像在闭门思过。市里换届选举后，他心中的怨气尚未散去，始终闷闷不乐，甚至为自己的仕途穷尽沮丧懊恼。纵然他知道所有的官员都会告老还乡，但人生在欲望追求上不可能停歇，如此才能在各方面收获成果。一人独处时间久了，沉默让人开朗和通灵。他渐渐感觉到，仕途被封门后，一条发财之道愈发通达敞亮。他是业务高手，例行工作他自然会安排，但大多时间琢磨的是另一方面的事情，他便在办公室里期盼和等待着。

这天上午一大早，"东方房地产实业有限公司"经理裴洪亮来找他。作为战友，他们已经无话不谈，甚是投机。此前裴洪亮没少来找他，每次也决不空手，现金、首饰、手表、皮衣和皮包等高档衣物品等。为此，甄峰为他也费尽心思，尽力疏通他的开发道路。有一次，他以国土局名义向市政府打了报告，后来动用了公安、城建、执法和区政府等多部门工作人员，事情终于解决。虽然几家钉子户不停地到各级上访，遗留很多消极问题和不稳定因素，毕竟开发得以顺利进行，还如期拿到一批批巨额款项。裴洪亮十分感激他这位战友局长，这次一到办公室，他就黄亮亮地倒出一大堆金条，让人眼花缭乱。

"说吧，让我做什么？"甄峰面部平静如水，边说边看了一眼办公室的门。

"我想请你帮我催一下剩下的几百万工程款，他们似乎有意在卡我们公司。"裴洪亮明显对开发资金发放速度不满。

"上面每一批资金都是按工程进展速度和质量发放，应当都有规定。我们作为主管部门，不能擅自干预一些事务，不然就会违法乱纪。"甄峰看似很注意一些纪律规定。

"那是的，我的好战友，我知道这事情难度大，让你招呼太为难。你看我不来和你通融这事了吗？你费费神，想想还有什么法子可以做，我们不能死脑筋，该花的一定不能小气。"裴洪亮说着，看了一下桌子上的金条，眼里一副自得的神态，分明是说"需要的话，我随时会来表示的"。

"不是钱的事。"他自言自语地咕叨了一句，然后开始踱步。

"对对，既然让我们干了，就要关心到底，不然我可要跳河了！"裴洪亮立刻显得诚惶诚恐。

"那可是犯大法的活儿，谁轻易敢冒那么大的风险？"甄峰接着说，声音比前面大得多。

"我们谢天谢地了，好领导，我的亲弟兄，好战友，求您了！"裴洪亮有点发急了。

"我也不能空着手给人家说事吧？"甄峰忽然提高了声音。

"哎，对了，甄局长，我这先拿来一百万，你拿去打点通融，随后我再送这些来。"说着，他从椅子上的皮包里拿出一个又厚又大的黄纸袋，往办公桌上一推。

甄峰漫不经心地看了一眼，然后继续踱着步子，又向前走了几步，他突然回头对着裴洪亮说："你先回去吧，让我静下来考虑考虑。"说完又转回来，头渐渐低了下来，好像进入了沉思。

"甄局长，你家芳芳今年下半学期读书的费用我安排好了，公司除了给美国学校那边打了五十万学费以外，还给千金汇了五万元零花钱。我让他们告诉她，如果不够可以随时给这边来电话，你放心就是了！"裴洪亮紧张的神态又舒缓下来，他觉得甄峰这一下该满意了，他的心头大事自己全部安排妥当。

"嗯！我知道了，谢谢你。芳芳回来一定要感谢你这个叔叔，你帮了大忙。工程款项的事我们一起努力好了。"甄峰声音也变得轻缓。

"那我走了，你忙吧。"裴洪亮说。

"你先走吧，有事情电话联系。我还要安排一下局里工作。"甄峰打发裴洪亮。

裴洪亮一离开，甄峰立即把桌子收拾干净，然后拨通了办公室电话。

"你收拾一下，刚刚来了一位兄弟单位的领导。"他指着烟灰缸和简易茶杯，对一名进来的女同志说。女子旋即打理完毕就出了门，甄峰悄悄将门封死，打开偌大的抽屉，开始细数观赏裴洪亮送来的东西。往常这时候，他还有点紧张，现在他不再有一丝惶恐。或许命运对他就是这样一种安排，他必须心安理得接受。忽然电话响了起来，他吓了一跳，随后又显得若无其事地拿起来，只听了两句，顿时坐回到椅子上……

电话里说在"骏马房地产开发公司"承建的一处工地上，一名拆迁区域内的老大爷因补偿问题不愿搬家，死死拦住工程队的挖掘机，工人们束手无策。现场围了很多人，老人要死要活，民警到场也不敢轻举妄动，处置工作陷入僵局。民警汇报后准备强行处置时，老人突然从口袋里掏出一瓶农药，快速爬上挖掘机前面的挖斗里，再也不愿下来。各单位职能工作人员轮番上前劝说，他就是不听，人一靠近，就要朝嘴里灌药。工作人员追问条件，他坚决要求满足他提出的补偿条件并立即补偿到位。开发商声称政府建筑资金不足，各类花销又大，始终不愿多加一分钱。现场工作人员也没人敢表态，无奈之下，电话打到了国土局局长办公室。

他一听头皮直麻，少顷便打电话给分管刘副市长。刘副市长当即指示："请公安局张局长先带人到现场维护秩序，同时要尽量规劝，不能出人命。我立即向市长汇报，实在不行请示市委马书记召开常委会研究。"甄峰一听头皮由发麻突然爆炸。他知道问题的关键是要拿出钱来解决，刘副市长的指示没有关于钱的，都是出于维护稳定，杜绝人命案件和息事宁人的考虑，实际上等于屁话。他心里狠狠地骂着，但转念一想，也不能怪刘副市长。开始时市里给开发公司的费用更低，他的建议才改变了市里的预定的土地和补偿价格，为什么突然居民不同意补偿费用了呢？难道东方公司没有把费用全部补给拆迁户？如果是那样，出现这种情况自然在情理之中，难道他的那位同学加战友不愿拿更多的钱来补给住户？想到这，他心里"咯噔"一下，他隐约觉得东方公司不愿拿钱的原因，或许和他有一定关系。"哎！"他不自觉地叹了口气，事已如此，他只有思考解决办法。古人云："车到山前必有路。"他的心情豁然开朗起来。

甄峰驱车来到现场时，这里已成为一处没有硝烟的战场，局势相当严峻和复杂。大批的警察围在那里，拉上了几道警戒线。各类相关工作人员胡乱地搬着老人的家具，可能只搬到一半时出现了异常情况，很多东西从屋内延续到屋外，零零碎碎，一片杂乱。在房屋的这一边，老人的家人以各种表情和姿势立在那里：有的两只臂膀紧紧抱在胸前，虎视眈眈地看着周围的人，好像每个人都是他的仇敌；有的嘴里骂骂咧咧，骂开发商和贪官勾结，把政府拨的钱都私分了；有一个中年妇女，估计是户主的女儿，但看穿着像是一名国家公职人员。她破口大骂："老板太贪婪，把钱都独吞了，不愿意多给百姓一个子儿，你看将来不会有什么好结果。"她骂完了看周围没有一个人搭话，就自我解嘲："我虽然上班拿工资没钱帮我父母，但几个弟弟妹妹多次要凑钱帮我爸妈翻盖一下老房子，他们每次都不愿意，生活习惯了，认为一家人住在一个老地方人气旺，热热闹闹的，没想到这次一开发弄成这个样子，老天爷呀……"说着，伤心地哭起来。近处的几位有的点头赞同，有的也显出悲伤的表情；靠近拆迁房正门口围的人更是密密麻麻。一台大型挖掘机正对着房门，驾驶机械的人早没了踪影，低垂下来的挖掘斗中，一名耄耋之年的老人手持一瓶农药坐在里面。他脸色铁青，满脸的皱纹覆盖了他的真实表情，但通过浓密眉毛和胡子上散挂的亮晶晶的水珠，可以判断老人先前伤心落过泪，此时他委屈茫然地注视着眼前的一切。看得出来，他虽已年迈，但却有着极高的警觉性。不管什么声音，什么人过来，什么动静，出现什么情况，他都始终牢牢抓着手中那个瓶子，这对他来说是一件最有杀伤力的武器。还有很多官员模样的人，三三两两地聚在一起议论着，好像在研究解决方案……大家转脸看到国土局甄峰局长来了，像看到救星一样，"哗啦"一下围了过来。

"甄局长，你看这事怎么处理？"甄峰抬头一看市人大奚副主任在问他。他本身对桐鞍市人事上安排就有看法，当年就是这些人为了捞位置、争级别、上台阶，闹得一片吵嚷，不可开交，最后把自己挤到了一个职能部门，依旧守在部队时的团处级没动。听到奚副主任这样问他，心里的不满如吃到腐烂变质的食品一样，胃里波涛汹涌，直想外翻。

"你们是上级领导，我一个具体办事的，还能有什么处理意见？"他不阴不阳地说。

"哎，甄局长怎么像有情绪，谁不知道你在桐鞍处理一些大的民生问题上很有一套，离开你，我们可两眼抓瞎呦！"奚副主任知道市委大院的两位主要领导不在，这类问题甄峰是绝对的决策者，这两年关于土地的问题，几乎都是他担纲主断，稳妥解决的。甄峰内心有些怨气，情有可原，毕竟他们在一场仕途追逐中都成为赢家，这时不能和他一般见识，处置眼下的局面才是当务之急。

"这年头谁离开谁都能过，主要谁有本事谁干得好呀！"甄峰的话里带有刺味儿。

"甄局长，你也不要说这么多了，那边还有一个拆迁现场，情况也比较紧急，刚刚秦市长打电话来，让去一部分人控制一下。这边你看看拿个什么方案，我和公安局张局长马上带人过去。"奚副主任征询似的口吻说。

甄局长慢慢地把头高高地抬起，自左向右缓缓旋转，然后深深地吸了一口气，两只手放在了腰上，俨然是个战场上观察敌情后要发布作战命令的将军。大家的眼光紧紧盯着他，仿佛稍不留神，他就会在人群中消失，面前的残局再也无法收拾。

"刘副市长，有没有给市里主要领导打电话汇报？这里情况比较棘手，你们得给个解决办法。"甄峰打电话给市里分管副市长请示。

"本来我该到场的，因为一个会，我就拜托你们处理了。但我刚刚跟秦市长汇报了，他让你跟现场的人大和政协、政法委的领导碰一下头，协商好承建方和居民的关系，做好稳定工作，千万不能出乱子。相关资金已经按规定下拨，让国土局在中间督促一下资金的流转情况，不能让拆迁户受损失，免得怨声载道，以后工作不好推进……"刘副市长还没讲完，他举着的手落了下来，只有他清楚电话里传来的意见对处置眼前的问题没有任何意义。他无奈地看着面前的人们，一句话没说，重重地挂了手机。

他懒洋洋地转身走到一处离开人群的僻静处，拨通了"东方房地产实业有限公司"经理的电话。大约三分钟后，他回到奚副主任面前，然后说："你放心吧，我已通知东方公司负责人来了，会把这件事处理好的，你要有事先走也行。"他很自信地说，但心里却响起另一种声音："这么大点屁事，看把你难为的，庸官受罪啊！"

"好的好的，我放心了，还是你手段高明。"奚副主任一副尽职尽责的神态。

　　说话间，一辆奔驰车从外围路上驶向工地方向，蓦然走下一名衣冠楚楚的壮年男子，毋庸置疑，这人是负责开发的工程老板。甄峰迎了上去，继而走到旁边无人的地方。

　　两人大约咕叨了两分钟后，壮年男子友好地走到住户的长子身边，然后拉起他的手。看样子他们很稔熟，壮年老板趴在住户长子的耳边轻轻地讲了几句话，两人都不约而同笑了。

　　长子走到挖掘机前说："出来吧，我爸！事情已经解决了，就按你老人家的标准办，我现在去签协议。"他就势给身后的奚副主任打了个手势，又朝挖掘机旁他家的方向挥了一下手。

　　老人狐疑地看了一下儿子，又看了看手里的农药瓶子，忽然站了起来，在儿子的搀扶下，下了挖掘机。

　　"可以扒房子了！"忽然谁喊了一声。接着，沉静的现场响起一阵清脆的手机铃声，刚刚反应过来的人们很快弄清声音来自中间的奚副主任。思维略微迟钝的奚副主任拿起电话就接，电话里传来的声音很清晰："奚副主任，你快来吧，这边工地的老妈妈服毒了，正送往医院……"电话里一阵杂乱和哭腔。

第二十九节　谁在歌唱

　　走出庙宇大殿，老人搀扶着步入宽敞明净的大院。他们不像其他香民那样东撞西跑，东瞅西瞧，胡乱闲走，偶尔停下购物。他们主要是跪拜磕头，上香、默默许愿，一举一动显示着执着和真诚。寺院里高大茂密的梧桐树和各类林木参天耸立，枝叶婆娑的缝隙中透出蓝天的空旷和悠远，空气中散发着植物和花朵的清新气息和淡淡幽香，四周对称而立的各种殿堂，显得恢宏壮美，也悄然弥漫着一种肃穆和神秘。无需猜测，通过穿梭如织的游客香民的穿着，就能知道现在已经到了春天。他们一起回头看了一下刚刚跪拜的高大威严的土地神，心中的虔诚还未散去。他们永远敬畏这位播撒福祉和吉祥，让人们健康平安、收获五谷丰登的神明。他们期待着普天下的善良人不再因那些奸佞邪恶者的作祟而受苦。"孩他爸，咱走吧！一路过来，我们没少烧香磕头，苍天有眼，会保佑孩子们和所有人平安的。"老妇人看到老汉脸上布满忧郁，心情不好，便安慰他说。但他们总的看上去像一对悠哉自乐的老人。

　　"没什么，都这样了，我们今生有罪，生出阿峰这个罪恶滔天的孩子，对一些人犯下了不可饶恕之过，但我们会真心赎罪，神仙一定会心知肚明，愿来生我们得到解脱。"老汉说着，攥紧了妇人的手，眼泪如泉水般涌出。

　　"你知道，我们这一路上进过多少庙，拜过多少神，磕过多少头了吗？"老妇人欣慰地问老汉。

　　"我们已经走过三个省份，沿路那么多庙，磕了那么多头，我这个年纪，真的记不住了。但我知道每次之后，心里都非常安慰，我们还要走下去，要拜完天下的神仙，替儿子赎罪，让那些无辜受累者理解我们做父母的苦心，也能原谅天下每一位走错路的孩子和家长的过错，借此饶恕他们的罪孽，给他们重生的机会。"汩汩流淌的泪水像充满灵动的水流，伴着低沉满含凄楚的话音，合成哀伤轻和的二重奏，渺渺飘散在自然纯净的空气里。

　　"孩他爸，你看我，要想开点。既然这样，我们得承认现实，能为其他孩子和好人送一份心情，这样靠哭不是办法，我们还要坚持把祈祷做下去，你看你这个身体，最后非垮不可。所以你要挺住，我们才能把心愿了掉，让峰儿来世安生。"她说着，把头扭向别处，把手捂在了眼上。

　　"你看你看，你自己眼皮软，还说我，下次我们都不许这样了！不然误事，我们从老家到这儿一路多好，根本没耽误时间。"老汉反过来安慰老伴。头顶上一只大鸟在扑棱着翅膀，面对众多的游人，它自由自在地飞翔在大树间。看样子它习惯了这种环境，和人类早成了朋友。大凡自然界任何生命群体之间，只要有善意和单纯，大多可以和睦相处的。老汉缓缓把眼光从高处移下来，他一直在想人活着的奥妙和美好，然后拉着老伴的手在一个石条椅上坐下来。

　　"老伴，我这辈子没文化，理解不透太深的东西，但我听人家说疾病、苦难都是因果轮回的报应，有现世报，也有来世报；这辈子拜佛、念经和修好，为的是来世；神不是迷信，不是空灵，不是无须有的东西；神是存在的。我们多烧香拜佛，肯定来世神不再责怪我们，也会放峰儿一马的。"老汉娓娓道来，像给老伴一个人讲课。

　　"你啥时学会知书达理了，你讲的是那么回事，不过神仙能睁开眼才行。"大妈佩服地点头。

"你以后不要轻易给我瞪眼了，不要动辄讲我是错的，再门缝里看人，我就不客气了。"老汉做了个鬼脸，分明对老伴以前的态度全盘否定。

"不过你光讲神神神，神到底是什么，在哪儿呀？我有时心里真感到绝望。"大妈伤感地说。

"神是宇宙，神是自然。神就是人，神就是我们自己。神是存在我们周围的一种灵性，他看不着，更是抓不住。自从有了人类文明，神就来到我们身边，伴随人类成长。只要是世间的谜团没有完整的答案，神就不会溜掉，人类就有希望。"老汉越说越来劲。

"老头子你太有才了，以前还真没发现哩！"老伴的眼睛突然睁得很圆，而且有了光亮，像年轻人突发的那种惊奇。

"很早的时候，父亲说过，以前峰儿和我谈心时也经常说到这些，只是——哎……"他叹了口气，继续说，"只是峰儿懂得很多，却没做好。"他情绪忽然低落到极点。

"走！我们能做多少就做多少，心里不亏欠就好。"她拉着老伴就往外走。

这一对老人就是甄荣的父亲母亲，为了避开熟人的眼光，他们简单进行了装扮。他们自从那日从法院离开后，一直奔走在赎罪的路途中。在这个他们认为没有止境的道路上，两人心灵已经合拍，达成生死默契：要为儿子的罪过向所有关心过他们的家庭、关心过甄峰的每一个人谢罪，以期待他们的子女平安，也决不辜负天下父母的一片良苦用心。本来他们沿着一条去家乡甄皇的高速公路走的，但转念一想，天下那么多的好人，那么多的善良者还没来得及感谢，他们的心愿是还需要去敬神、去祈祷、去叩拜、去了结……刚巧也就是这时，他们听到了远处传来奇特的宛如天籁的歌声。正是在这歌声的感召下，他们改换了一个方向行走。

　　他们离开巡逻交警后，星夜朝家乡赶路。边走边聊，轻松自在。苍穹无垠，大地幽静，他们成为天地之间最轻悠的生灵。"天蓝蓝呀，那个水悠悠，我是时间的刺猬头，今生上帝关照我，我给神仙磕响头；风吹吹呀，那个地宽宽，我给王母小鞋穿，玉皇让我多福祉，我敲锣打鼓敬神仙……"声音由远及近，在空阔寂静的旷野上绵长悠远，像哭泣，又好像诉说，在沉寂的夜里尤为清晰，也增加了几分惊悚和神秘。等走到近前，方知歌唱者分明是一名丐中奇侠。他年龄约六十左右，头发蓬松杂乱，成团粘在一起，因肮脏而失去原色；一个补了数次的蓝灰色褂子，下身穿的是烂兮兮的黄裤子，裤脚已经炸边，一副刚从战场上下来的装束；手里拿一根拐杖，身上背着一个粗布挎包，一根拐杖左右颠颠地连着大地。

　　"朋友，你怎么这副装束哩？"甄岳群问老汉。

　　"这副装束咋啦？"眼前的这位丐侠奇怪地看着老汉。"不遭抢、不遭盗，至多路人能嘲笑；看惯世间不平事，嬉笑怒骂乐逍遥。"他紧接着自我解嘲。

　　"那是那是，方家是个高人，快活快活！"甄岳群老汉心生一种羡慕。灯火熄灭，转眼之间脚下的大地彻底苏醒了，新的一天降临人间。高速路上飞驰的车辆开始增多，喇叭声和轰鸣声时断时续。早起的鸟儿开始展翅歌唱，伴随着各种自然的音符，大地开始了另一种合奏曲。他们不约而同抬头看看天空，然后发自内心地赞叹着又一个好天气到来。

　　"哎，朋友，你们出门到底干啥来了，为啥不乘车乘船，也徒步逍遥？"那位丐侠问。

　　"这是我老伴，我们到城市办事不顺，心情不舒坦，便走路回家，排遣一下。"老汉指着大妈轻描淡写地说。

"人生有啥大不了的坎，吃穿不愁就行了，不要争名夺利。常言道：'补破遮寒暖即休，食过三寸成何物，死后一文带不去，前人田地后人收，得便宜处失便宜，举头三尺有神明……'你看我过得好着呢！"丐侠一副洋洋得意的神态。

"难道你不是……"甄岳群好生奇怪。

丐侠这时知道他误解了，忙说："噢，长辈你误解了，我不是一名讨饭的，我只是喜欢一个人四处乱走，可以讲四海为家，浪迹天涯，为了安稳，才这身打扮。"

"原来如此，我明白了！"老汉恍然大悟，笑嘻嘻地对不言不语的老伴点点头。

"你家里可有其他人？"老汉问。

"当然有了，现在政策好，形势好，国家强大了，咱老百姓生活唱着过，儿女们都有事干，过得也好，不需要我问事。他们都让我在家享清福，你想想，我哪待得住呀！就喜欢乱转悠。咱没有硬板身子骨，打抱不平做不了，但常管管闲事。儿女们怕我惹事，让我跟团旅游，我哪有那个雅兴，一个人四处遛遛就够了。这不？我沿着这快道两边，不论黑夜白天的，一路跑过来了，有路的地方肯定离村庄住户不远，容易找吃的喝的。不过，现在确实人富了，有时你找人家帮忙，给人家钱都不要。我觉得在大地上旅游不比去那些人工景点差。人这一辈子，不需要豪宅香车，万贯家产。古语讲得好，屋子再大一张床，美食再多一张胃，主要把这儿侍候好。"他说着，指着自己的胸脯，然后接着说："人心活得知足就行了，我现在快活得很，只要朝庄子里一去，啥事都能听说、遇到，啥事都新鲜。"看样子他是个演说家，讲起来就收不住。看到甄岳群老汉听得仔细，愈发来劲了。

"我本来是从事文化工作的，当年我在单位从来不和人家计较虚名浮利，活得很开心。而一些领导和同事为了点不义之财出事了，还牵扯到家人，吃官司倒是其次，人丢不起呀！祖宗八代脸上都无光。回过头想想，一个人长得再年轻美貌，总会人老珠黄。再大的官也有还乡的一天，金银财宝生不带来死不带去的，剩下的不就图个平静踏实吗？想开点得了，老人家，心里别装事了。打扰你老了，我走了！"

"哎哎哎，别走别走，再聊一时。"甄老汉忙上去拉他。他转身回来，说："长辈，我怕耽误你大事，我可是个一人吃饱全家不饿的大闲人。再说了，听讲这东北边三十里开外的吴大营子有一家两个孩子考上了北大和清华，那可是光宗耀祖的事。他们请了个戏班子，连唱一星期。我连赶快赶，今天是最后一天了，这唱大戏的好事我可不能错过，你说是吧？"

"时间还早呢！再叙一时，不耽误。"看样子甄岳群老汉还没听过瘾。"你是个有文化的人，原来在文化部门呆过，我是个粗人，那你说说，你怎么看待家国情怀和公仆意识？"他接着问丐侠。

"这可是个大问题了，不是一下子能讲清楚的。再说我这点字墨没资格谈这么深的话题。"他连摸挠自己的头发，好像有点犯难。

"随便讲讲，讲深了，我也听不懂。"甄老汉说。

"过去常说，皇帝就要造福百姓，当官就要为民做主。英雄豪杰齐家治国平天下不说，起码一个人首先要把人做好，然后才有资格讲做事。话说回来，不管你当多大的官，干啥样工作，处处得为百姓着想，如果一肚子私心杂念，注定干不好的，容易走邪路。人这辈子，要活得真实，活得知足，活得坦然，不能让百姓戳脊梁筋。"他喝了一口矿泉水，擦擦嘴继续说，"前面我说了，我们单位有些人就不识大体，不少吃不少穿，弄那点好处，图个啥？最后落得个……咳，惨哪！有的连家人都跟着受窝囊，抬不起头，也出大事了。"他停下来，一副惋惜的样子。甄岳群老汉听着听着头低下来，然后转向远处，好像丐侠讲的是他一样。

"人啊人！生在世上，你想想啥是你的？活着也忒简单，戴三百元的手表和三千元的手表，时间是一样的；喝三十元一瓶的酒和三百元一瓶的酒，呕吐是一样的；住三十平方米的房子和三百平方米的房子，睡不着是一样的，关键要知足。每个灵魂里都会有一个声音在歌唱：皇帝因为治理好国家、天下太平，心里高兴地唱；当官的因为替百姓办件事、多解决一项困难，心里高兴地唱；普通人因为一家人和睦相处、团聚在一起，心里高兴地唱；就连鸟儿因为风雪暴雨之后窝巢安然，兴奋地迎着阳光歌唱……你看我在这肥沃的土地上行走，没有纷扰，独享安宁和轻闲……我一路心里高兴地直想歌唱哩……好喽，我走了！"

他说完转身就走，边走边说："风儿唱、鸟儿唱，百姓心中在歌唱；云儿飘、马儿跑，不贪的人儿最逍遥……"他的身影渐渐远去，慢慢消失在苍茫的大地上。甄岳群老汉的思绪和眼神随着丐侠走得老远。

"别再看了，这都快到家了，我们该回哪儿呀！"直到老伴喊他才醒过神。

"孩他妈，我看这样吧，我们也不好再回甄皇了。我们直接去对咱家有恩的朋友和亲人家，跪谢他们，峰儿让他们惭愧伤心了，但他的父母没有忘记他们，'子不教，父之过'。我们应该承担责任，但愿他们以后还能关心我们其他的儿女，来生我们也要报答他们的恩情。还有我们一路向西，遇庙烧香，见神磕头，祈求神灵原谅峰儿，能保佑峰儿重新转世，也期盼天下为政者不要学峰儿成为孽畜，糟蹋善良无辜。"丐侠的一番话仿佛一颗加固的铆钉，让他原本迟疑的心神终于有了打算。老伴疑惑地看着他，眼里一片浑浊。透过早晨的瓦蓝，远处呈现出一大片深色，隐隐约约有车辆穿梭，那里估计是村庄，并且附近有公路。他们转身向那儿走去，沿那里走，可以到一个城市，城市里就住着当年关照甄峰离开甄皇外出读书的一位年迈领导，同时还有一座香客盈门的龙兴寺，他们开始要拜谢和敬香了……坐了好大工夫，回想着一路的情形，他们感到十分欣慰，面对虔诚，上苍应该睁眼了。

　　游客渐渐稀少，天色暗下来。他们牵手依偎着，慢慢离开了掩映在丛林中的庙宇，耳畔回想着浑厚悠扬的钟声，慢慢地进入一条宽阔的道路，匆匆穿过的车辆渐渐远去。他们想去另一个城市，听说那地方有一座方圆百公里内最大的寺庙，朝拜者远非此处可以比拟的……

第三十节 走向深潭

清晨，城市还半睡在梦中，东方闪现出一抹微光，只有早起的人们开始了一天的劳作，甄峰此时已加入晨练的队伍中。

这两年他渐渐发福了，一是腰包愈来愈鼓；二是他身边女人如云。虽然有的想滋生事端，但在手腕高明的他面前总能相安无事，他的心情和精神自然轻松愉悦，福气也就跟着来了。为了有一个好身体，尽情地享受人生，他开始锻炼身体。这是桐鞍市一条最大的穿市而过的河流，一年四季河水奔涌，两岸并行着坚固的护堤坝，坝上种植着茂密的树木和花丛，尤以垂柳最为独特。垂柳依依，牵手护堤，是这个城市的一大独特景观。大开发以来，城里没有太多可去的地方，这里便成了居民休闲散步的理想去处。城市的灯光渐渐隐去，一切慢慢苏醒。原先的桐鞍非常美丽，山环水绕，风光旖旎；每逢初夏，河流上风帆片片，一艘艘轮船在白浪和烟云中鸣叫着，驶向远方；堤坝和岸边摇曳的垂柳如随风起舞的姑娘，迎送着城市一批批勤劳忙碌的人们……他边跑边想，"嘎"的一声，一只大鸟哀声怨气地从甄峰头顶飞过，迅速消失在建筑物的上空。这年头按说除了居民喂养的鸽子，一般是没有这样的鸟了。鸟类大多栖息在林木、水草等植物茂密和庄稼生长的地方，而眼下由钢筋水泥灌装的楼房和柏油马路构筑的城市，不可能有这种天性自在的大鸟栖息的地方。这只鸟很可能狂野放纵，急欲追求精彩生活，才误飞到城市，因痛悔发出了绝望的哀鸣。眼下这个城市宛如走进深秋和冬季，越来越显得沉寂冷清，甚至肃杀凄凉，一副呆板老成的面孔……跑着跑着，忽然一阵悠扬甜润的歌声飘进他的耳朵，由远及近，如余音绕梁，绵绵动听。他放慢了脚步，驻足细听，才知道声音是从后面传过来的。他刚想回头，一女子从他跟前匆匆跑过，像移动音箱一样，正播放着精美的民族歌曲。女子过去了，甄峰却停了下来，眼睛睁得像个灯笼一样，直盯着女子的方向，他心里像触电一般。"哇塞！"他差一点把内心的惊诧喊了出来，但一想到自己的身份，他顿时抿嘴摇了摇头。女子并没回头，但从她的身材和穿着，他断定今天又碰到了仙女。她上身穿白色短袖 T 恤，下身穿一件天蓝色运动裤，一双红色运动鞋如两束飞翔的火焰。擦肩一刹那，他看到女子眉清目秀，皮肤白净，一双纤长笔直的腿轻曼灵动、跳跃自如；身后黑长的头发随意摆动，上方用红绿色头绳挽起一个发髻，跑起路来，像一面飘扬着的利比亚国旗。他心里灵机一动，这可绝非当年认识的那个讲话似鸟语、姿态做作、浅薄多事的同乡能比的，一举一动都表现出一个知识分子的气质和文雅，特别是她驻足擦汗的一刹那，轻轻扭动身体向后面回望了一眼，既像有意思看他，又像无意间转身，不娇不作，自然得体。随后淡淡缥缈的汗雾如氤氲与白色的手帕一同飞舞在空中。就在走神的时候，那女子从他面前快速跑过，看样子她已经晨练结束了。他在她经过的时候，才看出这不是一般的意义上的美女，而是真正的绝代佳人，他从没见过如此美貌的异性。他再次怦然心动，有声音想从心底发出，但一想萍水相逢，有些唐突。就在他准备招呼她的时候，她已经跑远，他叹了口气，把想说的话堵在了嘴里。

　　女子的身影消失在他的视野里，他身上的力气也减了大半。他想，人生如戏，每个人都需要色彩来扮靓自己的人生，他这一生除了钱财，还有一大爱好，那就是女人。关于女人的价值，世间众说纷纭。哲人却预言，永恒的女性，化身为妙龄少女，引导人们迷恋可爱的人生；化身为妻子，引导人们执着平凡的人生；又化身为母亲，引导人们包容苦难的人生。在女性引导下，人类便世代繁衍，生生不息，不断奏响生命的凯歌。女人的胸怀又如一处港湾，可以让男人疯狂，也可以使男人沉睡。然而，他却有另一个理念：女人是生活的配角，是男人的装饰，犹如烹调时的木菜银耳，为搭配而存在；男人需要女人的关心和滋润，可一旦失去作用，就是可以扔去的衣服，男人必须靠征服世界来征服女人。他算一名人生成功的男人，虽然命运轨迹没按他设计的路径运行，但对芸芸众生来说，无疑是佼佼者。他毕竟是分管土地工作的一方大员，拥有巨额资产，仕途上虽然遭遇坎坷，但接触女人应该无妨大局，何况他拥有仪表堂堂的男人风采。他身边曾有过无数女人，大多已成为过往，留在视线和生活中的也寥寥无几，只根据需要而选择，以不影响常规生活为根本。没想到今天，他再次遇到这样一位美女，一抹亮色，人生所需无非是票子和女人这些生活要素，他决不可失去这个机会。想到这，他精神抖擞起来，早过天命之年的他内心依旧激情澎湃，身体充满活力，体力充沛饱满，特别经过一段时间的调整恢复后，他的容貌看上去不过四十多岁。下一步，他要弄清楚这女子到底何许人也？姓啥名谁，身居何方……他脑海里溜进一大串问号。然而，如此美貌，无疑追随者如蜜蜂逐花，一般人在她眼里肯定不当回事，只要有缘，他一定会和她相遇，欲擒必先放开。第二天，他来了，她也来了。春风吹拂面庞，晨光映着身影，美好的季节催增着人们心灵世界的快乐指数，天公作美，持续馈赠人们明媚晴朗的天气。他们依旧擦肩而过，只是他主动对她笑了一下，她也对他点头示意，这算相互打了招呼，然后各自奔向自己的来处。第三天、第四天、第五天、第六天……他们微笑、致意着。周围的晨练者并没有人注意他们，他是有心的，她是礼节的。不知多少天之后，突然有一天，美貌女子没有出现在堤坝上，他顿时感到了失落。于是，他悄悄四处打听她的信息，困惑中依旧跑步锻炼。他精神是煎熬的，心情是忧郁的，他满心期待着那一抹亮色，那一处风景，期待她的出现。直到有一天，他作为嘉宾，出席一所留守学校的落成典礼。在观赏演出时，他却意外看到她一拐一瘸地辅导着一群花朵般的孩子上台表演舞蹈。他顿时心里明白了几分，后听说她是一所职业中学的舞蹈老师，最近授课扭伤了脚踝。受氛围限制，他只能和她微笑致意，离开时他朝她回望了一下，她也笑了笑。之后他想，今生他要用浑身的解数和资本捞此女子。她若单身，他要娶她；她若名花有主，他会让她易主。

他照旧跑步，为身体，也为她，可她依旧没来。

一个阳光明媚的清晨，一名美貌绝伦的女子再次闪亮在堤坝上，所有的晨练者只是贪婪地看他一眼就匆匆而过，没有了那名中年男子的微笑致意，她感到了失落，心情像空了半截。她的脚完全恢复了，速度却比往常慢得多。她想那个风度端庄、气质高雅的中年人怎么像个幽灵突然消失了，莫非不是本地人？可是通过熟悉的眼神和简单的招呼，她感到他应该生活在这个城市或者不远的地方。她无法证实他以前可否在此锻炼，因为她也是从师范学院分到这里不久。通过举止和神态，他绝不是普通的工人，更不是普通的农民，或许他就是一名来此出差或调研的领导学者什么的，说不定他已经离开这个城市？算了，不需再多想。读大学时，一位哲学老师曾说："人是生命路途中的赶路者，大多数人都只是擦肩而过，然后匆匆奔向自己的目标。唯有亲友、同事和有缘的人，才会相逢和相聚在一起。"他无非就是她生活中的一名过客。不过她内心还是觉得他与众不同。她欣赏他的儒雅，他的风度，他的友善，他的松弛和他眼睛里担当的忧郁。只可惜他去了某一个地方，在她视线中已经消失。她嘲笑自己的莫名其妙，自己胡思乱想。一连几天，她在矛盾和不安中度过，跑步也没了先前的精神和力气。

傍晚，从学校回来，她无力地躺在沙发上。电视上正在播放《桐鞍新闻》，忽然她看到画面上一群人中有她熟悉的身影，那个人分明就是堤坝上跑步并和他招呼的中年男子。"桐鞍市党政代表团在市委书记马本铎的带领下，于3月16日对广州珠海和深圳等沿海城市进行友好访问。经过半个月的参观学习和调研，代表团圆满完成各项使命，于今天下午顺利返回桐鞍。桐鞍市委副书记、市长秦海林率四大班子有关领导和市委、市政府机关有关工作人员在市政府门前举行隆重欢迎仪式……"

"猜对了，猜对了。"她差一点喊出声来，弟弟和父亲都惊诧地从屋里出来，追问她怎么回事。

她忙解释："没有你们的事，我看到一个熟人。"她慌忙解嘲。

"神经病！"

"我以为我的闺女出什么事了呢？"随着埋怨的声音，她的弟弟和父亲都各自回屋了。她心里的惊喜又串了起来，那个人就是本市的，电视里说他还是个国土资源局局长呢。"哇，这么厉害！"这次她没敢发出声音，她心里惊叹了一句。欢迎仪式画面在屏幕上隐去了，她高兴地蹦了起来。

"妈，吃饭，我饿了！我吃过饭还要老早睡觉，明天他一大早还要跑步呢！"她朝厨房大喊了一声。

"知道了！就来了，就来了，妈知道了，我的乖女儿饿坏了。"她母亲在厨房立即一阵回应。

第二天的堤坝上，他和她终于见面了，像河水与垂柳相依，蓝天与云雀合璧。热情招呼后，他们开始一道从坝子的一端跑向另一端。天底下唯有一样东西是无法设置障碍的，更无须计较包括年龄在内的条件，那就是爱情。他的儒雅与风采，她的年轻与美貌，除此之外互相吸引他们的是相同的情感经历。他已经厌倦了先前的女人，她们婆婆妈妈，吵吵嚷嚷，争风吃醋，让他不得安宁；她刚刚从大学校园丢失一段恋情，那位让她心仪的白马王子，平庸胆怯，不敢跟她来城市生活，听从父母回到了贫穷的大别山区。他知道他需要如诗的女人来点燃他的生活激情，她清楚她需要真实的男人来打开她的内心世界。相同经历似滑坡，他们很快划到一个斜面上，滑到了一起，继而如漆似胶。

人都知道爱情是上苍赋予人的最公平美好的权利。无论尊贵与卑贱、无论美丽与丑陋、无论健康与疾病，都会从爱情中享受愉悦，都会从两性交往甚至交媾中领略生命的最佳体验和极大快乐。

人生是复杂的，人性是复杂的，爱情是复杂的。爱情和两性交往的复杂性在于即使任何一方存有自私虚伪的成分，一旦走进爱情这个富丽堂皇的宫殿，就会统统被掩饰，所以爱情又带有无法封边的功利和目的性。但再复杂的事情最终会归于简单，这种简单结果不是花好月圆，就是收获甜美；不是反目成仇、分道扬镳，就是同眠共枕、生儿育女。甄峰知道，他这个年龄能寻到如此年轻貌美的王佳茹是上帝对他人生的另一种弥补，他岂有不承受之理，于是慢慢地变得心安理得。而对于王佳茹，她在人生之初就曾遭受感情挫折，并不想从中汲取教训，而是反思醒悟。她认为爱情无非是男女间外表和物资的综合比拼，即使友情也是建立在物上的。当她首次跌入初恋深谷后，就暗暗发誓一定要追求上层的生活。恰逢此时，她遇到了有身份又一表人才的甄峰，简单几招，甄峰就束手就擒，败在了她的石榴裙下。

随着时间的推移，甄峰和王佳茹交往越来越深，几乎出双入对，同吃同住。王佳茹不再想做薪水微薄的歌舞老师，慢慢地隐在甄峰身后接受来自各方财神的进贡。不管是"东方房地产实业有限公司"的老总，还是"骏马房地产开发公司"的老总，都曾以甄峰朋友身份在他另一处私人别墅里送给她现金及昂贵的物品。但甄峰为讨好王佳茹，认为这种意思属于小打小闹，无伤大雅，他开始为王佳茹捞取大量钱财。

"天外天房地产公司"是桐鞍最大的房地产开发公司，老总叫任二华。在甄峰的支持下，任二华在最繁华的地段开发了一处楼盘，其中有一套排屋结构住宅，地上三层，地下三层。一天，甄峰打电话叫任二华到他办公室来。他告诉任二华，一个朋友想在其开发的楼盘内买一套房子，希望价格上能照顾一下。这套房子地上面积约350平方米，加上地下附属层，市场价格为每平方米4200元，总计约160万元。任二华当即跟销售经理周东升打了招呼，王佳茹以120万元的价格买下这套房子，办完手续的第三天，王佳茹又以165万元的价格出售给一名电器商业主。不久，甄峰亲自到"天外天"楼盘看房，心中选定一间40多平方米的商铺，然后对任二华说要为一个朋友购买一间商铺，并嘱咐"你在价格上还得关照"。

任二华很干脆，说："甄局长，你放心了，你对我们公司那么关心，我们还能不知恩图报吗？"两天后，王佳茹持身份证到公司办理了购房手续。当时公司正常对外售价77万元左右，最后以20万元成交。在办完手续的那一个晚上，王佳茹很感激甄峰的功劳，不仅将她的香唇始终粘在他的脸上，而且在身体上给了他无尽的慰藉。

"哇，我太幸福了！"她说着，趴在了倚在床头的甄峰怀里，又在他嘴上亲了一下。

"这有什么？好日子还在后面呢。"他平静地看着床那头的书柜上一张山水画，一只手揉着她雪白的乳房。

"哎，我这就很满足了，人不能太贪，人要想着那些为温饱发愁的人。"她说着，脸上露出一丝惋惜。

"这一点你和她们不一样，你有点杞人忧天了吧！世界那么大，哪是我们都能考虑的事。我本来想好好干点事，多承担些社会责任的，谁知他们不给我这个机会，走到这一步，也就不能怪我了。"他用手狠狠地捏了一下她的乳房。

"哎哟！你用这么大劲干吗？从来就不知道轻重，疼死我了。"她怪叫一声后，连连嗔怪他。

"哦，对不起，你的乳房太有弹性，我一摸就兴奋。"

"去你的！坏死了你。"

"我不敢了，不过上面不来，我要惹底下喽！"他翻身把她压在了身下。

"别别，你才做过，怎么又来了，讲讲话不好吗？"她忙挣扎着。

他停止了动作，静静地看着她，说："别给我谈政治，谈哲学，谈人生。一切都是假的。"他显得不屑一顾。

她渐渐地平静下来，温情地看着他，说："亲爱的，人可不能这样，要知足。你是知识型领导干部，受过很好的教育吧？《渔夫和他的妻子》的故事你听说过吧？人何须有多少财富，只要快乐就行了。"

"别拿小儿科故事骗我了，钱多又不扎手，多多益善呗！"

"不过也未必，俗话说：生活原本没有烦恼，当欲火被点燃，烦恼就会敲你的心；生活原本没有痛苦，当你开始计较得失，贪求更多时，痛苦便开始缠身。意思就是人世间的烦恼和痛苦大多与金钱有关。比如，我们无需拥有富丽堂皇的豪宅，美丽炫目的宝车，阔绰潇洒的消费，仅需要一块踏实宁静的心灵园地。"她若有所思。

"我不问那么多，到手的钱不能不要。别说那么多了，明天还有一批钱要到账，你细心点，去办好手续。"她好像没听进去。

"我也是你最亲近的人，我想我们以后能安稳一些多好。"她深情地抱着他的脖子。她在大学学的是音乐和舞蹈，是美好和神圣的专业，成天唱呀跳呀的，神气死了，无忧无虑的，只是看到自己心仪的男生过于困窘，又生活在边远的地方，与她梦中的理想生活反差太大，一气之下各奔东西。但她也并不想远离梦想，只做家庭中的阔太太，而是想轻松快乐地活着。她现在忽然害怕自己本想追求的美好生活，最后会化成泡影，心中滋生一种悬空的感觉。

"亲爱的，作为普通人过日子，要这么多钱没大用的，我看你还是收手吧！"她把问题讲得很透彻。

"你才工作几年来教训我，我的事不要你问，不然你害怕，走好了。"他生气地把被子蒙在了头上。

遭遇这样的语气和冷落，对她来说属于人生第一次，包括在父母家人面前。她当年毕竟是最漂亮和善解人意的大学校花，被很多人众星捧月般地围着。可现在她对他却没有任何不良情绪，她觉得他对她有感情，她也爱他。此时她的心思很复杂，但无论如何不能不管他。她想他可能一时某个方面神经出了问题，必须要将脉络解开，不然真的会出事。她上去晃着他，说："亲爱的，别生气，你起来，我跟你说，起来起来！"她用力拽他。

"你走吧！怕事就走远点，我要睡觉了。"他将头蒙得更紧。

"你看你，还是领导，有错不改，算什么本事？将来自己都不知怎么死的？"她开始来气。

"我死、我亡、我天打雷轰，不找你！"他不依不饶。

"你这人怎么拧筋斗，真拿你没办法，我气死了！"她俊俏的嘴角鼓出多长，像一朵未完全绽放的石榴花。

"你走不好吗？让我一个人来承受痛苦和厄运，死了更好，不让你们担惊受怕。"他没一点退让。

"你看看，你因为手中有权，那些搞矿山开采、危房改造、容积率调整、拆迁、土地征用和房地产开发的老板和业主，那么多人来找你，都是给你送钱送物的，你也没有个限度。难道你就不怕将来有人害你？万一出事，你的地位和名声全都落空，要钱也是没用的。我想你不要再和那些人来往，收敛一些，有些东西真的不是好事。"她讲得很诚恳，他听得出来是为他好，为了他的尊严，连"钱"字都没讲，讲"那些东西"。

他心中微微一颤，觉得她说的有道理。只是他现在干这个位置，仕途已经到了绝谷，在金钱上不捞一点又有啥意思呢？再说自己很快就要二线了，有权不用，隔期作废，这些生活常理连孩子都明白的事情，怎么她就不理解呢？他深深地叹了口气，眼光凝重地对她说："好了，茹，我知道，或许你讲得都对，不过你也想想，又有谁不为自己未来打算呢？我们花销这么大，将来还要到国外转转。"他停了一下，脑海里忽然浮现出生活在澳洲和美国的妻子和女儿；遥远的异国他乡，她们生活得太不容易，没有金钱保证，可想而知有多艰难。他心中萌生一种思恋，想他的结发妻子和乖巧伶俐的千金宝贝，还有早已年迈的双亲和弟弟妹妹们，人注定离不开亲情的。一股酸楚和绵软的感觉萦绕在心间，促使他语气低沉，轻轻诉说："要想过出人头地的日子，不再为钱犯愁，我们必须做好充分的准备。不过，茹，我今后听你的，收手不干了，尽量不再跟那些人来往，我们过安稳日子，过平静日子……"说着，他展开双臂，准备拥抱专心听他讲话的她。她看着他，他的眼睛在橘红色的灯光下闪着泪光。他有所感悟，这让她十欣慰，一头扎进了他的怀抱。

三天后的一个早晨，他刚到单位，就接到市政府办公室一个电话，讲这几天有一个老学者堵在市长门前，反映房地产开发破坏了一尊一代诗仙李白的"送友图"，这是受人千古唾骂的罪过。原来一查才知，是"骏马房地产开发公司"开发的一处工程破坏的。本来区里同意作为重点文物保护的，后来国土局长打了招呼才拆掉的，并说将来找个合适的地方再造一个就行了。这下惹恼了一些群众和文化界的名人们，他们便委托人来找茬了。

甄峰不管怠慢，立马去了市政府。这位老学者称自己叫马雪儒，八十多岁，是刚刚退下来的桐鞍市楹联协会会长兼李白诗词研究会会长。他退休前在文化部门工作，从文多年，对家乡一草一木特别是文化遗产有感情。"好端端的珍贵的'送友图'，怎么能说拆就拆掉了？那是当地人文化的血脉，代表的是桐鞍的文化底蕴呢，也是我们家乡人的骄傲和自豪，这是在犯罪呀！到底是谁干的，我们这帮老东西都到他家去问问是何居心？"他说着，头一颠一颠的，满嘴冒着白沫。一看来者一大把年纪，甄峰顿时没有了招数。他忙安慰老人家，但老人家不听那一套，唯一的条件就是恢复那一尊文化公园内的雕塑，而且一模一样的，否则他们不会善罢甘休的，必须当即把问题解决。甄峰蒙了，紧急思考后，他脑子里有了主意，好说歹说，老人才同意他三天后作出让人满意的答复。

他心里清楚，那尊"李白送友图"在工程开始时，好多市民和周围群众死活不同意破坏，不是花钱能搞定的；而院内其他建筑和文物从大局着眼，多花点钱，大家勉强同意拆掉。但开发公司的老总觉得那尊石像的存在破坏整个楼群的布局。最后公司找到了国土局长甄峰，他出面和旅游局、文物局和文化局协调，但一直悬而未决。最后甄峰说："反正各单位都知道有这个事，我该协调的已经协调，剩下的事你们看着办吧！"开发公司老总认为，屁大的事，只要事不关己，他们也不会表态。没人弄个虱子搁头上挠，这事只有靠自己解决。一个漆黑的夜晚，雨下了一夜。天明时，空气格外清新宁静，工地上一切如常，只是那尊石像消失得无踪无影。老百姓都清楚怎么回事，结果被他们的行为激怒了，纷纷聚在一起，要求把石像搬回来。最后群众要求文化部门退休赋闲的老领导出面代表大家到市里反映情况，所需费用由大家提供。现在，他终于悟出自己真的弄出了虱子。

可埋怨没有用，下一步最主要得找他的铁哥们，"东方房地产实业有限公司"的裴总。很快，两人在市区一家名叫"蓝宫茶艺"的一个单间里碰了头。裴总态度十分坚决，楼盘图纸早已设计完毕，主体工程都快完工，要想推翻重来已不可能。唯一能做的就是眼下拿点钱出来，而甄峰知道那些酸楚文人对钱嗤之以鼻。他这时才感到了问题的棘手，心里生出绝望的念头。看到甄峰愁眉苦脸的神态，裴总起了恻隐之心，毕竟他们是战友，在事业上他们是合作弟兄。甄峰给了他那么多关照，他不能不知恩图报。

"这样吧，放在原位置不太可能了，我看能不能修复一下，把那尊石像就放在小区门口，正好来往行人还能观赏和祭拜，又增加了一处风景。"裴总别出心裁地对他说。

"问我，我肯定同意，主要是群众和那些文人们，他们能过关才行。"甄峰难为的神态一点都没褪色。

"他们如果非要原处保留那尊石像，就是存心和我们过不去，也就是跟你过不去。我是老百姓，你是局长，他们这样刁难，这没意思。你看着弄吧，只有这一种补救措施了，我们再适当地拿点钱给他们，别的我也听天由命了。老战友，我还有事，得走了。"说着，头也不回地离开了！裴总像一名个性演员，头昂得老高。

甄峰感到裴总的话有点要挟的味道，但想想他们这些年的交往，他此时只能"哑巴吃黄连"，苦水只好朝肚里吞。"这帮兔崽子，看我有机会不宰死你，跟我玩阴的，瞎了眼。"他望着他的方向，心里恨恨地骂了一句。现在这种世道，王佳茹前些日子讲的话显得多么苍白无力。

此事没过三天，一家公司老总来找甄峰办关于大宗学校用地和商业用地变更性质的事，甄峰趁机向老总要了三百多万。再过几天后，另一家公司负责人来找他，要他出面平复拆迁遇到的问题，甄峰说他一亲戚开矿，没钱钻井，问其巧妙弄了五百万。王佳茹的话没能阻挡他的行为，他忽然觉得有时胆大点，反而活得更过瘾。当他把事情告诉王佳茹时，她看他的是一种可怕的眼光，这让他自己都觉得她对他的态度一百八十度大转弯，今非昔比，她的心离他越来越远。就在一天上午，他一个人怡然自得地在办公室看着信用卡数字慢慢出神的时候，突然市里通知他去开一个紧急会议……

第三十一节　全面撒网

甄家一对老人失踪的时间越长，王三宝的负疚感就越来越浓。他知道，像这么长时间没有音讯，一般几乎没有生还的可能性。新的案件发了，破了；再发了，又破了。日子已经远去，大多数同志差不多都忘了这事。一年一年，侦查员们就战斗在这个行当，成天和案件打交道，什么样的案件没见过，更何况老人失踪的案件又不是这一起？群众发现举报的无名尸体和异常情况多得不计其数，自然这样一起失踪案件并无离奇之处。只有王三宝心中知道，这哪是一般的群众走失，而是一对让他一生愧疚的长辈；他们是甄荣的父母，甄荣却是他最心仪的女人。面对她，他无言以对；面对他们，他债深难还。各地纷纷传来这类案情和消息，王三宝觉得有必要通过上级公安机关召集开一个侦破工作协调会。干刑警时间久了，对案件他早已习惯，再苦再累他无所怨言，但对庞杂琐事，特别是非警务活动，他嗤之以鼻。最近他就厌烦死了政府部门安排的强拆、强建事务，这类工作出力不讨好，百姓怨声载道，有的还骂娘，他已经知道好几位拆迁户家庭成员因补偿或老房变动变得精神恍惚，有的甚至出走……他担心这样下去，警民关系乃至干群关系会日趋紧张。他的怨气源于内心的忧郁，作为分管案件的领导，命案现场他必须到场。根据桌上的协查和综合信息简报，他看到几个月来，周边及县区内发现了多具无名尸体。经过反复勘查，调查的结论是，这些无名尸体大多是乞讨流浪及精神失常走失而自行倒毙的路人，特别是因拆迁，有的人得了精神综合征，从而离家出走。他觉得每个人都有恋旧恋物情结，一旦变幻和颠簸，心里都有迷失和空落感。"好家搁不住三搬"，再温馨的家过多遭受风雨也会飘零。大地上出现一幢幢高楼大厦的时候，也出现了影影绰绰的精神流浪和落荒者，他们不甘失去久居的家园，拒绝搬进拆迁还原的住房，精神渐渐忧郁，心智慢慢失常，便借出行和游走来解除心中的积怨。于是大地上出现了另一番纷杂动荡的图景：乞讨、暴病、倒毙、横尸的情形层出不穷。他常常一想到这些，心里就莫名落入伤感，这辈子他活得淡漠了一点，但他真的希望天下的家庭都能安稳幸福。

这一天上午，他在办公室里想着老人失踪的事儿，突然局长进来说，县政府门前有一位浙江开发商投资的五星级大酒店开工典礼，有很多领导参加，怕一些拆迁居民闹事，要他亲自带刑警大队和局机关同志到现场执行保卫任务。他一听，当时就像吃错了药，心里非常难过。

"他妈的，这都是啥事，让公安局给他们当炮灰？我不……"他本来想讲不去的，但考虑是局长安排的，他是一名警察，服从是天职，忙改口说："我不——是不想去，但这种事让民警去做，的确浪费警力。"他看上去和局长叫板，实际上是对上面来的。

"我也没办法，我们是党委领导下的专政机关，只有服从。"局长一脸无奈。

"你想想，头儿，这种事面子他们挣去了，当中怨气还是发在了民警头上，因为这属于公安局多管闲事；在百姓眼里，警察就是破案，就是处置危险，就是帮别人办好事实事；真正出了事，所有的人乌龟样头一缩跑了，责任却由公安局担着。这样的工作谁愿意去干？"他一气，说了一大堆，让局长也莫名其妙。

"我知道我们每天都在干一些出力不讨好的事情，但谁又能知道里面的根结，谁又了解我们的苦衷？你看看现在可都是刮风一样的开发，地面上除了各式各样的建筑，什么都没有了；似乎谁房子建得多，谁的功绩就大，地占光了，城市就发展了，这是多么荒唐的误区？可谁又来制止呢？我们也当一天和尚撞一天钟吧，端人家的碗受人管嘛！"看样子局长不是没心肺的人，一些事情他也出于迫不得已。他讨好地瞅着王三宝，眼前这位得力副手，平素为他承担着一半以上的业务，就是过于个性和正直。

"不是我不想干工作，实在心里憋屈。如果百姓确实因战争、灾祸或者重大造福子孙后代的国家工程建设移民，那也无可厚非；可现代人竟因土地征用流离失所。我觉得任何发展和建设都是一项稳妥合理的宏大使命，也是长久的历史性积淀过程，而绝非急功近利、一蹴而就的世俗拼秀。你看现在桥梁坍塌、道路成陷阱、列车出轨、游轮翻沉、飞机失联……时代的车轮何时能慢下来，让每个人都能平安尊严地活着，平稳地到达目的地。头儿，我有时候也许真是杞人忧天，试想一下，万一地球上所有的土地，所有美好的东西都用完了，人类的子孙后裔还怎么发挥才智？再说了，现代人的建树和成果，绝对会得到后代的赞许吗？如果所有的土地都被占有，那么他们的生存空间可否令人担忧？你讲，这种事情，我们怎么去干？我们当警察的哪个不是有血有肉的汉子？哪个不是父母所生？哪个没有良心？"他平素积的火气，今天都燃放了。

局长这时才觉得一贯清苦忙碌的他，难得有这份情怀。他这可不是一般的怨气，而是一种深层的忧郁和思考，内心不由得升起一种佩服。但嘴里却说："你不想去就算了，案件上多上点时间，其他工作我叫他们多担点，人要转不开，你索性不到场，布置一下交给下面完事。"他突然感到局长也不容易，他的胸怀远远超过他们这些副职，任何人可以发牢骚，他的委屈向谁诉呢？局长转身出去了，王三宝心中忽然涌入一股同情和酸楚。他起身站起来，走到窗前，看着远处山脚下的那栋高大建筑，灿烂的阳光下，偶尔某个房间有些光亮，整个大楼一片黯淡。他想这栋名字极其雅致的写字楼，竣工好几年了，怎么还没投入使用，难道耗资那么巨大的建筑，只是一种观赏和摆设？可开工的时候曾发生过居民上访和老妪跳楼的血泪故事呢！他收回了眼光，慢慢地在屋里走着。他此刻心里有些苍凉，他想他这一生渐渐过来了，大的功绩没有，只是把心思系在案件和百姓直接遇到的困难上，这到底是对是错，他真的说不清楚。愣神的工夫，刑警队队长进来。他说，目前失踪老人还没有一点线索，通过住宿查询也没有发现他们的信息。据甄家人反映，他们离家时都带着身份证，可通过各种手段都未捕捉到丝毫音信，难道他们从来就不住旅馆？另外，经调查发现，老人刚刚失踪那段时间，他们确实去了市里和周边一些亲戚家，这些亲戚都是对他们家庭，特别是对甄峰有过特殊帮助的人。亲戚不知道具体情况，还说这对老人懂人情世故，没忘记他们。但后来他们很快就走了，下面的事一概不知。

　　王三宝漫不经心地听着，偶尔点一下头，也不发表意见。队长以为他赞同他的观点，就继续汇报调查情况和自己的想法说道："近期又有几起失踪案件从各地传来，根据协查通报上的当事人信息看，失踪人员和甄家夫妇年龄基本相当。我看要了解具体情况，还是到当地调查一下，看看是否有可能跟我们的案件并在一起。"队长对案件的情况和周边发生的事情非常熟悉，看样子他对老人失踪案件没有失去信心。

　　王三宝又轻轻点了一下头，当然内心很欣慰。队长一看局长同意他的意见，就想回头去准备。他刚走出王三宝的办公室门，就听到王三宝说："这次我也去！"他的眼神直直的，声音闷闷的。队长举起大拇指对王三宝晃了几下，一脸戏谑的表情，头荡秋千似的前后悠了几下，转身跑了。

　　三天后，王三宝和刑警队长等一行四人踏上了奔赴西南某高原省份的列车。几个月前，他曾经参加过一次跨地区犯罪心理研究交流会议。那次会议上，他了解到社会转型期，很多现代人的人生观和价值观被经济大潮冲击得颠簸飘荡，失去了平衡，生活脱离了正常轨道，变得扭曲异常，甚至无法理喻，从而导致犯罪率升高。由于早期教育、生活环境、世俗观念和价值理念等诸多综合因素的影响，犯罪形式也越来越多样化、变态化和典型化，给侦破工作带来很大难度。一段时间以来，他一直围绕这方面在分析思考，期望找到侦破工作的捷径。他这次出征西南主要是对异地新发同类案件的周围环境和当事人的具体情况进行排查和调研，同时对相关重点犯罪嫌疑人的情况做进一步核实……

"王局长，中午是到餐车美餐一顿，还是来碗"康师傅"？"刑警队长招呼他，他才回过神，列车正在绿色葱茏的崇山峻岭中爬行。他感觉列车早已穿越平原和丘陵，进入西南腹地。

"听组织安排吧！连你这头都不了解吗，我是讲究的人吗？"他一副较真的面孔。

"哎……"身边等他发话的一位年轻侦查员像泄气的皮球，落在了座位上。正在反胃的他本来想跟着局长到中间车厢饱餐一顿的，谁知道领导的口气又是一碗桶面。列车到达一个站台停了下来，很多身着各色服饰的当地女子靠近车窗兜售各种食品和物品。她们跑动着、吆喝着，有的身上还背着孩子……从肤色判断，她们常年奔波在铁路沿线，穿行在风吹日晒中。王三宝掏钱从一位中年妇女手里买了几张报纸，她缓慢搜索零钱时，车子启动了……她跟着追了过来。

"老乡，零钱不用找了，追车有危险，不要再追了……"他心生怜悯，频频地提醒她。

"领导，这个可不行，我哪能多占你钱呢？这份杂志也给你吧，内容可好看啦！"说着，她连跑几步，把一本彩色封面的刊物扔进了车窗，后面的婴儿被颠得一上一下的，"哇"的一声大哭起来。但她却微笑着同王三宝挥手再见！

中年妇女的善良举动，让王三宝心底顷刻间挤满了酸楚，鼻翼连连颤动了几下。他觉察到周围的眼光，顿时克制了自己。他觉得国家的确富强了，经济发展了，城市进步了……可还有一些地方的百姓生活依旧困窘。话说回来，城市繁华，不代表国家繁荣；建筑雄伟，不代表民族富强；道路宽阔，不代表人心顺畅；地方形象工程，不代表华夏文明；物资增长，不代表人类就进步……国家的物资分配尚存在不足。当然国家整体发展规划不容置疑，从开始的特区设置，到开放沿海城市，再到慢慢向纵深发展……可是一些基础落后、进步缓慢、交通不便、地处山区和边远地区的很多地方，是否还需统计，到底有多少人口？可否对他们进行政策倾斜，出台合理供给体制？可否定期督促落实情况，真正关心和了解那里同胞们的生活？知晓那里的就业、教育、卫生和住房等情况，让炎黄子孙共享国家强大和政策优越所带来的福祉和美好，而不是像刚刚那位中年妇女为生计在风雨中颠簸……列车越过一段隧道，继续飞驰在阳光、蓝天和山岭中，王三宝的心情也晴朗起来。他们这次出征西南，一定要把甄家老人失踪案件尽量查出个眉目。他眼看快到二线的年龄，退休之前要多做些工作，尽力为百姓办点事情。从走进警营的第一天起，他们这些吃公家饭的人注定为百姓而征战。从家人四处张贴寻人启事的那一天起，从刑警队周边发布协查通报的那一刻开始，迟迟没有老人的任何音讯，他逐渐意识到这是一起从未经历的事件或案件。直到今天，他开始把此当作一项不可小觑的工作。侦查破案，最大的忌讳就是没有结果，就像现在老人生死不明一样，谜底不可能沉在箱底……列车驶过一段开阔地，铁路旁有一条蜿蜒崎岖的山路，山路下面远处零碎分布着珍稀的田野，田边地头偶尔晃动着身着花色服饰、头戴斗笠的劳动者背影。

"呀！你们看。"

"哇！真是的，那么多！"忽然车内传来一阵嘈杂声，放眼车外，乘客看到山路上有很多背着竹篓和行李的朝拜者。王三宝放逐的思绪收在了眼前。他也看到了那些几步一驱，双臂前伸，全身卧伏，头颅俯地，目不斜视，嘴里默默有词的祷告者。列车真的到达西南两省交界。这儿生活着多个少数民族，其中以藏族居多。藏族是一个全民信教的民族，信仰不仅造就了西藏独特的人文景观，更造就了藏族人民虔诚绚丽的生命。在藏族儿女眼里，山为圣山，湖为圣湖，所以他们从不到河里洗漱，从不轻易玷污清澈明净的湖泊；他们在大山、河流、湖泊周围插满了各色飘扬的经幡，从不用凡俗肉身去玷污这些圣洁宝地，从不捕捞江河中如鱼类的生灵，大自然的一切在他们的心中都是神灵的化身，都是不可侵犯的，正是有了他们的敬畏，这里才保存了今天这份环境的存在，才有了这份人间唯美的山水和天地，堪称自然净土。正是信仰引导着他们一生为朝圣和追求心中的生命而永不停歇。国道川藏线和山涧公路上前往朝圣的藏民，一般都从家乡出发，沿着道路，不惧千辛万苦，叩等身长头，三步一磕，连续多月甚至一载，直至拉萨。藏民朝圣的目的并非只像内地人一样求健康平安，求升官发财，甚至求长命百岁，他们的潜意识就是虔诚和朝拜。他们心灵宁静，不敢有半点奢求，因为他们相信来世，把来世看的和今生同样重要，今生的所作所为，就是为来世而修。虔诚美好的信仰，感染和带动着许多善良者的效仿，朝圣的队伍中，也有其他民族的香客和善男信女们。王三宝想，中华大地上的每一个民族都是珍奇和高贵的族群，都有着各自的心灵信仰和特殊的生活习俗，就像自然界中开放的花朵，散发着无尽的芬芳。中华民族正像一列承载着沉重使命的列车，一步步驶向更加美好的未来……他的目光时而穿越在飞旋的山山水水中，时而投向窗前道路上的朝圣者……突然他的眼神被一对老年祈祷者留住了，这对老人他似曾相识，却又显陌生。从他们的装束和不太娴熟的朝圣动作看得出来，他们决不是当地藏民。王三宝惊愕并细看的刹那，列车飓风似的飞驰过去。当他再次回头时，看到的只是一簇影像。

"怎么啦？王局长。"同志们慌忙问他。

他揉了一下眼睛，晃了晃头："没什么，我恐怕看花眼了，或许是幻觉，看到了熟人。"

"啊！熟人，在这么远的地方怎么会遇到熟人，领导你太逗了吧？"有人拿他开涮。

"我是老眼昏花，可你们年轻有为，不也没找到我们要找的人吗？下次再笑话，我看我不治你们'大不敬'罪。"他眼睛瞪了一下。

"是！"几人不再吭声，老老实实坐在了自己的位置上。

王三宝一边跟手下开着玩笑，一边还在思考着刚才看到的情形。他认为，这两人很可能就是甄荣父母，那对失踪的老人。他恨时间太短，没有细瞅的机会。但作为一名优秀的侦查员，他的观察判断一般相差无几。从身影和动作，他非常相信他的眼力不会有差错。终点快要到了，他心里迅速有了打算：一组继续完成既定任务，一组去核实老人身分。想到这，他忙站起身，向乘务员办公室走去……

第三十二节　　孤注一掷

甄峰怀着忐忑的心情赶到市纪委，市纪委正组织市直机关和各大局主要负责人召开关于廉政作风建设的紧急会议。会上部署了全面推进党的廉政建设和反腐工作的具体任务；进一步贯彻落实党风廉政建设责任制；要把机关党风廉政建设责任制摆在更加重要的位置，重点抓好责任考核，注重结果运用……要求各级干部特别是领导干部要严于律己，坚决防止腐败行为……在这次会上，甄峰觉察到了一种奇异的眼光，感受到了一种紧张的气息，就像风雨将至的沉闷和压抑。

这纯粹是一种外像和内心感受，甄峰回家后一直嘲笑自己庸人自扰。细想他平时并没有什么把柄。他的生活平时极其简单，每天跑步、上班、办公、开会……很少出门应酬，他对周围的人包括身边很铁的朋友都不太信任。前面几任妻子和大女儿都在大洋彼岸遥远的国度。他很多的时间都待在办公室里，往往一关就是一天，不管来人多少。他平时为人低调，生活俭朴，没有不良嗜好。上次因妻子大闹国土局，让他在私生活方面落一点口实，但总体来说，百姓还是认为他是一名好官。这个年代，哪个男人不制造一点花边新闻呢，更何况他是一位仪表堂堂的领导干部？他不管在哪工作，同事关系非常协调，能够很好地适应环境的变化。他庆幸自己像一个出色的演员，总能把不同的角色演得惟妙惟肖。他把自己包得很紧，腰包里有多少钱，家人包括他非常喜欢的女人也不知道。对于家人，他很谨慎。妹妹甄荣一辈子没有结婚，很少有什么事找他。但有一年年底，弟弟甄亮找到他，说女儿结婚，想在桐鞍城里买一套房子。甄峰随后给一位老板也是他的哥们打了招呼。那位老板将一套价值 15.8 万元的商品房送给他，房子以其弟媳的名义办理了产权证。后来他收了弟弟甄亮 20 万元钱，这笔钱他没有给老板，而是揣进了自己的腰包。这一次他算帮了家人一次忙。其他妹妹和弟弟的子女、亲友找他，他一概以忙为由从不过问。亲戚们认为他毕竟在部队待了那么多年，党性强、觉悟高，不帮忙是讲原则的表现，也从不怪他。唯一真正愿帮忙的就是他喜欢的女人……这样深居简出，别人不可能发现他的内心世界的，可他为什么老想着一些不容乐观的结果呢，自己真的老了？他茫然地面对着电视机，心里翻江倒海。他索性站起身来，将其关掉。当他看到那个和他多次进行财富、价值和人生辩论的女人把饭菜端上桌子，才回落到踏实和平静中……

　　他的生活和工作和从前一样依旧平静。每天继续跑步、上班、回家……唯一变化的是身边的这位女人和他话语越来越少，不再谈心和交流，即使一同出门锻炼，也形同路人，性生活更显稀缺，再后来她总是找些借口不再和他身体接触。有一天，他正常下班回到家，没有见到她楚楚动人的身影，看到的只是茶几上的一封信。他困惑地抓在手里：

老甄：

　　这是我对你唯一合适的称谓了，无论从身体还是从灵魂都代表我最深深的敬重和复杂心情。前世有缘，今生相聚，我对生活已很知足。

　　当初我仅仅因为和男友赌气回到这个城市，目的就是找回一点女人的自尊和骄傲。当然遇到你，我轻而易举做到了。如果开始是一场赌局，你帮我赢了一盘，这也是我对你十分珍惜的原因。后来我渐渐发现人生漫长，那只是一场试牌游戏，开局得势，后来可能全盘皆输，因为我要的不是阔绰富足的秀场，而是一种简单自足的快乐生活。这些年我们生活在一起，对我来说，确实是一种难得经历，我也深深地爱着你。作为女人，谁都把自己的爱情际遇当成珍宝。

在这个世间，一切都可以用时间来画鸿沟测绘，唯有感情没有界限。我们不在同一年轮，但我们在一起的时光，你把一切能给的都给我了，我享受到了其他任何男人都不能赋予的甜蜜爱情和温馨生活，因此今生我对爱情不再奢望，我们曾经轰轰烈烈地相爱过。你那么潇洒、自信、善良，富有磁性亲和力；那么善谈、果决、沉着，充满男性魅力。我是幸运的，也是骄傲的。我幻想过我们的生活，在拥有正常的生活条件后，选一块僻静的地方，最好远离繁华的都市，在乡间，盖一座简易精巧的小屋；旁边是潺潺流淌的清澈溪水，背坡上是枝叶婆娑的树林和青青的草地，不远处是炊烟袅袅的村庄，上空是广阔无垠的蓝天，阳光温暖地照耀着大地……我们临水而居，鸟儿在林中歌唱，身旁是左蹦右跳的牧羊犬，自由自在拾掇足下的园地……心儿如风儿一样轻柔飞翔、云儿一般悠然飘荡……我们深情地对视着，唱着心中的歌谣，然后会心地亲吻拥抱，醉倒在毫无拘束痴心眷恋的土地上……多么美丽的田园风光。然而，现在不想了，这一切的梦境都被你的行为和贪婪击碎。

我本想你仅仅因为人的生活意念贪占一些钱财，更何况很多是别人主动给你的。再说你为了我生活得好些，那也是爱我的表现。但后来我发现你变了，变得不择手段，由收受变成了索要，甚至敲诈。一笔款，你竟几万、几十万甚至上百万地收，那收的哪是钱呀，那是随时可能燃烧的火纸，我隐约看到了那些人送钱之后的阴郁表情，后面分明是阴暗可怕的陷阱……这时我开始委婉提醒你，和你探讨关于财富和人生的关系问题，后来阻拦你，最后甚至和你大吵大闹。我觉得，你是个通达事理的人，会看透事物的本质。

然而，我错了，这时的你已经被贪婪的魔鬼迷惑。除了金钱和物资，所有的一切在你心中已不复存在。你不敢朝我的卡里打钱，我悄悄发现你的存款却大幅度与日俱增。

常言道：魔鬼一发疯，上帝就发笑，你真的不可救药了。我经常一个人暗暗伤心，偷偷哭泣。虽然我现在若无其事和你在一起，实际上心已经走得很远，我真正想要的生活，今生你不可能再给予。

心如琴弦，从第一次被你轻轻拨动，到开始奏响美好的爱情旋律，再经过无数次难言的失望，再到心灵上的一根根弦渐次崩断，最后到寂静无声……我很累了，不想跟你担惊受怕。你苦心积攒的存折卡连同这封信我已放在了茶几上。

千万不要犯浑，要想着得到一丝宽容。如果你还念及对我的感情，那就赶快去自首，带着这张卡和你不愿放弃的那些火纸，以及非法所得的那些文本资料。共产党的任何一级组织都是坦诚伟大的，会给你新生的机会，再迟一点，所有一切连我的心都将变成空的。

我走了，走得很远。当你看到这封信的时候，我们已生活在不同的世界里。生活是公平的，每个人的生活状态和质地都由自己营造和掌控。如果失衡，那是因为自己心理天平发生了倾斜。人生没有最好的状态，只要平静充实就好。

我也要告别我的过去，去寻找新的希望，当然这是常人无法发现和触摸的地方……我把我的爱埋在心底，愿时间的流逝不能冲去，生命的激流不能冲淡，直到把一切归回大地。此刻我百感交集，往事和泪水一同在我的胸中和面庞翻卷：难以抑制的爱恋，依依不舍的别意，怨天尤人的凄凉，孑然一身的孤独，无以抚慰的恨意……真正的美好还没开始，一切却要结束，我只得咬牙让一切慢慢过去。

人生是短暂的，转瞬间我们就会老去，终将有一天我们都会对现实说话，看似怎么走不到头的漫长人生路，一到终点，你立刻会感到短暂。对于我珍爱的，一是埋藏，二是带走，决不落上一丝灰尘。

照顾好你的妻子和孩子，那也是你今生的另一份牵挂和幸福。不管出现什么情况，只要有一丝希望，都要好好地活下去……我走了，我在远方为你祈祷！

曾经深爱你的茹

壬辰年深秋夜晚

　　看完这封信，甄峰的心情可以说五味杂陈。最大的感觉就是酸楚和失落，心中的空荡亦如从万米高空俯瞰平地。他一边回想着和她往日相处的一幕幕情形，同时又生出一种怨气，怨她不信任他。他这一生最大的优点是自信，没有知晓谁能攻破他的薄弱环节，所以他在某方面始终没有任何反思和感觉。生活先亏欠于他，他才开始亏欠于生活，这叫以牙还牙。"胆小鬼，该走的都走吧！我一人等待灾难的降临，我看谁有本事把我推倒，我曾经也是一方万人仰视的大树。"甄峰自言自语地狠骂了一句。这时他低头无意间瞅着了那张卡，他忙伸手把它抓在了手里，好像有人和他争抢一样。他细瞧着存折卡，想象着里面的数字，眼睛渐渐变大而且富有光泽。他想，即使将来万一出现不测，有了它，后半生也就无虞了。"有钱能使鬼推磨"，说不定能逢凶化吉哩，他的脸上飞满了笑意。屋内书桌上电话响了，他进去拿起来，一听是女儿从澳洲打来的，甜润的声音让他忽略了刚刚的情绪和阴影。女儿打电话是要钱的，正好他手里拿着卡。真是无巧不成书，看！没有钱不行吧，不然闺女儿怎么能安然在异国他乡读书呢？念头在脑海一闪，他心里晴朗起来，说："宝贝，爸爸知道了，什么可以缺，决不会缺女儿读书的钱，我随后就打过去，不过要听妈妈的话，不许淘气！再见。"

　　电话挂了，他猛然感到客厅好像进来一个人。

第三十三节　朝圣轨迹

　　王三宝和侦查员从列车员办公室出来不久，火车到了西南山区一个小站。刑警队长林海带一名侦查员从车上走下来，王三宝和一名侦查员继续赶向他们的终点站。王三宝的分工很明确：一组核查和串并老人失踪案件事宜，另一组和当地联系，在当地警方的配合下，查证上一站铁轨旁朝圣的那一对似曾相识的老人。林队长和小李同王三宝他们打了招呼，就匆匆离开站台。他们通过打听查询，并在一位当地老乡的帮助下，找到了一个名叫"尼玛嘎拉"的怒族人居住集中的治安派出所，这儿属于藏西阿坝地区的一处类似检查站性质的公安边防哨所。他们的主要任务是防止当地和外面的狩猎者扑杀各类国家保护动物，防止有人乱砍乱伐、盗取林木和外运；防止胡乱开采矿藏，维护当地居民的治安。当派出所民警了解到林海两人的目的后很是热情。他们及时向上级公安机关领导汇报，并派出一名叫多吉次仁的警官驾驶一辆山地吉普车配合他们工作，这让林海他们十分感动，没想到远离遥远的家乡，工作起来却如此便利。他们围绕王三宝副局长看到的那两位失踪的老人，开始了追寻的征程。

　　他们沿那条铁路沿线的公路出发，向着大山深处行进。按照一般朝圣者的速度，老人应该不会走得太远。吉普车在蜿蜒的公路上行驶着，除了内地运输车辆和当地山民偶尔经过的车辆，便是朝圣者的身影。据多吉次仁介绍，朝圣指教徒朝拜圣地的宗教活动，通常是一项具有重大的道德或灵性意义的旅程或探寻，是一名朝圣者将自己的虔诚和心愿寄存在自己信仰的圣地或求得神明保佑的过程。拉萨海拔位置显赫，离天堂和神明最近，在朝圣者心中更加神圣。不仅在国内朝圣火热，世界各地的香客和朝圣者们都络绎不绝地奔向自己向往的圣地。人类信仰自由，这是每个人活着最大的精神释放和开明。前几年，经友好磋商，中方政府决定增开经乃堆拉山口的朝圣路线，以便利印度和周边国家香客赴拉萨朝圣，让许多中外年老者和一些期盼尽快满足心愿的香客能在有生之年前往圣地。

听着多吉次仁的述说，林海感慨良久。他想在这多姿多彩的阡陌大地上，每一个人心中都有一块精神宿营站，在这一块狭小却神圣的空间里，播种着一生的理想和愿望。朝圣者心中期望健康平安、福禄兴旺和顺畅转世的同时，他们这些一生奔波不息、连绵征战的人民警察心中难道不在祈祷福祉？本身不是在为百姓寻觅平安和幸福吗？这难道不是另一种意义上更为本真的"朝圣"？

"头儿，那有一对老人不像本地人，我们上去看看。"侦查员小李的话打断了他的思绪。多吉次仁还在讲着当地的风土人情和熟知的故事，但林队长已经听不清任何声音，他现在唯一的愿望就是找到老人，完成一名警察的心愿，他眼下是心中的上帝王三宝副局长派出的一名朝圣者。"走，撵上去！"他发出命令。

经询问核查，他们不是警察要找的老人，而是一对从河南过来的香客。孙子生重病卧床不起，寻八方名医，食天下良药，不见任何效果，只得听天由命。他们老两口不顾家人反对，执意出来为孙子祈求保佑。队长他们弄清原委，难免有一些失落，但很快平静下来。老人的虔诚若感动上苍，孙子病愈康复，这未尝不是一件人间佳话和奇事。

为了不疏漏路上任何一个行人，吉普车宛如蜗牛爬行在山路上。除了开车的多吉次仁，林队长和小李两人下车走路查找每一名朝圣者。他们每人手持一张老人近期的照片，这张照片是侦查人员从一个寺庙监控资料中调取放大处理的，相对比较清晰。可经过逐人查对，没有发现王局长看到的那对老人。王局长是一位干了大半辈子侦查的老侦探，特别是他分析判断的能力和眼力在刑侦界可是出了名的，他看准的人和事几乎没有走眼的。根据他当时的坚定和果决，证明他肯定看到了老人。当时火车行驶速度慢，距离公路不远，又是白天，能见度很好。从他们下车的地方，到上一站也就几十公里，两位老人的作揖行走绝对不会超出两站之间，可人怎么没有了呢？多吉次仁驾车往回移走了一百多公里，没有发现王局长所说的两位失踪老人。然后他们三位两地警官又往返寻找了一次，还是没有老人的影子。队长给王三宝打电话汇报了此事。王三宝命令他们在附近和周围继续搜寻，观察有没有林间小路或者山间道路，并一再强调，那天在火车上看到的就是甄家失踪老人，不是错觉。他看到了他身上挂着一个布袋，上有"九华山纪念"的字样，老人分明是从东边过来的。所以一定加大力度，实在不行，就沿路西进，追到拉萨。从前面调查的情况看，老人对生活出现绝望念头，只求神灵保佑家人平安，所以他们前往拉萨拜神朝圣可能性较大，要一鼓作气，追到他们意念中的圣地，务必查到老人的下落。另外，老人失踪太久，社会影响越来越大，警察的职责就是维护社会治安，确保人民生命财产安全，还有一项使命就是消除社会不良影响，保证人人拥有一个安全的生存环境。王三宝还讲到他们在出差的地方，得到了当地公安机关的大力支持，工作进展效果不错，那里有几起案件作案手段等各种特征和侵害对象与家乡发生的案件完全一样，两地警方已将案件串并。林队长接到王三宝的指示，带领侦查员小李跟着多吉次仁在方圆五十公里的地方又转了一个星期，可依旧没有收获。无奈之下，刑警队长决定离开那里，踏上西征道路。他们在多杰次仁的担保下，并且少付了些费用，借了两辆破旧的自行车。他们告诉老乡，工作一结束，自行车如期寄还。在链条和脚踏声中，两地警官依依不舍，挥泪告别。特别是年轻豪气的小李哭得泪流满面，多杰次仁的朴实厚道给他们留下了很深的印象。

他们悠然行驶在西行路上，心中装着寻找老人的任务，一心期望能尽快完成目标。可高山林海，山路弯弯，人烟稀少，他们去哪儿能找到老人。不过，一路上行走，一路见闻，林海越发觉得他的头儿王三宝平时隐藏的内心世界确实博大宽广。往日在家时，难怪只要碰到伤及百姓的事宜和工作，就会不悦和推拒，那是有着深层的缘由。在这大山中，他亲眼看到了善良本分的农民对土地的渴望。

这一天，他俩实在累了，想找点水喝。这里很难看到住户居民，群居的村落更加稀有。他们不忍从路上的行人和入庙的朝拜者那里再要水。正好他们看到了两个女子用瓦罐在斜坡下山涧里汲水。他俩走进说明意思，她们很热情和善意。就把舀水的简易塑料勺子递给他们，他们畅快淋漓，大口喝水，把渴虫赶得无影无踪。

"怎么跑出来取水，家里没水吗？"林海队长问一名年龄略大些的女子。

"我们这儿到处都是大山和树林，能种庄稼的地很少。偶尔有块能建房居住的地方没水，只能到很远的山涧、温泉或溪水中去背水，然后浇浇门前屋后种植的菜呀草什么的。"女子显得很诚实。

"噢。"林海队长若有所思。

"你们是……"女子疑惑地看着他们。

"我们来自内地，是来找人的。"林海队长说。

"呀！那真好！你们那里很发达，从电视上看你们那儿盖很多很多房子，又高又大，真阔气，又美观，还是你们那儿好。"女子说着，话里夹杂着难懂的方言，时不时用手比画着。

"那你们愿意搬到我们那里居住吗？"林队长有点调侃地问。

"我……"女子一时无语。她舀了一勺水装进了背桶，接着有点害羞地看着旁边年轻一点的同伴说："我们走不出去的，这里太远，不过都想着大城市，孩子上学要方便得多。"她随后和另一名年轻女子脸上都露出伤感。

"你们孩子都到哪上学？"刑警队长问。

"可远了，要翻山越岭，有时下暴雨还要蹚水，学校条件很差。很多孩子不愿到学校去，再加上家里要女孩子们上山采小鹅菜、蛀牙草、白芍、芨芨草等药材挣钱，要男孩子们去山上逮山鸡、野兔和红嘴鸟去卖，很多孩子念一半就下学了。没办法呀！"女子一副惋惜的神态。

"怎么会这样，那读书还有什么意义？"林队长情绪也低落下来。

"不过，"她情绪忽然转晴，就像阴郁的天空突然冒出了太阳，"不过，也有念好的，只要一考走，走出大山，就算进天堂了。"她显得很兴奋。

"考取大学的毕业就不回来了吗？"林队长问。

"只有命好的人才能考走，一旦走了，谁还回到这鬼地方？"她奇怪地看着刑警队长说，然后示意同伴背起水桶。

林海队长看着她们慢慢地背起水桶，缓缓地向坡上弯路攀去。"穷困已让人失去怀念情结。"他心里袭进一丝纠结的感觉。不见不知道，一见吓一跳。王头儿是个有见识的人，他心里早就知道每寸土地对有的人多么珍贵；他不愿看到无端的乱开发、乱建房、乱征用，他心里有怨，也就不愿参加一些非法的扩建，即使有的罩上合法的名头。那些人若是走进这里的一些地方，见识一下这儿居民的生存状态，也许不会大肆地占用土地，也许他们就会留存一些给需要读书的孩子，给这些生存还有问题的人们。谁不见当今的城市，到处是建筑的败笔：大煞风景的人工设施，大规模的商业建筑区，成排的疗养院和招待所……他们建造这些功利性设施，本是为了美化城市、建设文明、点缀生活、添加风景……最后却变成了文明和美景的终结者。所有不当工程，从宏观探究，存在真的没有意义……林队长望着她们艰难的背影，想着王三宝讲过的一些话，迟迟迈不动双腿。

他们沿川藏线辅道一路西行，一直追到拉萨，也没能追到失踪的甄家老人。辛苦之极，无法表述，也不敢表述，因为没有完成头儿布置的任务。他俩觉得委屈，憋闷地想向外发泄。他们越发不能理解他妈的头儿发的哪门子疯，非要这样追查什么失踪老人。不就是老乡门邻，至于花这么大精力？一路上面包、溪水、河水……苦死了他们，偶尔到路边店买几个茶鸡蛋，弄点开水泡点方便面解解馋。艰辛开拔中，终于熬到了拉萨。

"我们解放了，终于好交差了！"到拉萨那天，小李说完就哭了，泪水汹涌得宛若雅鲁藏布江奔流的江水。然后两人四腿大张地躺在了一家小旅馆的床上。虽然身体有些不适，但小李还是很快睡着了，林海脑子里转动着下一步的工作……

拉萨的确是风光秀丽、风俗民情独特、宗教色彩浓厚的城市。这里空气清新，蓝天澄澈透明，气温适宜，往往一夜细雨，清晨醒来，城市如同水洗般洁净。可美丽的拉萨城并不能真正吸引刑警队长和小李的注意力，他们还有更加迫切的任务，最后一丝期望在拉萨找到甄家那对失踪老人。

连续几天，他俩的身影依稀闪现在人头攒动的人流中，时而拿出照片看上几眼，时而悄悄地端详着他们认为有点相像的特定目标。但不管在赶场还是在布达拉宫抑或人流密集的地方，他们唯一不太注意的是大家关注的各式景物。

又一天上午四时左右，他们再次来到布达拉宫前的广场上，观察甄家老人是否藏在朝圣的人群中。黑压压的人群跪伏在那里，面朝雄伟神秘的布达拉宫，双手合十……以藏民居多，但也有其他民族的朝拜者，朝拜姿势大体一致。因广场太大，林队长和小李很快看花了眼睛。瞅来瞅去，头也变得又晕又涨，眼前渐渐变成了一个花花绿绿的沙滩。林海对小李使了个眼神，准备撤退。这时一名内地装束正作揖朝圣的美貌女子突然站起，从腰间快速掏出了瓶状东西，倒出白色颗粒物品放入口中，随后将瓶子仍在地上又俯身跪在了地上。林海看得真切，眼睛顿时来了活力。职业的敏感促使他立马警觉起来，这名女子一定有异常情况，他迅速向其靠近。他捡起了地上的瓶子，一看大吃一惊：原来是一瓶毒性安眠药。事不迟疑，他拿出手机，迅速拨打了 110 和 120。

　　当地出警警官从女子身上携带的身份证件和信件获悉，女子来自皖江桐鞍市，28 岁，是一名舞蹈教师。身上留有一封遗书，称丈夫利用担任国土局长的权力大肆收受贿赂，她因不满丈夫的贪婪并成天担惊受怕而离家。途经各种寺庙，一路烧香拜佛，捐尽身上所有自己工作的积蓄，最后来到拉萨。近期听到丈夫已被执行死刑，万念俱灰，决定祈祷敬拜一番后，离开这个世界。经过与桐鞍市公安机关详细核实，身份情况基本属实。林海向王三宝汇报了他们到拉萨寻找老人的情况，同时将女子服毒的事情顺带向他报告了一下，王三宝那边竟好长时间保持沉默……

第三十四节　千金宝贝

　　甄峰打电话的时候，不知何时"东方房地产实业有限公司"裴老板悄悄进来了，甄峰突然醒悟自己进门时，钥匙忘了拔掉。

　　"怎么，甜甜又没钱了，叔叔稍后给她打五十万。千金宝贝，没钱可不行，俗话说：'穷养儿子富养女'，决不能让孩子委屈，我马上就安排人汇过去。哎，对了，我感到不对劲，上个月才打的二十万，不可能用这么快，是不是处朋友了？不会被骗吧。过后你问问她，只要正常花销无可非议。"他自言自语地说着，甄峰似乎没听到他的话，然后拿遥控器开电视机。

　　"你就这一个宝贝，不能自私吆，孩子有什么高兴的事不能瞒着我这个当叔的。"他没完没了地说着，甄峰却一笑置之。不知怎的，甄峰今天看到往日很铁的哥们提不起精神。因为女人的出走，抑或是心里有种不安。他觉得别人这时去关心自己最亲的人有种不敬之意。他这一生女人不少，但子女不多，讲直接一点跟合法妻子生育的就一个女儿，其他的只能养在地下。

　　这一生他最对不起的就是这个宝贝女儿。妻子怀孕时，他出征边陲，厮杀在硝烟弥漫的战场上；一出生，他正在跟着一个烟草大亨挣钱；稍微长大，恰逢部队大裁军，他正为此事烦恼，后来便偷偷地跑回桐鞍，他和女儿待在一起的时间极其稀少。长期以来，他内心愧疚感越来越重。他是一名有学历、懂军事、经过商、有智慧的领导干部，他深知一个人完全忽略亲情，生活的幸福和意义也就不复存在。正像一位哲学家感慨的：父母和孩子之间，情太深了，怕的不是死亡，而是永不再聚的失散，以至于期望有来世和天国。茫茫宇宙中，夫妻相遇，然后新的生命来投胎，很多生命相伴了漫长岁月，却在时空穿梭中就那么一瞬，此中的缘和情，喜和悲，真令人不胜唏嘘。说到底，和每个人命运休戚相关的唯有自己的亲人。他慢慢感到，这么多年来，他像个上不接天下不接地的游魂，在仓皇中颠簸于复杂虚飘的名利场。可一想到女儿，他内心方感到简单和真实、轻松和快慰。他可以没有一切，但不能没有女儿，女儿的未来需要他亲手塑造，为她舍去一切都值得。平时为了迎合自己，很多人过年过节给女儿钱，或者往女儿卡里汇钱。看似对她关心，实则对女儿一种惯养，一种怂恿。每次通话，从女儿口中，他感到她需要的不是这些，她需要父母的安慰，父母的关心，父母的爱。年龄大了，她从不讲什么，从不要求父母。实际他能看出，她想成天和父母在一起，像其他的孩子一样，被父母捧在手心里。可他能给她吗？他自己的家又在哪里？

有一次，假期回来，女儿来看他，她脸上的微笑始终悬挂着，那是发自内心的，发自灵魂的，仿佛幸福绽放出的花朵。于是她大胆向爸爸提出，让他陪她到妈妈那和她一起过几天。话一出口，她觉得是句错话。她看到他和现在一起生活的阿姨脸色忽然爬上阴云。"甜甜，你先在这陪你姨住几天，其他的事过后再说。"弄得劲头十足的午餐不欢而散。后来他送女儿时告诉她："爸爸很想跟你一道去你妈妈那儿，可爸爸身不由己，还有工作太忙。乖，懂事，我会找机会去看你们的。"他说着，心里有股发酸的滋味。每次甜甜回来，一刻也不想离开他，总是拉着他的手。孩子是父母心中结出的果实，永远不想脱离父母的怀抱。可大人常年不在身边，女儿的心里总是空荡荡的，所以每次离开都很伤心。

"爸，我不想出国了，只想跟你和妈妈在一起……"然后号啕大哭地抱住了他的腰。他眼睛忙转向远处，摩挲着她的头发，偷偷揩去自己的眼泪。他真的有种流浪汉的感觉，一个男人一生都在寻找女人，这方面他不缺，可光有女人不等于就有家，在摇篮的周围才算真正有了家。可孩子这么大了，他有家的感觉吗？他反复问自己，可谁能回答他呢，四周一片沉寂。他强撑着送走了女儿，可他却在风中哭了很长时间。从此以后，甜甜心情更加难过，便大手大脚花销，攀比意识随之增强，学业越来越差。

"甄局长，你在想什么呢，是不是身体不舒服？"裴老板的话打断了他的思绪。

"哦，没什么。"甄峰漫不经心地应付。

"甄局长，你到医院去看看吧！我看你身体不太好。"裴老板很关心。

"放心，死不了，我好着呢！"甄峰觉得这些人像苍蝇一般嗅觉特灵，只要他有什么事，马上就知道。

"我知道嫂子走这么长时间了，你心情一直不好。我们正准备考虑这事情，不要再为此事烦恼。"他非常关心地劝他。

"纯他妈的狗逮耗子多管闲事。不知道人心里多厌恶，搞得多像自己的一样。"他心里骂了一句，嘴里却说："没事，真的，我有点累。"

"甜甜的事你就别管了，我肯定安排好，安心静养好了。"他说。

"这事你别管了，我自己处理。"他心烦透了。他记得那一年他出国考察，消息一传出，这人就到了他的办公室。把装三万美金的信封朝他桌上一扔，说："甄局长，听说你要出国，给你点钱当路费。"当时他感到雪中送炭一般。还有一次，甜甜从澳洲回来，他又到办公室，说："甜甜过年回来了，这两万美金留千金过年花。"把一个白色信封很洒脱地摆在了桌上。他正为甜甜过年和开学费用费神，当时感到非常满足。

又一次，甜甜刚回来，在卧室里抱着他撒娇，他赶到卧室给甜甜送了一万美金。"过节了，一点意思，给千金用。"

　　最令他不可思议的事情是在四年前，他现在一起生活的女人动手术住院，为了不让人知道，他们选择了很偏僻的一家郊区医院。这应当是很隐秘的事情，除了他们两人，不可能再有人知道此事。可刚住两天，一天上午，他的一位哥们携妻子手捧鲜花竟然出现在病房里，并把一张10万元的存折卡扔在了床头水果篮里。这事不胫而走，此后来医院探视的人络绎不绝。那次除各类物品外，他们光收到银行卡和现金不低于300万元。他一方面很无奈，同时又感到欣慰，自己的价值和尊严此时淋漓尽致地体现出来，今生他不再为钱物发愁。后来哥们在一起吃酒聊天时，有人才透露：他们是看到甄峰出没那家医院，通过医院以亲属缴费为由把事情打听清楚的，其实住院仅仅是因为痔疮手术……

　　他们这些经商的是否天生有一副好脑瓜和一双好眼睛，专盯人的紧要处，让人服帖和愉悦……可今天他却一反常态，没有了当时的舒坦。身边喜欢的女人走了，女儿也和他的心理距离慢慢变得疏远。再说女人把钱全留了下来，孩子国外读书和生活的费用已不在话下，别人拿金钱再不能让自己所动，那么眼前靠钱套近的哥们还有什么价值？他心里为此不再波澜。

　　"你忙你的去吧！我想休息一下，钱的事你不要问了，我自己安排！"他有气无力且冷漠地看着他的哥们。这位平时自认为跟甄峰关系很铁的同学加哥们看到他这副样子，知道从他身上捞取有价值的工程已经很难，就说了几句"感激"、"难忘"、"永远"之类堂而皇之的话，灰溜溜地把门带上离开了，像刚才偷偷进来一样。

　　哥们走了，偌大的屋子空荡荡的，像他此刻空落落的心。

　　躺在沙发上，他的脑子始终不停地旋转着。回想这些年他的生活，觉得除了某些方面有点不太守规矩，总体他还是能对得起自己，对得起工作，对得起百姓。这年头讲良知的很少，但基本上还要讲平衡，自己心理还算平衡吧！怪都怪他生不逢时，正气不足，风气滑塌，有一点希望他都不会改变原来的人生态度，本本分分地去为党和人民做事的，只是，只是一切不能随人所愿。果真是自己有济世之才，怀才不遇吗？在中国每个人都认为自己可以做宰相，岂不大乱？古往今来，乃至当今中国有多少雄才大略者却不能人尽其才，如若都去抱怨责怪，那国家将是怎样一副状态？但不依然显示出安宁、和平、发展强大的气象？归根结底，关键还是一个人的生活态度。小时候在后堂里，爷爷反复教育过自己：老实做人，不贪占不义之财；上学后在课堂上，老师再三强调：踏实做事，要行人生正道。那时他还不知道儒家和道家，什么轰轰烈烈，什么积极进取，什么干事业；什么清静无为，什么消极退守，什么明哲保身……唯有一点，人活在世上，都要善待他人，善待人生，别做伤及大体之事。可到头来，他做得怎样呢？房子愈来愈大，车子愈来愈好，女人越来越多，金钱愈来愈厚……可他真活得越来越幸福吗？并非如此，他愈来愈压抑，愈来愈苦闷，愈来愈心悸……他迷迷瞪瞪睡去了，刚刚哥们关上的门又开了，梦见很多人都大摇大摆走进屋来，东找西翻，像是寻找什么东西……大呼小叫的，东西到处乱扔，有的砸在了他睡觉的沙发上，落在了他的头上。然后有人发现新大陆似地猛喊："东西没找着，人在这呢！"他突然醒了，屋里照旧空荡和安静，只是卧室里书桌上的电话铃声玩命似的叫着……

第三十五节　　盛世诡案

　　王三宝在出差途中梦幻般地看到了他们要找的甄家失踪老人，内心兴奋之余又感到不安，生怕万一是错觉会给整个计划带来麻烦。但警察的天职是排疑释难，查清真相，让问题水落石出。他既然已经断定那是他认识的老人，就非要核查清楚，于是他做了后来的分工。经过刑警队长林海和小李的艰辛查找，没有任何结果，只找到了一名叫王佳茹的女子，其朝拜后服毒自杀。而王三宝两人继续前行，通过进一步了解和分析，一些地方发生的案件和王三宝他们家乡发生的案件几乎一模一样。有一起案件发生地距马勇生活的地方近三公里之遥，而那里以前曾经发生过类似的案件。各地警方列举了各自发生的一些奇异诡谲的案件，认为好多案件属于稀有典型范畴。作案分子明显心理异常，或者说属于变态犯罪。他们侵害的对象带有明显的特定性。但这些作案者没有目标性，随意性很大，作案范围跨度大，流窜速度快，很难防范和打击。他们大多年轻时或者生活中遭遇过特殊的感情和心理经历。

　　变态犯罪是异常心理或病态心理者实施的危害国家、集体和他人安全的犯罪行为。变态人格犯罪由于其犯罪本质是变态的心理所导致，所以其手段往往极其残忍、结果极其恶劣、影响极其败坏。

　　早在公元前四五世纪，古希腊医生希波克拉底已经开始对人的变态心理进行过一些描述和研究，并试图用朴素的唯物主义观点解释心理异常现象。

约在公元前一世纪，另一位古希腊医生阿斯克列皮阿德斯首先使用了"心理障碍"与"心理不健全"的术语。此后，经过长期的历史发展，变态心理学逐渐成为心理学的一个领域，使有关变态心理的研究从思辨转向实验，从患者的外部表现进入其内心活动。

在中国，公元前十一世纪的殷代末期，就已有"狂"这一病名载于文献。成书于秦汉时期的医学典籍《黄帝内经》，最早列出"癫狂篇"，对变态心理作了医学描述，并且存录了有关治疗的资料。以后历代医家和学者在探讨医药或哲理的过程中，对于变态心理的表现、成因和矫治等常有论述，至明清时期，在理论和实践上有许多重要的进展。

社会学模式强调社会因素对发生变态心理的作用，认为经济贫困、种族歧视、生活变更、社会压力等，都可能引起变态心理，而变态心理乃是社会病理学的反映。

变态心理有多种表现形式，可根据不同的标准或其严重程度分类。按心理过程或症状，可分为感觉障碍、知觉障碍、注意障碍、记忆障碍、思维障碍、情感障碍、意志障碍、行为障碍、意识障碍、智力障碍、人格障碍等。

由于变态心理产生的原因多种多样、十分复杂，这就要求各个方面采取综合性预防措施。另外，还应当积极开展心理咨询工作，及时干预各种心理危机，这对于预防当事人因紧张刺激产生的不良适应，甚至自杀，以及预防婚姻和家庭的破裂，杜绝暴力倾向和减少心理社会因素的有害作用等，都是十分有益的。

一般心理变态者在不发作时与常人无异。心理变态通常是因为心理扭曲（或精神分裂）而形成的。警界专家们分析了几起典型的案件，从中可以看出，这类案件除了个人心理素质和特殊经历等原因外，社会因素、周围环境、生活压力和节奏等都能成为变态心理和犯罪滋生的温床。

王三宝通过这次案件串并以及座谈调研活动，深深感到在当下动荡焦虑和浮躁的时期，新的犯罪种类的出现给安居的人们所带来的危害，同时也给他们这些刑侦工作者带来了挑战。他隐隐感到了身上的担子不仅没有减轻，而且还更加沉重。他回去要和他的属下们坐下来，潜心研究，专门围绕马勇进一步开展工作，力争在新的思路上找到侦破途径。如果他们的判断正确，可能还会发生新的类似案件。为了不再出现悲剧，他们应尽快找到作祟的魔鬼。当然这也可能只是猜测，他们的任务就是验证猜测的精准度。他不是福尔摩斯，没有神推妙算的机智，更不是"007"，也缺乏足智多谋的聪慧，唯独拥有的就是一腔对党和人民的忠诚，对善良百姓的爱心。天道酬勤，只要拼搏奋斗，永不停歇，他坚信他和战友们一定能将罪恶始作俑者从茫茫人海中揪出来。

第三十六节　飓风突起

　　大国领导与大国气度，大国方略和大国政策，任何阴影和阻力都挡不住东方雄狮飞跃的势头。中国国力增强了，地位提高了，经济发展了，名声走远了，任何领域包括体育也在世界占有重要的席位。2008 年是中国人又一个热闹的年头，可这美好的日子对甄峰来说却是黑色的。开始时，他接到远在异国女儿的电话，心里有一种说不出的轻松和喜悦，他感到了天伦之情的珍贵，也品尝着舐犊之情的温馨。偏偏在这个时候，搞房产开发的哥们来了，顿时破坏了他的心情。他隐隐感到这种朋友可能就是身边的一颗炸弹。他幻想今生再不想和他们来往。于是他撵走了朋友，想静静地休息一下，他真的累了。心海不平，无风有浪。他做了个噩梦，梦中竟是不祥的催命声音。这一天皖江省纪委领导根据群众举报，通知他三天后的一个上午，在指定地点和时间讲清问题，这时的他犹如飓风降临他的头顶。甄峰是个聪明人，他知道这一去意味着什么。随后，甄峰把藏有 280 万元现金的铁箱子转移到弟弟老家处，这是与他感情最深厚的一个同胞弟弟，平时没沾到哥哥的一点好处，因碍于亲情这次听从了哥哥的安排。

　　往日在他心中，市委大楼建筑再高大雄伟、神圣壮观，但就是一个办公的地方。自从他那次落选后，这个地方不会在心中掀动波澜。可今天他还是有点发怵，神秘感胜于平常。甄峰按照指定时间和地点，走进了市纪委一间略微偏僻安静的办公室，他看到有身着橄榄色制服的人在窗口外晃动着。凭常识他判断那应该是武警战士，随即心里打了个寒噤。这是一间空落安静的屋子，除了一张桌子和一张椅子另带一摞白纸和一支钢笔，其他全是白色墙壁。甄峰渐渐地感觉到屋内由安静慢慢地变成一种沉寂，沉寂得让人害怕。他在椅子上坐下来，内心游弋一丝忐忑，却是很坦然的架势，因外面有人影在摇摆，他不能失去最基本的尊严，他毕竟是一名正处级领导干部，是一名掌管一方土地大权的领导。在过去，管理土地的大员称为土司；在上界，掌管土地的神仙称土地爷……人类发展，历史演化，现在掌管土地的权贵称作土地局长、国土局长等，无论何时，这都是举足轻重的位置。百姓生于斯、长于斯、死于斯，永远离不开这赖以生存的土地。对于做官，今生他并不满意，但没想到他最后当上了让人羡慕的国土局长……有人走了进来，打断了他的思绪。

"甄局长，来这儿可不是让你坐这享清闲的，你得交代你的问题。"身后来两个人，其中一个年岁稍大的人说，语气冷冰冰的。他看到两个人中，讲话的这位他不认识，年轻的是桐鞍市纪检会的干部，以前他见过，不知姓名而已。

"我好像听不懂你的话，不知道交代什么问题？请领导提示。"他是见过大世面的人，面对枪林弹雨和硝烟炮火不曾眨眼，这种无声对垒，他反而平静如水。

"这位是省高检反贪局的李处长，负责牵头办理关于你的案件的，希望你能配合。"年轻的那位纪检干部向他介绍旁边的陌生领导。

"关于你的案件，"他心里"咯噔"了一下，但很快镇静下来，"难道他们掌握了什么？"他心里泛着嘀咕。

"你是知道的，我们查你一段时间了，找你不是凭空的，不要抱任何幻想。"转瞬间，他的脸就绷紧了，颜色比刚刚深好几倍。他心里清楚这种人一般六亲不认的，翻脸比翻书快得多。

"我没什么问题可讲，你们需要我怎么讲就提醒我，防止我多讲废话。"他一副铁板似的语气，让他们感到他软硬不吃。

"那我们就不陪你了，本想和你谈谈的，看样子你还没想通，或者还有想法，自己考虑吧，问题大小和多少是客观的，我们只看你的态度，走了！"两人头也不回，出了屋子，好像原本胸有成竹，忽然遇到意外也在预料之中，只是暂时听之任之罢了。

两位走了，屋子依旧空洞，窗外人影如树影一般摇晃。他开始静下来整合脑海中的影像资料。人生如影，记忆中的过往被岁月的情感黏合在一起，他不得不静下来想想昨天和过去，包括他自己在内，现在人有多少还能在匆忙的生活中思考和回忆。人心全如躁动的激流，只想往前赶，无暇反顾。正因为在匆匆行程中，人忘掉校正方向，结果很多迷失了航程。他的生命历程总体讲还是充实快乐的。童心有梦想伴随，少年有憧憬包围，青春有战火谱曲，事业有奉献相陪……只是后来他的私心注上了休止符，他开始偏离人生主航道。同事信任感减退，朋友感情淡漠，妻子渐渐疏离，家庭分崩离析……人活着即使平庸，但不损害他人，回忆也是自足的。可一旦投进了灰色成分，那便是另一种基调。他知道要完全拥有美好的记忆为时已晚，但不至于如此不堪一击。到底哪个环节出了问题，他此刻百思不得其解。但有一点可以肯定，他不能轻易缴械，不然他这些年的苦心和经营全都土崩瓦解。心中的防线能坚守多久，这是他亟待思考的问题。外面的影子晃得他愈加不安，他索性站了起来，开始在屋内来回晃动。桌上的白纸在昏暗的灯光下让人狰狞恐怖，顷刻间会变成惊涛翻滚的大海，正汹涌地朝他席卷而来，眼看把他整个吞噬。

在甄峰感到懵懂不知灾祸突然临头的时候，在市纪检会办公区的另一端的几间屋子里，还有几个人正在同时接受调查，他们几位关系到同一起案件，但他们似乎来这儿更早些。面对身着不同服装的办案人员，个个表现出了纷呈多样的精神状态和面孔。这些在经济大海中翻云覆雨的弄潮儿，曾经红极桐鞍，名声不亚于实权在握的甄峰。如今时局变化，喧嚣退去，他们走入一片清冷的谷底。往日他们可以和各界人士同欢共舞，共享人生风采辉煌……他们用自己的特殊嗅觉和才能，攀附和借助社会的驱动力量，铸造他们自己的人生，彰显个人的价值。他们堪称一个时代的精英，甚至决定着一个地方或一个城市的兴衰，可以创造一个地方时代，引领一个地方怪相化发展……然而另一方面，他们也是时代主流的真正附着物，社会的怪胎，时代进步的变种和毒瘤……这在欧美等历史上，在早期工业革命时期就有大量的繁殖和寄生；他们靠着原始的一些积累和资金、靠着人性中肮脏的心术、靠着点滴算计和圆滑、靠着伪善和狡黠，投机钻营，左右逢源，唯利是图，拉拢官员，腐蚀干部，败坏风气，更可恨者，他们有时让一个地方变得浑浊、隐晦和凄冷，让人们生活在一个充满幽怨和恨意的天空下。螃蟹横行，各行其道。这些人只是寥寥代表，但能说明一个问题：那就是他们对桐鞍有着自己的作为和贡献，同时也让这座美丽的城市变得不甚顺畅和谐，城市的上空飘动着异常的音符。他们的背景和交往无须深究，但有一点，不管是战友、是同学、是朋友抑或是同乡，他们都跟国土局长甄峰有着深浅不一的来往。眼前他们面对的都是久经考验的专案尖兵们，公检法等干部以及武警官兵，都是从各种部门和岗位上抽调的精兵强将，如今他们接到了新的战斗任务。各组讯问紧锣密鼓地进行着。根据各种动态和迹象，讯问小组的战斗队员们，好似遇到了各种各样的对手：顽固、抵赖、死守、撒泼、装蒜、沉默，不到黄河不死心的侥幸者……当然在讯问人员的艰辛取证和重磅证据武器下，最后殊途同归，一个个败倒在正义面前。他们都知道，利益筑起的桥梁注定承载不了人间情感和真正的重负，纸糊的墙壁终究不能阻挡风力和法律的强大威猛。作恶者必作茧自缚，玩火者会自取灭亡。由此推断甄峰，无论他以何种态度应对眼前强大的对手，他会被打得体无完肤。

　　自从那两位工作人员离开后没有再来，他一个人独自留守在屋子里，桌上的白纸空荡荡的，没有一丝墨迹，屋子空荡荡的，除了他的呼吸声，再没有其他声音，外面的人影继续晃动着，但沉默得如无声的皮影。这两天来，他的呼吸和心跳渐渐地加快，一是他休息得不太好，满脑子的往事；二是他吃不下饭，每天再好的饭也食不下咽，他处在坐卧不安的状态，头顶的天空好似慢慢地向他压来。他现在唯一能做的就是思考他该思考的事情，他感觉到这既是组织安排，也是天意。每当触及这个问题时，心里稍感安慰。可是他现还不甘心，他觉得他还没到那个时候，他还有很多结实的堡垒供他坚守。在他大脑深谷里转不开的是他什么地方出了问题，这是他暂时不解的谜底。

　　天黑了，又亮了；天亮了，又黑了。昼和夜的轮转较之以往没有多大差异，只是他与从前相比，自由受到了限制。他突然想一切可以改变，自由一旦改变，他即刻会陷入另外一种生活境地。一周后，开始时那两位工作人员又来到他的房间，大致对他说事实基本查清，让他尽快把所犯的事情写出来，或者让工作人员作交代笔录，但不能以任何理由僵持下去，会影响整个案件的进程和对其本人的处理，说完话后就走了。他这时才觉得他们的话和举动是真实一致的。他望着他们，心里翻江倒海般难过，真的有了世界末日的感觉。

　　在二楼的一间大办公室里，一大帮人在忙碌着，其中也包括到甄峰屋内的那位李处长和本地纪检干部。他们在整理着手中的材料，交换着各组讯问的情况，议论着刚刚外出核查的材料，汇报着案件的进展，议论着下一步的工作计划……一名在中间来回踱步、看上去五十多岁的白发同志忽然停了下来，把托在下颚处的左手放下说："哎，我说，大家暂时多辛苦一下，把所有的外围材料整齐，把证据查死查牢，先把案件办成铁案，到时候再去攻甄峰，难度也小了，即使还不开口，估计心里也不抱什么希望。"他一句略大点声的话，吸引了大家的注意力，所有人都停下来看他。

"廖局长，我觉得甄峰现在的态度也很正常，他并不知道他的那些战友、同学以及有经济来往的朋友现在的情况，所以也在猜测我们手里掌握的东西。"李处长看似兴奋地对他说。

"我们不能完全暴露我们掌握的各种证据，但对他那顽固不化的脑袋适时也要敲打敲打。"廖局长若有所思地说。

"甄峰这样的领导在一个地方干这么长时间，又占据着这么重要的岗位，盘根错节，有不少朋友，他本身就很自负，觉得各方面都很优秀，这样的话，他认为自己的为人处世应该不错，这些人不讲能保他，起码不会出卖他，所以他始终死撑硬守。"李处长胸有成竹地说。

"说得很好！他认为他在桐鞍很有市场和实力，大有一种和我们较量一场的气势。他并不知道，当他们经营的利益共同体垮塌时，所有的成员都树倒猢狲散，各顾各了。他也不知道一些他当日的哥们把问题讲得那么细，留的后手那么狠。"廖局长语气低沉，一副忧思的神态。

"这就是眼下的怪病，大多数人都因利益而结盟，一旦时局变化，必将造成核心源的崩溃和解体，古往今来，一切虚名浮利都不能作为人类交往的根基和渊薮。"李处长有些感触地表示赞同。

"难怪当下有人质疑，随着经济的发展……"他回头看一下忙碌的工作组成员们，生怕因大声影响大家的工作。李处长崇敬地示意让他继续说："请领导继续，不会影响他们，休息一下大脑也是好事。"

廖局长的语调再次下滑，说："人们崇尚金钱的思想日益加重，诚信危机，是非难辨，传统道德底线被无情地突破，贪污腐化案件连连发生。党中央、国务院的政策很好，只是个别地区基层组织涣散，公信度降低，群体性事件时有发生……"李处长知道他讲的地道官话，语气却很平静朴实，大机关走出的领导，水平和境界确实与众不同，因此听得格外认真。

　　廖局长顿了顿嗓子接着讲："当然，党员队伍特别是党员领导干部，主流还是好的。其次，作为一名党员，作为社会的一分子，更是党组织中的普通一员，要在思想观念上牢固树立'全心全意为人民服务'的理念，要在实际生活、工作中提倡'八荣八耻'荣辱观、正确的政绩观，真心实意为人民服务；要有乐观的生活态度、拼搏不息的奋斗精神，用自己的双手去创造未来。人生不如意的事情十之八九，无论遇到什么样的困难都要坚定信念，相信自己，相信党和国家的政策，用自己的双手去改变自己的生活状态；要树立正确的金钱观，不要盲目崇尚拜金主义，要明确自己人生的意义在于为国家、为人民更多地贡献自己的力量，而不是过分地追求荣华富贵，迷失自己的本心；要有责任意识，不管在家庭、在单位、还是在社会中，我们每个人都要担负起自己应该承担的责任。只有如此，才能构建强大的和谐社会。"廖局长的话语和眼神似乎都沉浸在了幽幽思维中，然后慢慢回到眼前，当他缓缓停止讲话的时候，才突然发现所有的工作人员都随着李处长围在了他的身边，听着他关于现代人理想价值和行事做人的讲述……

第三十七节　魔鬼落网

　　所有侦查民警如发射出的利箭没有击中合适的目标而弹回箭弩，他们重新围在了一起。王三宝望着这些干起事来拼命三郎般的作战队员，现在全部没精打采像霜打的茄子。困难一定克服，工作还得继续。他很精神地做着例行似的开场道白和工作小结。他自己也觉得一起老人失踪案件竟然让这么多人找不着北，费这么长时间，耗这么大精力，这在他们的工作经历中从未遇过，民警垂头丧气他也是能够理会的，这些跟着自己转战南北、风雨兼程的战友有着自己的喜怒空间和自由，实属常理之事。而他这时的主要任务还是鼓舞他们的士气，要让昔日的一个个老虎再次发出怒吼。"同志们，大家这些日子确实辛苦了，老案新案，搞得大家疲于奔命，精疲力竭。但是还是一句老话，这辈子我们就是吃破案这行饭的，就是累死，也得累死在侦查岗位上。"他讲完这话看了看大家，发现都来了精神，他劲头也来了。

　　"大家知道，很多案件看似棘手，实则里面只是一个弯，目前我们还没绕过来。就像密码一样，数字一对，立马谜解洞开。现在快到揭开谜底的时候了，再努把力，案件就要水落石出，看谁能坚持到最后。"他猛地抬高声音，像真的揭开了案件谜底。

　　大家活跃起来了，明显一阵嗡嗡声，像是在低声策应他的讲话。

　　"现在言归正传，关于几起老人被杀和失踪案件，大家都知道，这是我们近年来遇到的非常麻烦的案件，但通过艰难的摸排和调查，基

243

本上确定了案件的脉络和性质。根据分析和判断，并通过调研串并，嫌疑目标基本明确。目前虽然没有抓到犯罪嫌疑人，但是这只是暂时的，相信不远的时候，一定会将真凶缉拿归案。下面请林队长及小李等各组将工作情况做简单汇报，然后研究下一步工作方案，来，从刑警队长开始。"王三宝掏出笔记本开始记录。

汇报持续了一个多小时，王三宝听得很仔细，他心中已经有了周密的追捕计划。

美丽的小城永远释放着醉人的芳香和气息。清晨，东方刚刚泛出鱼肚白，城市宁静安详，空气显得格外清新，早起的人们晨练在各自舒适的休闲环境中，享受着生活的松弛和快乐。

东方巨大的火球冲出地平线，缓缓跃出，静静升起，开始用美丽的纤指抚摸大地和万物。乍起乍落的鸽子飞舞出美丽的弧线，尽情抛洒着安宁祥和；不甘落伍的喜鹊们也扑棱着翅膀在主干道两旁的植物和花丛间跳跃翻飞，尽情地交流和歌唱。

一对年迈的夫妇悠闲地散步在通往东边大坝的主路上，他们步履虽些许蹒跚，依然舒心地谈笑着。他们可能是退休的教师或者职员。看到他们，每人会想年轻人相守只不过是志同道合，老年人做伴才叫相依为命。他们毕竟都老了，步履执着蹒跚，但步伐坚定充满希望，正走向他们常去聊天锻炼的大坝下一片空地。主道通往大坝有一段开放似的斜坡，斜坡有两处路口，给进出城的人们提供很大便利。大坝两边也是茂密的林木。坡度缘由，驾驶员上下坝坡视野上都会受到限制，因而此处也是平时交通事故多发地带。

老人轻松地正要上坡之际，突然从坝坡右侧冲下一辆小型货车，速度极快，直对老人飞驰而来。

老人看势头不对，惊叫的同时，互相靠近，企图把对方推离危险。就在小型货车即将撞到老人的时候，从坝坡下右侧飞灌木丛中冲出一辆略显破旧的制式警车，正好挡在小货车和老人中间，蓝色货车躲闪不及，正好撞在警车上。"咣当"一声山响，整个小城被惊醒……在一片烟雾撞击声里，警车上几名警察飞速而下，赶到蓝色小货车上把驾驶员按个严严实实……

马勇落网了。那天分析会后，王三宝感到外调、协查和盲目追扑等很多侦查措施，已不能对付那些有着极端变态心理并有高超反侦查手段的狂徒，他决意向上级汇报，争取在上级协调和多方支持的情况下，向各地曾发类似案例的同行们建议，采取目标性的钓鱼跟踪和专项技术手段，抓捕犯罪嫌疑人。此前，他们掌握到犯罪嫌疑人四处流窜，作案目标明确，作案时间和路段选择独特狡猾，驾驶无牌车辆，不带身份证，不住旅馆，只和亲友联络，很难捕捉到信息。周边动起来之后，王三宝迟迟按兵不动，立志稳扎稳打，确保万无一失。估算周围和异地风声吃紧时，他开始秘密策划钓鱼方案，引凶魔上钩，终于在一个多月后将马勇擒获。那对夫妇是本局一对退休的警察夫妇精心装扮的。

这是一次真正的较量。在这场较量中，双方经过无数个回合，马勇才大汗淋漓、束手就擒的。其间，侦查民警经历了艰辛、曲折、失落、苦熬、困惑等过程才走向希望的绿地。马勇虽属于"两劳"人员，但以前只因交通肇事被判过刑，这次也还是在交通肇事时被当场抓获。在他看来，自己不过是驾驶无牌车辆肇事而已，而且没有重大后果，充其量两辆几近报废的车子受点损失，车上的人顶多受些震颤和擦伤。如此他没什么可担忧的，至于其他的事情，除了自己，还是一个秘密的世界。这些千篇一律的警察，无需对他们大呼小叫的，就事论事，别的一概不知。

"请你们不要大呼小叫的，我是一个守法公民，我有我的权力，如果你们打我、逼我，有什么不当行为，我会告你们。我除早晨开辆不合法的车子去溜车，别的什么也没做。"长久沉默的马勇这时开口与民警交流，而且张口就是无辜的口气。

"那你怎么对着人猛加油门，你的目的是什么，你视力存在问题吗？"

侦查民警在讯问工作上做了大量准备，包括马勇本人的外形条件、相貌特征、各种经历和文化程度等生活信息资料，当然也包括他的血型、性格特点、为人处世的习性，经过综合分析后，才开始攻坚战役。但是这远非侦查民警想象的那种顽固对手。他简直是一条变色龙，人格的多变让侦查民警往往措手不及。他的哑巴角色并不是一般的沉默不语，常常半天头都不抬一下，即使抬起，也是用呆滞的眼光看着民警，仿佛一幅莫名其妙的神态；要么就是大哭大闹，哭爹喊娘地鬼哭狼嚎，让民警送他回家，他要给父母供香；或者他跟民警调侃，让民警别费劲，他就那点事，别的他什么都没做，即使做了，他也不可能讲，甭费工夫了；忽然他又找民警要烟抽，讲思考思考可干什么坏事了……民警不慌不忙地和他无声对峙较量着，他们已知道他是一个心态变形的魔鬼，他内心其实很软弱，只等着他自己能平静下来，灵魂退缩到安憩绵软的地带后发起猛攻。

有一天，马勇在讯问室闭目养神。

一名民警说："人真有意思，一个人如果不做缺德和伤天害理的事，生活会多么自由？只可惜有的人天生就有罪恶的基因，讲白了就是娘胎带来的。"民警讲着话，手里摆弄着手机，一副悠闲自得的样子。

"那不一定！那你讲得太绝对了，我不赞同。"马勇眼睛猛然睁开了，对着民警争辩。

"我不是讲你，而是讲极个别人。不过，你是讲情重义、富有孝心的人，要不你不会走到这一步。"民警看着他点头笑笑。

马勇身体惊动了一下，然后把脸转过去继续想事。

"人不能选择命运，你要不是经过那段家庭和感情经历，也决不会后来出现那么多变故，你看多少人遭受不白之冤。可话说回来，不能全怪你，你也无奈呀！是我的话可能比你现在的后果还重。你考虑考虑我说的对不对？马勇，不过你别当真，我俩是在聊天说闲话。"民警显得轻松自在。

马勇脸上飞上一丝不安，像一个健康的人忽然身体不适。

"你朋友很多吗？马勇。"

沉默。他看看民警。

"你应该没有多少朋友，因为你常利用朋友的信任伤害朋友或者家人！"民警突然说。

"那不见得！我从前朋友和伙伴可多呢！"他眼睛一瞪，话语很冲，像吃了火药。

"那是你很久以前的事了，你不服不行。"民警针对他的话也毫不隐晦自己的观点。

"你是推测，你怎么知道我以前的情况？"马勇疑惑中有些不服气。

"看！你又错了，难道你不明白我们是干什么的？不然我们到处找你，而眼下坐在我们面前的不是别人？"民警步步紧逼。

"那……"马勇有点语塞。

"你就别那那这这了，我们不需要你现在表白什么，你做的任何事情都在我们这里……"说着，他指着面前的卷宗，同事和旁边的民警碰了下眼神后两人同时点头。

"我们不需要你讲什么，你怎么讲，对我们的工作结果都是一样的。只是我看你这个人重义孝顺，想和你推心置腹谈谈，你要同意，交个朋友更好。"民警真诚地看着他，他确实动了感情。

"我是个社会闲杂人员，哪能和你交朋友？你高抬我了。"马勇人性慢慢复苏。

"情感不论职业地位、身份高低，只要有缘，就是朋友，亲缘、情缘、友缘，这些是你能决定的吗？这些需要身份约束吗？"民警说得很在理。

"我都这个地步了，还谈交什么朋友，只能扪心自问了。哎，我是个天杀的孽种。"他深叹了一口气，发出一声哀号。

"别这么自卑，我们就是拉拉呱，各自有什么心里话都讲讲，这样好受些。"民警说。

"我就是心里难过呀，给我点时间，我们之间该好好说说，主要说说我的委屈和苦闷，这些年来没人能理解我啊！"

"我等着，你先听听我以前的故事，和你交朋友，我是有理由的，我觉得我的一些经历和你有相似之处。不过，对错不问，权当我们私话，出门当风就忘。"民警想打消他的顾虑。

民警讲了他从前在家经常调皮打架、惹是生非，遭家人嫌弃，心里自卑；又一次，将一人打伤后，逃离家乡，偷偷当兵，然后在部队驾车碰伤人后，隐瞒真相，骗过部队，转业后分到公安局当警察的情况……

那段日子民警和马勇几乎天天在一起，待在讯问室里，抽烟喝茶，养神唠嗑，常常谈得吾心楚楚，心神默契，直到马勇有一天感动得大哭淋漓。

马勇心里没病，一些事情应该是异常经历促成的恶果。马勇开始总是避重就轻，隐瞒主要事实。最后经过民警无数次互动或感化，才说出了难以见人的罪孽，对民警来说这应该是他的心声。

第三十八节　灵魂哭泣

当厚厚的卷宗堆在专案队员的面前时，甄峰还蒙在鼓里。他认为，他的朋友永远会在他面前摆放鲜花、铺设坦途，不可能栽植荆棘、挖掘陷阱。

每当工作人员针对一件事说教得口干舌燥时，偶尔抛出掷地有声的依据，他才吭吭哧哧地吐出一点真相，这让他们既恼怒又无奈。甄峰所有的罪恶行为都是在这种压力下交代的，好在专案队员的作风是硬朗的，他们靠的是四下征战，核查取证。在一起房产案件中，工作队员们和他摆开了阵势，整个过程下来不亚于一场战役。

"甄峰，'东方房地产实业有限公司'给你的那套房子，你应该是很清楚的，你老是在这件事上遮掩，我们觉得这对你以后会不利。你是一名领导干部，又是一名党员，敢作敢为、敢于担当才是做人的本色，也是领导的风范。人一生做错事正常，但错了不敢承认，那将是怎样的结果？后果和危害会更大，劝你再考虑一下！"李处长语重心长地说，廖局长也静静地看着他。李处长是一名战斗多年的少壮派干部，一向以作风雷厉、手段活络、沉稳老练著称，年轻时长得俊朗，人称"捕快三郎"。好多巨贪大恶都栽在他的马下；廖局长属于年长的监察干部，一生正直清廉，扎实稳重，不多言多语，所办案件定性准确，没有瑕疵，是同事和群众信得过的正直干部。两人联手，堪称相得益彰，绝妙配合。

甄峰抬眼看看两人，好长时间没有讲话。此刻，他内心很复杂，明知一生历经无数风雨，这是最凶险猛烈的一次，对他而言，算作无法逃离的劫难，但是他依旧不愿轻易缴械。

"你们有什么招数都拿出来吧，我没有做过什么。不管我在什么岗位上，我都是尽力做着分内的事情，只有组织上对我不公，让我寒心，我可永远对得起党和人民；如果有人告我，一些不怀好意的人利用谣言整我，那我决不能任人鱼肉，为维护自己的名声也得拼死相搏。"甄峰出语犀利恶毒，宛若困兽犹斗。

"甄局长，别先为自己表白，你先把刚刚他们说的那套房子的一些情况谈清楚，我们之间没有矛盾，不存在谁整谁的问题。你知道这是我们的职责，维护党和人民的利益和法律的尊严，我们必须查清一切检举和投诉材料，给群众一个满意的答复。但你知道，作为一名党员和领导干部，要经得起组织的审查和考验，没有的事情我们不会捏造，当然存在的事情也不能抹掉，所以你要配合我们的同志把一切事情搞清楚。这对洗清你的冤情，恢复你的名声更有好处。"李处长也是话中有话地点拨他。

"我认为我没问题，你们讲的那些事情，我确实感到莫名其妙。"他态度上给人一种无法撼动的坚决。

"在'骏马房地产开发公司'承建的小区，有套署名'方晴'的房子是怎么回事？"李处长突然发问。

甄峰很冷静，头也没抬，而是叹了口气，慢慢地有点厌烦地抬起头，并把眼光转向李处长他们，说："我说你们这些人，可是吃饱撑的，听风就是雨，拿着一些鸡毛蒜皮的事做文章，别人的房子又不是我的，你们来问我无聊不无聊，我现在这个地步都不好说你们，反正只要不是我甄峰的名字就好，该问谁去问谁好不好？"李处长脑子转了一下，甄峰确实狡猾，他竟然能反客为主，该回答的不理睬，竟然把问题抛给对手，难怪有人提醒他们，对付甄峰要用奇招，不然就会被他打败。

"你问我们，我们没有人和那个公司有任何联系，他们在你的关照下才把楼房建起来的。"李处长追问。

"领导，你这讲的有些欠缺，我只主管这方面工作的，关心支持企业发展，给他们提供方便不是我应该做的吗？这总比刁难卡压要好吧？"甄峰不依不饶。

"履行主管责任天经地义，我是问你和那个公司之间的交易懂不懂？"李处长火气开始从心底升腾。

"我们没什么交易，正常来往，工作关系！听明白了吧。"甄峰语速惊人。

"那人家公司怎么会有你出具的'方晴'的身份证复印件和相关信息资料？而几天后有个叫方晴的到公司签字办手续？难道你和方晴不认识？"李处长步步紧逼，不给他喘息。他知道每件事上，你不卡死，他总会辩驳抵赖。

"我不知道这些，我认识的人多了，认识的女人也有，人在世俗，来来往往，凡尘琐事，谁能记得？反正你们想怎么处置我，直说好了！"甄峰理屈词穷，沉默片刻后立刻强词夺理。

"作为一名领导、一名党员，你这个态度确实让我们失望！我们要把你的情况向上面汇报，这起案件不再调查，按现有证据处理，不需要你主动谈什么，我们倒让你看看案件是不是能出结论。"李处长火气冲了出来，甄峰眼睛怯怯地瞅着他。

李处长发威是有原因的，甄峰被"双规"以来，一直对专案组持敌对态度，始终不愿配合。即使一些证据确凿，事实清晰的情节，他也百般隐瞒，不愿交代。比如，有些字据文书白纸黑字明摆着的，比如，有多人在场足以证明的，比如，有监控记录拍下画面的，比如，有录音资料清晰印证的……他全不认可，这早就激起了专案组成员的不满，李处长今天担纲主审，就是他要看看这个城市曾红极一时的国土局长有多么狂傲和放肆。

他发完火，怒气未消地瞅着甄峰，甄峰也是第一次感到前所未有的惊恐，这一回他是关山难越，逃不过去了。

"你们收兵吧！暂时案件停办，等候处理，撤退！"李处长对在场的同志说。

"你们再给我点时间，我会认真考虑的。"甄峰丈二和尚摸不着头脑，但又怕生变地请求说。

"没时间了，两个多月了，就这样吧！谈和不谈你自己看着办，我们该干啥干啥了，不能围绕你一个人的事情干耗，耽搁不起！"李处长走开了，其他人都忙着收拾材料。

甄峰一看大家都起驾了，顿时慌了神。他忙对李处长说："领导，你无论如何再给我点时间，我尽量把知道的都谈出来！一定。"他语气十分诚恳。甄峰心里清楚，这一段时间，他一个人的时候，只有哨兵和他一墙之隔对晃，但却没人和他说话。有人的时候，就是劝他交代问题。虽然于己不利，毕竟可以打发无聊孤寂的时间，一个人待久了，犹如跌进陷阱，脚下陷落的同时，头顶的天空坍塌了，精神要发疯的。人是群居动物，不能离群索居，甄峰一路走来，何时有过这样清冷的光景，一直都是呼风唤雨，众星捧月似的日子。今非昔比，人生无常，人在屋檐下不得不低头。他心里翻涌着无限感慨。但这一刻他只得有求于李处长这些专案尖兵。

"好领导，我想通了，我们拉拉吧！我知道的，能想起的，都讲出来。"他内心忽然冒出酸楚感。

"你只要态度端正，真正想不出来的，还有我们，我们可以提醒你，人生有了姿态，剩下的事情都好做。"李处长扭头回来，好似被甄峰的态度感染，他示意其他人暂时离开。

"我是一名农家子弟，苦熬寒窗，戎马倥偬，费九牛二虎之力才走到今天，谁知天不助我，竟然落到如此窘态，都是命啊！"甄峰怨天尤人，声音里充满悲凉。

"人活着不能光为自己着想，我们身边还有亲人、朋友，还有百姓和大众，特别是我们这些担当着为民服务职责的领导干部，就得为他人着想，这就是平素所说的要有正确的人生观和价值观，一旦心存私心杂念，就会给自己带来危险。特别在当今这种复杂多变、充满诱惑的社会状态下，更容易变质，所以要永远紧绷思想这根弦。"李处长以领导的身分对他说话，想打消他的优越感。他来这之前，就听说甄峰性格上是位很高傲自负的人，市里的一般干部都不放在眼里，这与他个人能力和拥有的一切不无关系。

"事到如今，道理对我没用了，我只想把我的父母安排好，让他们不担心，其他的我也顾及不了了。人就是这样，早知今日悔不当初啊！"甄峰又是一声哀叹。他心里是有数的，自从他被办了羁押手续，时而从纪检办公室转到看守所讯问室，时而又从讯问室带到这办公室，便彻底感到他真的不会再出去了，像被抛入漫无边际、风浪肆虐的大海里，剩下的是苟延残喘。

"在任何时候，人都不要悲观厌世，还要相信组织和法律，争取最好的处置结果。"李处长安慰他。

"我的情况我知道，没人能救得了我。"他低下头，眼光慢慢转向别处。

"我们暂时不谈具体事情，我想问，当初你做一些事情的出发点，你作为一名领导干部，有文化，有素质，有能力，有智慧，怎么会在最简单低级的问题上犯错误？"看得出来，李处长不太想让他在一些事情上表白，他想让甄峰心理上放弃。

"一言难尽，咱俩现在推心置腹谈谈吧，只要你不嫌弃。我觉得还是社会风气。那时候我在部队，即使依赖于某种关系，比如我的岳父，但你要想动一下，必须花钱，包括我岳父。不然，就要去找去求；对人来说，那是最难过的事，日子久了，人的尊严和人格被抖落干了。真的，看我很体面，实则很自卑。要想在人面前腰直一点，活得精神点，需要什么，那就是钱，钱对人生太重要了，一步步我改变了思想，开始搞钱。"甄峰说着，一副沉思的样子。

"即使这样，也要不了那么多钱。再说了，金钱的好处，仅仅使人免于贫困，人真正的生活快乐并非依赖于金钱和财富，与钱包的鼓瘪毫不相干。"李处长说。

"你讲的是哲思观点，我生活在世俗尘烟里，我要升职，我要住房，我要好车，孩子要出国，等等，没钱寸步难行。"甄峰辩解说，看他那状态，他弄钱也是逼不得已，人之常情。

"你岂不知人是金钱的奴隶，多大程度依赖于物资的东西，就会多大程度上自由受到限制。常言道：钱是万恶之源。实际上这是偏颇的，因为钱本身是中性的，谈不上善恶，问题并不在钱，而在对钱的态度上。有人淡漠，有人贪婪，关键还是人的素质。再说了，你讲得不对，世间一些事情，并不完全依赖金钱。比如，你在关键时刻的变动，据我们调查所知，也不是你说的所谓金钱的缘故，而是组织上发现你的工作表现和一些作风出现异常迹象。请永远相信，我们党在任用提拔干部上主体是好的，体制上也是正气向上的。"李处长虽然比甄峰年轻，这番话却让他感到语重心长。

甄峰默默地听着，他觉得眼前这位年轻的领导不仅是一位业务高手，也是一位生活大师，他不再说话。

"哲人肯说钱是好东西，但不是最好，最好的东西是生命的单纯和人格的高贵，因钱扼杀美好的是一种愚昧。"李处长追加了一句。

甄峰长时间沉默……

李处长这时发现，甄峰已经泪流满面，只是不好意思抬头。他觉得和甄峰谈真正话题的时候到了。

第三十九节　　鬼踪魔影

　　马勇含着泪叙述着自己跟养父母之间的故事。他说，亲恩如山重，真爱深似海。如果他们活着，他愿意为他们做一切。只可惜他们在美好的亲情氛围中被人间的灾祸扼杀了。他那时才知道，生不养，父之过。人生需要情感，情感需要缘分，缘分需要相聚。生为情缘，养是本缘。他说他文化不高，几乎没上过学，不懂什么大道理。但他知道什么是生活的幸福，什么才是普通人真正需要的，特别是一个在关键时候需要关爱的孩子。那时他还小，来到一个新的家庭，本身就是一种懵懂奇怪的感觉，当然更不知道世间有遗弃。新的环境给他稚嫩的心田里栽植了绿色和希望。他开始享受童年和青春的狂喜与快乐。父母每天无数次地亲他、抱他、关心他。为了让他们放心，他总是对他们点头，表示他活得平安开心。心灵快速成长的那个时期，他悟出人间生活的道理，家庭亲情胜于一切。如果在此和人的生命二者择一，他宁愿放弃后者，只要有温暖的亲情簇拥，就是活一天都让人觉得今生无憾。很多次，村里的孩子都是用羡慕的眼光看他，也好似分享他的快乐和自豪。每一天他身边都有自由、信心、阳光和快乐，他想对着天上的鸟儿歌唱，对着村头的土地呼喊，对着远方的天际挥拳……生活的美好不在吃穿、富有、金钱……就是一种精神的飞翔。谁知就在一家人如痴如醉的时候，两位老人突遇可恨的车祸，刹那间与他阴阳两隔。他哭天喊地，死去活来，再没有亲切的呼唤和叮咛，再没有温暖的抚摸和相拥。他内心世界坍塌了，脑海全是梦魇和黑影。当他再看到结伴、同行的老人，特别是在一起尤显轻松快乐的夫妇，仇恨顷刻间会将身体燃烧。他冥冥之中起誓，一定要有人偿还这血债。他在半死半活中模模糊糊地拗了一段时间，神志清醒后开始实施他心中早已盘算好的计划。

开始两起案件比较顺手。那都是精神上完全放松、满心欢喜上山做事的老人，老人身体孱弱，所处的地方相对僻静，环境幽深。他像游魂正好漂泊此处，悄然伸出魔爪，凶残地剥夺了他们的生命，根本无视老人临死前的哀求和痛楚。在制造那起交通事故时并不顺利，他一想发疯，就有人目击。后来警察调查时，纵然他百般抵赖，企图逃脱，但终因时间、地点和目击证人，百口难辩，落入法网。

在押往司法农场的途中，他从囚车里看到车外路上有一对干农活的老人，身上扛着农具，空着的手不时触碰相扶，说话轻松随意，边走边笑，很是亲热。他顷刻眼睛滴出了血液，浑身热浪翻滚，忽地从座位上冲起，身边几位押车民警莫名其妙，同时上前阻拦，费九牛二虎之力才把他按回座位。这次没能得手，他心里有了更远的计划，他要为一件事玩命到底。

为了尽早出狱，他热心改造，积极劳动，遵守规章，乐于助人，受到狱友和管教干部的称道。期间，对他最好的就是来自卤鸡之乡周边、因伤害罪入狱的宝洲人刘三。他们天天在一起，一个出手大方，一个为人仗义，两人变成了铁哥们，并信誓旦旦：苟富贵，勿相忘。刘三出狱后在家乡经营起了小商品批发店。而马勇离开农场，老婆已经改嫁，孩子不知在何方，他已无家可归，无奈之下奔向宝洲这位狱友。昔日故友，两人久别重逢，情投意合，无话不说；天天一起吃喝、一起玩乐，正是通过打牌吃喝才结识了宝洲卤菜生意最好的吴新良，渐渐赢得吴的信任，并开始帮助打理吴新良的卤制品商店。因距百年卤鸡故乡很近，吴新良生意越来愈好。他们决定扩大经营，把食品商店变成卤制品公司。恰在这时，他们遇到卤鸡大户后裔陈伟，慢慢地双方变成了坦诚信任的至交。当他们联手成立公司的时候，贪于玩乐的吴经理委托马勇负责同陈伟办理各种手续。陈伟那时正赶上研发一个卤制产品，他就让闲不住的父母到宝洲签订合同。当陈伟父母出现在马勇面前的时候，迅速点燃他的复仇之火。他以存钱为由开车将两位老人拉到远离宝洲的陈伟家乡境内，残忍地将他们杀害并掩埋，并抢走了他们身上的合伙资金。

复燃的灵魂，依仗吴经理的信任，无心再过问食品店经营，开车猎捕他心中的目标，连连酿造了交通事故，一起受害人竟是吴新良的父母。

案发后，马勇潜逃。他先后逃往北方和家乡周边地区城市，利用亲友关系，租用废旧车辆寻找报复目标，先后作案和制造交通事故多起，造成十余名无辜老者丧命。他居无定所，行踪诡秘多变，不住宾馆旅店，作案或肇事后当即对车辆修复、清洗和处理，随即逃向新的城市。他手段残忍，刁钻狡猾，反侦查手段很强，屡屡得手后又从公安民警眼下逃脱。

随着各地破案风势的强劲，他感到了巨大的压力和惶恐，但是一想到美好的生活被人剥夺，他跳跃的罪孽神经和杀人的步伐很难停下来。于是他心生异想：最危险的地方最安全，他又转回最初的地方，准备再弄几起每每让他足足过瘾的案件或事故。这次借给他车的是一位曾经和其聚餐、做卤菜生意兼营蔬菜、通过陈伟结识的朋友，魔爪刚刚伸出，就落入民警布下的法网……

讯问民警暗暗惊喜的同时，也滋生一种巨大的惊愕。眼前披着人皮的男子活脱脱演化成了灵魂扭曲的嗜血魔鬼。他们将案件如数向分管局长王三宝做了汇报，王三宝久久无言以对，他们的猜测和推理居然如此吻合，没想到很多理当安享晚年的善良老人早就被恶魔吞噬。王三宝悲伤后很快冷静下来，这些案件中，并没有丢失的那两位老人，也就是甄荣的父母。

"这样吧，赶快办理法律手续，再做一次提审，看看他是否漏讲什么案件，必要时点一下那起老人失踪案件。"他对刑警队长和两位讯问民警说。

"是！我们把材料再过一遍，看他有没有遗漏，把他做的事情统统搞清楚，有新情况向你汇报！"队长带着民警很忠诚地转身走了。

王三宝随后陷入沉思。他想既然马勇没有交代关于那起老人失踪的案件，说明老人现在可能还活着。他在火车上看到路上行走作揖的那两位老人很可能就是甄荣父母。他更坚定了信心，决意一定要找到老人。他突然站起来，走出了办公室。

第四十节　巨贪落马

甄峰的问题远非工作人员掌握得那么轻微，而是一只俗世深潭中隐藏的巨蟒大鳄。在专案人员的规劝和说服下，并采取多种工作手段，甄峰在两个多月后缴械。

据甄峰交代，他于1997年1月至2008年11月期间，利用其担任桐鞍市古桐区区长、国土资源局局长等职务便利，在工程发包、土地买卖、征迁、办证、矿山开采等过程中，接受他人请托，为请托单位或者个人谋取利益，先后独自或与妻子和情人一起共收受贿赂人民币2355.1142万元（含购物卡）、46.4万元美金、18万元港币、15万元新台币，以及金条18根、劳力士牌手表8块、手机6部、皮包3个等物。

半年后，案件按照异地审理规定，此案由皖江省高检转移至珠蚌市检察院管辖承办。经两地司法机关紧密配合，已追缴赃款1433.1万元、1.1万美元，扣押被告人甄峰投资在北方某矿业有限责任公司的股权900万元（原值尚未变现）、购物卡等财物。

法院认为，被告人甄峰身为国家工作人员，利用职务便利接受他人请托，为他人谋取利益，本人或其家人及情妇代收非法财物，其行为构成受贿罪。虽然被告人甄峰之后如实交代大量未被办案机关掌握的犯罪事实，并积极配合办案机关追缴赃款，认罪悔罪态度较好，但其受贿数额特别巨大，严重侵犯了国家工作人员的职务廉洁性，犯罪情节特别恶劣。

　　2010 年 6 月 18 日，皖江省桐鞍市国土资源局原局长甄峰受贿案当日下午在皖江省珠蚌市中级人民法院开庭宣判，甄峰一审被判处死刑，剥夺政治权利终身，并处没收个人全部财产。同时，追缴的赃款、赃物上缴国库，不足部分继续追缴。

　　法庭宣判后，甄峰当庭服从判决，不愿上诉。虽然甄峰没有向上级法院提出上诉，但却向法官递交了一份悔过书。同时，他还提出请求，希望法官一定能帮他做三件事：一是事后将一件物品和一封信转给其父母，那是父母在他出生时给他的长命锁和他临终前给父母的悔过书。二是农村有风俗，孩子的后事向长辈报丧不大吉利，再加上父母年迈，尽量不让父母知道，或者尽量迟些，只告诉他的弟弟妹妹们。三是刑场可选在家乡，但一定不能埋在家乡。他生前不能带给家乡帮助和骄傲，死后就做个反面典型吧，以此提醒后辈做人处事要走正道。为不让父母难过，就任家人随意处置吧。

上级党组织和我的父母家人及父老乡亲：

　　我无颜再表白什么，恐怕也永远没资格和机会回到领导工作岗位或公务员队伍里去了。我此刻只想给那些在位的官员和干部以及后代后人讲几句提醒的话。我想假设我能回去的话，我一定会大声地狂呼，大声地呐喊，让那些处于平安幸福状态下的人都知道，哪怕你们能从我身上，从我的结局中汲取一点点教训，你们中的少数人也会在错误的道路上止路，千万不能执迷不悟、心存侥幸。人在位时不懂得珍惜组织上对你们的厚爱，回想当初我们上有组织下有部属，就该每时每刻讲诚信；我们还有父母，还有子女，就要讲责任心。如今自己垮了，家也垮了，伸手得到的如数上交，等待自己的只是法律的严惩，还要在铁窗下度过余生，甚至丢掉宝贵的生命，这种傻事为什么要去干呢？钱是好东西，但它能换回自由、尊严和亲情吗？家人曾给我说过："生活无需拥有富丽堂皇的豪宅，美丽炫目的宝车，阔绰潇洒的消费，有时仅需要一块踏实宁静的心灵园地。"还是古人说得好——"多少名往来名利客，满身尘土拜卢生"。可我当时竟没听劝。

我还有一件体会较深的是交友问题，社会中物以类聚，人以群分。做官的应该有自己的圈子，一个正义健康的圈子，不能和做生意的人搅和在一起；有些人和我一样，一天到晚跟这些人在一起仿佛很风光，出去有人跟着，办事有人埋单，讲义气够哥们。现在我对这些朋友有了新的认识，他们对你：一是记得牢，他在什么地方给你的钱，你当时什么动作、什么表情、讲的哪几句话，他比你记得牢；二是讲得清，给你的每一笔钱，送你的每个物品，甚至一件衣服，一条围巾，一个戒指，一个皮包，讲得比你清楚；三是跑得快，你出事了，他生怕沾染上，原先的信誓旦旦立马消失，把责任和灰色全部推到了你身上，也把生活和人性中美好的情愫和友谊变成了赤裸裸的交易。我始终怀疑古代人的眼光是否提前进化，具有锐利的穿越力量，你听："甘瓜抱苦蒂，美枣生荆棘，'利'旁有倚刀，贪人还自贼。"说得多好啊！

人真的无需好高骛远，追求所谓自认为理想的目标，而是顺其自然，做寻常百姓，过普通日子，免得到头来折断欲望的翅膀，栽得体无完肤，临死前挣扎着、呻吟着，并张着毫不甘心地嘴巴嗫嚅着："早知今日，我当一名百姓多好！"但已晚矣。

不啰嗦了，我就要去一个万劫不复的地方，慢慢品尝一切行为的后果，洗涤自己被污染的心灵，感受无知却全新的世界。我不想有任何辩解和说教，我想向党悔过，一方面只是忏悔过去的言行，另一方面是面对现实，听从组织和法律的庄严审判，即使坦然伏法也未必不是对社会的一种微小价值体现。

别了，这个曾让我留恋的美好世界。

诚祝亲人和所有善良者吉祥安康！

甄　峰

2011年深秋

阡陌大地

看过悔过书并得知甄峰的请求，现场法官未置可否，都以沉默表示他们汇报后方能决定。甄峰心里也清楚，有的要求他们不能做主的。他艰难地站起来，去握罗鹏的手，罗鹏早已泪流成河，两人拥抱在一起。罗鹏悄然答应，让他放心，自己马上就去联系，争取满足他提出的要求。

一星期后的一天下午，省高院的两名法官和珠蚌市中院的两名法官来到监房，来通知他三天后核准执行。同时告诉他，他的几项请求，组织上逐一批准。他听后双手作揖，嘴里喏喏着"谢谢、谢谢……"，正准备下跪，因行动不便被武警拦下，尔后失声痛哭。罗鹏跟领导请示后，上前劝阻安慰。甄峰说他不是对死亡恐惧，总觉得这辈子活得窝囊。一个相当级别的领导干部，方方面面都很出色，没想到因为钱身败名裂。眼前的普通法官罗鹏是他的同学发小，童年的欢歌依然萦绕在心底。那帮一起成长、一起追梦、一起飞翔的孩子，如今只有自己命运可悲……还有他的父辈祖辈，他的父老乡亲，仍旧悠然欢欣地生活在那块安宁的土地上……但可悲之人，必有可恨之处。如果现在他是一个农民、一名普通百姓，悠然自在地活着该有多好？可是一切都悔之已晚，怨谁呢？想到这，他的眼泪亦如惊涛骇浪。

甄峰被押往家乡的那一天，所经之处，人山人海。甄峰在当地人眼中，是了不起的大官，百姓自然敬畏；突然又以另一种状态出现，更在家乡人心中突发翻转似的惊奇，人怎会魔幻般变化？都想到场看个究竟。

甄峰的父母已被甄荣安排由大弟弟甄强带到外地旅游访亲。甄岳群平时完整继承了父亲的遗风，几乎天天到后面甄家祠堂供香祭祖。他常和家人或村民谈话时，自豪和满足无意流于言表。他内心认为甄峰现在的一切完全源自于对他小时候的严厉管束和教育，这也促使他在父亲甄五爷离世后，他能长期不懈地守住心中的那块圣地的原因。他无时不在祈盼子孙后代们平安顺利，天下所有人都能吉人天相，幸福安康。可突然有一天，甄荣对她说："爸，你出去走走吧！你一生那么辛劳，又没出过远门，叫弟弟带你们出去转转，赶明儿个你和妈真老了，想出去也走不动了。"甄荣对父母说。

"荣儿，你想让我跟你妈到峰儿那去看看，他最近一直没有电话，是不是又出国了？"甄岳群问。

他那儿很忙，你去了，他也没有时间见你们，你去爷爷原来的一些领导和老朋友那儿转转，人家当年关心我们家，现在要经常走动走动，感谢感谢人家，这才是常理。"甄荣说。

"你说的在理，只是你爷爷的一些老上司，有的很老了，有的恐怕不在了。"他有些迟疑。

"人家还有家人，有后代，你去了一讲人家就明白了，并觉得我们会做人。"甄荣一心让爸爸离家，所以她跟他讲世间的理儿。

"转转，就转转，俺还没出过户呢？再说了，不行俺到县上遛遛去，遇到啥事，不信那个讨债鬼不问俺的事？俺要是饿死了，瞧人家不戳断他的脊梁筋？"母亲插话，说着偷看甄荣。

"好啦，娘，不要到县里去，那里秩序不太好，去了不安全。"甄荣显得很担心生气，她知道母亲讲的是王三宝。无论如何，附近是不能去的，他们很可能听到风声。

"荣儿，这样吧，我和你娘沿这往西走，有熟人的我们就去看看，没熟人，就看风景，到西边的河南嵩山去，我们到庙里烧香拜拜佛，求个神仙保佑！"父亲突然来劲了，有种非去不可的架势。

"光你俩不行，大弟弟必须跟着，不然我不放心。"甄荣面部露出很担忧的表情。

"这——快秋种了，强儿哪能脱身？还是我们自己去吧！"甄岳群迟疑地说。

"爸，你就听我的吧，明天就动身，我现在到镇上信用社给你们提钱去。"甄荣骑车走了。

第二天一大早，甄岳群带着老伴和儿子离开家朝西去了。一路上还哼着小曲，那心情甭提多美了。他何曾想到，让他一生骄傲和光荣的儿子甄峰，几天后被五花大绑押往他的家乡，村东河岸的那块土地上，正等待着法律的庄严制裁。

甄峰平静地跪着，他想对围观的人说点什么，他看到了小时候记忆中的面孔；他想大喊，但又觉得浑身压迫着千钧重量……眼前的一切渐渐模糊，继而转换成黑影，"砰"的一声便化为虚无……

第四十一节　惊梦回落

马勇的落网，他们如从惊涛中突然回到平静的港湾，足足出了一口气，老人毕竟少了一分危险。但老人至今没有音信，这可是正式报警的两人失踪案件，他们至今还没结论，包袱依然没解除，王三宝也还不能真正轻松起来。

他们暂时放下了一切手头工作，包括新发的大要案件。收回的利箭再次发射，只是更加密集犀利。反复斟酌后，他带着他的队员们发起了最后的冲击，他要尽快解开两位老人失踪之谜。半年多来，他们的足迹印遍大江南北，他们的声音传遍长城内外，他们的汗水洒遍每一个可疑角落……然而世间的事情并非人们期待的那样，天道酬勤，花好月圆。一次次精心部署，又一次次默默结局；一次次兴奋出击，又一次次扫兴而归；一次次希望，又一次次失望……饮惯挫折和失败苦酒的侦查员们已经对无望的事情感到麻木，但命令一下，他们又毫不犹豫地冲向阵地。

这次，他们改变了寻找失踪老人甄岳群夫妇的方案：

大范围发布带有最新清晰照片的协查，特别是被人忽略的角落；

民警持照片进驻周边地区派出所，配合当地民警细致查找；

在火车站、汽车站、旅馆、宾馆等各种公共场所张贴寻人启事和协查通报；

请各地警方在乞讨、留置、流浪和各种社会闲散人员中查询，用照片比对，做到严密无缺，决不疏漏。

……

这在王三宝的工作中是绝无仅有的，没什么事情甚至案件需要他这样大动干戈。恐怕是老人长期的失踪刺激了他的神经，同时对他的能力发出了挑战；再一个原因是大家众所周知的，就是这对老人今生和他的渊源关系。

各路民警艰辛工作着，其中甘苦无以言表。就在同志们疲于奔命的时候，刑警队忽然接到案情消息：失踪老人找到了，是在其家乡土地荒废的坟茔旁，除了甄岳群夫妇，还有一位年轻女人，三人都已死亡。

现场在甄峰亦即王三宝的家乡村外的一片荒地上，距村庄约一公里处。村长介绍，这儿是甄峰家人承包的土地，原先甄家的祖坟也在这块地上，后来上面要求平坟，把高出地面的都铲平了，只留下一片荒丘。甄家人常来上坟祭祀，烧些纸钱，放点炮仗，放置花圈，这儿被踩得土质干硬。但却不长庄稼，只长草和灌木，所以依然是一片与庄稼地明显不同的土丘坟茔。

甄峰出事后提出不要把自己埋在家乡，但甄家考虑他毕竟是甄家后嗣，没别处可去，最后骨灰还是葬在了甄家坟地上，现在还有新近搁置的花圈。

一处三尸，周围村庄炸了。远乡近里的村民成群结队、扶老携幼前来观看。甄荣、甄亮、甄秀和甄强等甄家姊妹都在号啕，特别是甄荣哭得更是惊天动地，任侄女晓红怎么劝阻仍一副死去活来的状态。王三宝还看到远处陈伟和几位穿着西服的老板或者农民模样的人在议论叹息，有两位正向他点头示意。凭印象他猜测那几位可能是高健和金辉他们，据说这些人现在都经商致富当经理老总，腰里发了。只是他当年的这些伙伴早已天各一方，音容全改，成为人生路上殊途同归的一名名过客。王三宝的思绪忽然被现场的混乱和惊悸吵醒，就在人们诚惶诚恐，议论纷纷的时候，他当场命令撤销现场，驱散人群。

王三宝是听完法医的汇报后做出决定的。三位死者为甄峰父母和其后来的一位美女情人，死亡时间均为几小时之前，也就是头天夜里，有人反映昨天傍晚有人下湾干活路过时还没有发现情况；死者身上没有外伤，应为自杀；民警从死者身上搜出两封遗书，同时还有花纹金纸和人造胡须。刑警队长和小李清晰地记得这位美女曾在布达拉宫门前广场自杀过一次；另外据侦查员回忆，在很多监控资料中，频频出现过一对脸颊粘有花纹金纸贴和留着长胡须的男女老伴。

王三宝的心情变得十分复杂，一方面他很悲伤，同时也很内疚自责。他万万没有想到，老人最终以这种方式结束了生命。他一直担心老人的安全，从开始的那一天起，它就有一种不祥的感觉。他知道老人的性格和为人。当年他们为了女儿，拼死命要自己的女儿和他在一起，就是守活寡，也要跟他一辈子。"生是王家的人，死是王家的鬼。"是自己觉得作为男人的根本没有了，也就丧失了做男人的另一种尊严，跟着他，连她也活得憋屈窝囊，没有脸皮。他誓死不同意再拖累她。但老人天天冲他大闹，弄得他无所适从。最后有一天，他满脸泪水地跪在了他们面前，述说了事情的原委和厉害，如果他这样害他们的女儿，是一个男人的大忌，天理也不容。如果硬要他和她在一起，害惨的就是两个人，他当即就跳河了。老人因为他的诚实和善良而感动，慢慢地开始放手。甄荣这辈子没有再婚，除了她不能割舍对他的感情外，最重要的与他们的影响有关。自从他听到老人失踪后，根据他的分析判断，老人与他人相处的能力很强，受别人和外界伤害的可能性很小，唯有一种最后结果。当时前后几起案件和事故发生，他看过现场后估算老人要么不出事，要么可能发生大的不测，随后他的担心越来愈重。这虽是一起失踪案件，他上的心思却比往常的大案都重。千头万绪，工作繁忙，他一直抓住这件事情不放，到头来他最担心的最后一种结果还是发生了。捧着手中的信件，他欲哭无泪：

所有的天下好人、善良乡亲、我们的孩子：

当你们看到这封信的时候，我们很可能不在人世，为了给孩子一个交代，才执意要走这条路的。

不说都知道，这段时间，所有亲人和关心我们的朋友都在着急，到处寻找我们的下落。你们找不着我们的原因，是因为我们的心死了，不再想见任何亲人、熟人和朋友。这些日子，我们隐姓埋名、乔装打扮、沿路乞讨、拾荒糊口、搭车乘船、四处躲藏……宗旨只有一个，乔装打扮，求神明保佑，原谅孩子的罪过，宽恕父母的过失。如果上帝和菩萨大度仁慈，我们愿以生命换取这一切。

我们知道什么都没有意义了，当初我们对孩子充满希望，苦心教育，期望他将来能有出息，为社会多做有益的事情。谁知孩子一旦走出去，成为我们大人骄傲的时候，新的担心又来了，一旦危害，祸害的就是更多的百姓。与其如此，还不如不要让孩子有大本事。作为父母，生养了他们，就要教育好他们，并且要始终引导、提醒和念叨，稍不留意，就会走偏。孩子走到这一步，并非全是他自己的责任，与大人有绝对关系。因为坎坷的人生路上，困扰和诱惑诸多，再加上社会复杂多变，正身律己、坦荡磊落、阳光做人的生活理想都只能是哲人圣贤和清心寡欲之人的目标追求，普通人都去过苦行僧一般的生活，这个世界也就丧失了生机和色彩……人生是七彩纷呈的，绝对的对与错没有标准，所以大人的责任对孩子一生都至关重要。而我们失败了，有理由同这个世界说再见。

我们曾经一度因峰儿的优秀和成功而自豪，当然也让整个村庄为之骄傲。很早时候他的父辈、他的相邻、他的同学、他的伙伴……都曾寄予他很高的希望，也给了他很多的关怀和爱护，让他生活在温暖体贴的氛围里，快乐和开心一直伴随着他成长，直到他走出甄皇。只是昙花一现，孩子给了我们一个惊喜后，自甘堕落，走向了苦海，他对不起大家，这个责任应由我们父母承担负责，我们由此谢罪。

作为公家人，峰儿一生也做了很多好事，虽然是职责所在，但毕竟踏踏实实为百姓干了实事，也算是党和人民的事业。峰儿是一位相当级别的领导干部，没有党的培养，他不可能有着重要的岗位和光环，所以我们要感谢党和组织。峰儿后来拥权自傲，贪污腐化，辜负了上级的关怀和栽培，这都是他自身和父母的过失造成的。他自食苦果的同时，我们当父母的理应谢罪。

我们想说的话很多，但我们识字不多，只能把想表达的意思大致讲给眼前的这位先生听，委托他来说说我们心里的话。我们走后，望乡亲们保重，儿女们自重，自觉做好人之本分；同时，还要请亲友乡邻关心帮助我们其他的孩子，虽然他们已不是真正意义上的小孩，但对过来人来说，他们永远都是没长大的孩子。

别了，家乡！别了，这块世代生息的土地！别了，所有一同生活和相聚的人们！

老朽甄岳群无颜，携老伴双双叩首！

王三宝拿着信，双手颤抖。他想自己实际上就是一个混蛋，一个无能之辈，本可以避免的事情最后变成悲剧。

"啪！"他扇了自己一个耳光。办公室门开了，刑警队长和小李推门进来，王三宝很快调整了情绪。

"你们能确定那个年轻女子就是在拉萨服毒的那位？"王三宝很安静地问他。

"王局长，你放心，我们都看过了，敢保证就是那个女的，当时我们还一起协助当地派出所抢救过她！"刑警队长拍着胸脯说，然后转头看着小李。小李会意地点头，说："就是的，她的长相特别出众。还有……"

王三宝和刑警队长都急切地看他。

"还有，我当时还拍了现场图片，你们看。"他说着掏出手机。

王三宝和刑警队长都点点头。

"王局长、队长，我刚才同拉萨那个派出所通了电话问了情况。他们说服毒女子送医院抢救过来后，又住了几天院，他们联系到了她的家人，后来当面交由家人带走了。再后来的事就不清楚了。"小李讲得非常明白。

"这封信呢，你们看像不像当时看到的那封遗书？"王三宝把另一封信递给他们。

两人的头一起歪在那封信上。

经过回忆和字迹确认，都一起断定这封信就出自那位美貌女子所写。

情况已经清楚，三人突然一时间陷入沉默，王三宝举手要回女子遗书：

我的父母、妹妹和亲人：

不管对错，我已经走了。我大学时代曾占一次卦，这辈子我要为爱而终，按玄学上讲，这是我的宿命。

其实我并不想死，因为我还年轻，咱长得也挺俊。如果测算每个人的幸福指数，我应该算高的。但那些都是表面现象，真正内在灵性的东西，外人无法探知的，性格、爱情和命运造成了今天的结果。

人常走在生活路上，如果错了，可以重来，耽搁点时间，一切无伤大雅；但爱情路上一旦错走，回头就难了，要么伤痕累累，要么回头已晚，酿成弥天大恨。我属于后者，只有选择这条不归路。

一个人不要轻易投放感情，一旦放手，真如脱手风筝、释缰野马、泼出清水，没有收回的可能。

当初我太任性，想啥干啥，爱谁是谁，陷得深了，终究难以自拔。

爱是出于内心自然而然的真情流溢，因而超越了道德和功利范畴。尼采说得好："凡出于爱心所为，皆于善恶无关。"我的意思是并非你爱的人会因为他的缺点甚至罪过便降低他在你心中的位置，损毁他曾经的印象，而是对他的一切都会慢慢接受下来。

　　人类都是有牵挂的。正是人与人之间情感的牵挂，才使得我们与人生有了紧密的联系。有些自诩能拿起放下并一无牵挂的人其实可悲，他们活得轻飘而空虚。我偏偏不是这种人。

　　我完全有理由活下去的，因为父母、因为妹妹、因为亲人……但是一个人情感的链接体系，有一处倒塌，就会引起整体残缺晃动，我经不起折腾，对未来失去了期望，所以请你们原谅我。

　　对于我命中遇到的那个人，我早知道他的一些情况，也曾拼命阻拦，但无济于事。每个人都一样，精神上一旦崩塌，一发不可收拾。

　　我不能睁眼看着这样一个人走向火坑，就以出走威胁，同时提醒他投案，他怎会听得进去，整个被欲望烧红了眼睛，冲昏了大脑。在出走的日子里，我到处敬香求神，祈求对他保佑，谁知道他罪孽太深，欲壑难填，终于坠落万劫不复之渊。

　　当我得知他的结局时，就心思已定，随他而去。记得一位诗人说过："死战生留俱为国，敢将薄命怨红颜。"若生活在古代，或许我能像明妃那样为道义做些担当，没想到我一介痴情女子却心系这样一个贪婪成性的男人，可能是上天让我中了邪。于是我虔诚朝拜，一路作揖，准备在拉萨解脱，后来被警察发现，苟活至今日，并有幸再次和你们啰嗦。早知如此，何必当初，这真应了古人的"昨日花簇簇，今日落如扫，反怨盛开时，不及未开好"。哎，只是我心里不甘啊！

　　不是我执拗和死板，我真的绝望于生活，活下去于己于人都是负担，爸爸、妈妈和妹妹，你们都是有文化的人，相信会原谅我的轻率和不孝。如果有来生，我还做你们的女儿，做雅茹的姐姐。不要问我的后事，生死已追随于他，他们家人会自行处置的。别难过，还让我做一回自由自在四处疯傻逍遥的快乐天使！

　　永别了，今生最爱的人！

王佳茹

阡陌大地

　　眼泪一直挂在王三宝的脸上，他怔怔地示意他的两位部下出去，然后慢慢站起身，开始整理物品。他觉得自己老了，思维和行动都变得愚钝，不适宜再做刑侦工作。他从桌上抽出一张白纸，决定打一个报告递交党委，让年轻人担起为民服务的责任，否则真的会贻害无穷。他又静静坐下，眼泪无声地流下来，打湿了他的警服衣领……

第四十二节　吾心已足

　　甄岳群回到家已经一个多月过去了。之前，当他们感到疲劳提出要回来时，儿子甄强总是借故阻拦。他让甄强给甄峰打电话，甄强说哥哥很忙，没时间接电话。再后来，甄岳群说，他只和甄峰讲一句话。可甄强说，甄峰的电话老占线，继而又打不通了，老人感到了不对劲。有一天，他扛着锄头下湾干活，一群撒野的孩子从他面前一溜烟跑过，嘴里还喊着儿歌：甄家湾，出贪官，百姓血汗都吸干；甄娃子，当局长，腰包鼓鼓不听响，反腐除恶谁不怕，人民感谢共产党……甄岳群恍然大悟，顿时倒在了地头前……

　　大家知道父母清楚了真相，后来法院通知去领甄峰的遗物时，甄岳群执意要和老伴去珠蚌市，无奈甄荣和其他家人只得同意。但甄荣考虑他们年迈，不亦过度悲伤，就说："爸爸、妈妈，你们毕竟是上年岁的人了，大哥的事怨不到别人，你们也不要太难过，我还是陪你们去吧！"甄荣总觉得这次父母亲出门不安全，极力劝阻他们。

　　"我和你娘谁也不要陪，到那看看，把峰儿的东西一领就回来。"他脸色阴沉地看着甄荣。

　　"爸，干脆让大弟陪你们去也行，到那以后先去找罗鹏，让他把东西拿过来，然后再交给你们。"甄荣胆怯地对父亲说。

　　"我说你们真啰嗦，我去还能死，他们不会吃了我吧！再说了，我也是出过远门的人了。你们总是不听大人言，每次像是害你们似的。当初峰儿为了出息到外面念书，我也就听随其便，如果我能阻拦一下，说不定也不会到今天这个地步。最主要的还是他平时不听教诲，古话确实说的好啊，孩子不听大人言，吃亏在眼前哪！你看，现在说什么都晚……了。"甄岳群说到"晚"字的时候，声音特别凄楚哀伤，"哗"地一下泪水冲了下来。

一看父亲又哭了，甄荣和姊妹都没了辙，慌忙改口说："好，你们去吧，注意点就是了，我们在家等你们。"她知道父母头天下午偷偷去湾里坟上转了一趟，晚上也没吃饭。昨夜他们在屋里一直没消停，好像出远门一样。由于太伤心，他们眼睛都哭得又红又肿。父母不能太伤心了，不然身体吃不消，万一出了事，家庭真塌了。

甄荣没有做过母亲。但从她的了解和感知中，她认为，真正美好的人生体验都是特殊的，为人父母就是其中之一。人之间的感情太深了，所惧怕的不是离散和死亡，而是永不再复的缘分，这就是人为何希望有来世或天国。就说父母和大哥之间吧，除了生物意义上血缘，宗教意义上讲是千世万世修来和成就的唯一一次灵魂约会。这种奇特珍惜的缘分会因某一方的性格缺陷或生命过失影响之间的联系尺度吗？二哥有一万个不是，他毕竟是他们的儿子。他们真的老了，这种突变好似一夜之间发生的，可能他们心中仅存的那点期望自足彻底消失了。前不久，她还看到他们一起悠然自在地出门、劳动、散步、聊天、说笑、访亲、旅游……可今天就老态龙钟、动作迟缓、互相搀扶，且气力微弱，脸上写满沧桑和忧伤，随时需要周围人的帮助……甄荣的思维从父母身上移开，她感到了两颊的湿热，右手自然攀上了眼角……

她不敢再违抗父母的意思，只能默默将他们送上了去珠蚌市的公共汽车。

公交车上，驾驶员师傅、售票员和乘客们都觉得这一对老人情绪不对劲，关心地问这问那，可他们说没什么，但他们始终泪流不止，相互照顾着到达终点站。

　　甄岳群和老伴心里都一直琢磨着同一个问题：儿不善，养之过。他们将怎样弥补这一错误，如何向人们作一合理交代。

　　在珠蚌市人民法院，罗鹏和另一位法官热情小心地接待了老人。

　　罗鹏心惜地说："老人家，别难过，为人父母，我能了解你们此时的心情，可事情已经如此，还要好好地活下去，保重身体要紧。这是甄峰留下的一封信和东西，现在案件已经结束，你们领回去吧，想他的时候，能看看，留个念想。以后家里有啥事或遇到困难，就来找我，我是晚辈，甄峰不在，我就是你们的儿子。"罗鹏满脸复杂为难的情绪，生怕因言语不当触碰老人的痛处，完全是一副小心翼翼的状态。

　　"我儿子自作自受，可在他后面我还有孙子、孙女、侄男八女的，他们还要有脸皮地活着，看我儿子这事可能不要放进档案，不妨碍他们的事……"老年妇女泣不成声。她的身体不停地颤抖，满脸的皱纹里爬满泪水，忙用褂子往脸上擦抹。旁边的老汉也不时用白纸擦眼泪。两人给人一种心有戚戚、相依为命的感觉。

　　"老人家，你们放心，现在法律非常公正，一人做事一人当，决不株连无辜。"罗鹏伤心地看着老人，马上又转向旁边年轻的法官，为了让老人相信，年轻法官也被动地点点头。两位老人脸上同时露出感激的神色，满足地相互搀扶着，颤巍巍地出了办公室……

第四十三节　天伦窝巢

夏天来了，村西原来的天沟堤坝变成了笔直的水泥路，泡桐树换成了挺拔的白杨，绿叶哗哗的树上知了在轮番进行着歌噱对唱。

半年后的一天中午，一辆顶挂"TAXI"字样的蓝色轿车停在了甄皇村南首的简易水泥路上，车上缓缓走下一个壮年男子。他手中提着一个深色口袋，上身穿灰色西服，下身着一条藏青色长裤，把身体衬托得笔挺有形。他已经有少数白发，但从整体状态上看依旧精神。村民渐渐涌来，有的人已经看出来，这就是前不久带队来勘查现场的公安局副局长。

"三宝！"他话一出口，似乎觉得不对，忙改口："你瞧我这张嘴不少债，喊习惯了呀，变不过来了。王局长，你怎么回来了，这里又没发生案件？"一位靠路较近的步履蹒跚的老人拄着拐杖，对王三宝颤颤巍巍地说。

"噢，罗叔，还是喊我名字亲，更何况我退休了，想回来看看，最近罗鹏回来没有？"王三宝一副轻松的样子，能看出来，他真的没有了任何负担。

"前段时间鹏儿回来就过了半天，忙得像掏火一样，没打盹又回去了。听说他也快退了，领导让他多带几个刚好分来的年轻人。不过，他再忙也不到你忙，你是要天天到处跑的，退下来赋闲就好了。"老人家很识大体。

"罗叔，你讲得对，老是自然规律，一切都会让位于新生的东西，人也一样，不过罗叔你还硬朗着呢！"王三宝脸上布满笑容。

"嗨，好啥？就要入土的人了，活不了几天了。不过，这辈子我生活得很舒心，孩子懂事，家庭平安，顺顺溜溜的，我知足了。哎，你爷的身体真怪好，毕竟他年轻时习武，造就了一副好身板，你看'说曹操，曹操到'。"他歪头看着旁边的一位老人说。

"我爷，你也来了，我正准备回家哩！"王三宝跟他父亲招呼。

三宝父亲点头笑着，对儿子的到来显得满心欢喜。他身后围满了老老少少一大帮人。

王三宝不停地点头致意。忽然他看到人群中间一个有些年纪的女人，两手分别拉着一名男孩和女孩，身边还靠着几个年龄相仿的孩子。这是他最想见的一个人，他看了她一眼，就忙把视线转移到别处。甄荣也只看了他一眼，就低下头去。

王三宝的眼光慢慢地射向了远处，那里有当年他们"挑兵"和"撂火把"玩大仗的地方，今非昔比，物是人非，他心中涌起一种感慨，同时滋生满足和欣慰。虽然他们都老了，毕竟往昔的孩提记忆永恒地驻扎在灵魂深处。对寻常人来说无非两种状态：年轻时活在青春追梦中，年老后沉浸在回忆里，总体无憾，唯一失落的是他没有后代来传承他曾经的美好……突然他收回的眼神从甄荣身边发现了什么，迷离的眼睛顷刻落满惊喜……正好有人招呼他，他的思绪又回到父老乡亲之间，他再次和大家热火地攀谈起来。不知过了多久，王三宝母亲蔫不唧地过来喊他，大家终于在一片寒暄声中渐渐散了。

入夜，所有来王三宝家聊天的人都走了，只剩下他坐在父亲的面前。

爷俩继续拉着闲话，突然王三宝说："我爷，我有件大事想征求一下你老人家的意见。"他觉得事情唐突，就以很委婉的口气向着父亲说。

老人也觉得奇怪，儿子怎么会这时候提出似乎年轻人才有的话题。

"我这次不打算走了，在家建一所留守孩子家园。"王三宝平静地点题。

"你在城里生活得好好的，来老家这破地方有什么意思？"老人家顿时有些来气。

"你别生气，我不是和你商量吗？"三宝语气和缓轻微。

"你是国家干部，又是堂堂的公安局领导，吃住由国家供养者，躲在这穷乡僻壤的干啥？来家转转就可以了。"老人家火气还在上蹿。

"我爷，您这老眼光要变了，现在搞新农村建设，中央惠农政策一个接一个，城乡差别越来越小，你不觉得生活条件比以前好多了吗？"三宝对父亲笑着，在柔弱的灯光下，还像当年父亲眼中的毛孩子。

"我不管这么多，你不能在家住，人家会降低看你的眼光。再说你又没什么大事，在家没用。谁家的孩子谁个管，用不着别人操心。"老人很固执。

"父亲，你没看到那些父母外出打工的孩子，成天由老人带着，没有亲情，没有管束，没有温暖，时间长了可能对成长不好，我想找专门老师管理他们，让孩子们健健康康地成长，这可是我们甄皇村的未来希望啊！"他一本正经地对父亲说。

稍许沉默，老人家低下头去。

"我明白了，怪不得阿荣都这么大年纪了，碰到家里困难的孩子就带，原来你们通好气的？"老人家有所感觉。

他抬起头不解地看着儿子。王三宝咧嘴笑着，心里可得意呢。

"不过我给你说，你这辈子没孩子，可以去带你弟弟妹妹的孩子，我说话，他们可以过继一个给你。现在你却去管别人的孩子，人家别拿这说事，或者笑话你，让我们抬不起头，我这辈子虽不是风光十足，可也是有脸有面的，到老了别弄得脸没头放。"老人家又想开始起气。

"瞧您说的，我觉得吧，做人不能光顾自个，自家的孩子我们肯定关心，咱关心别人家的孩子，是为了希望天下的孩子都活得好，您儿子没这么大能耐，就关心甄皇眼面口一些需要帮助的孩子吧！我们做好事不是想让人家说咱好，但也不会说三道四吧，别忘了人都长着一颗良心呢！"三宝拍拍胸口对父亲说。

"那好吧！随便你去折腾吧，我反正老了，不顶用了，你别捅娄子就行。"王三宝发现父亲投降了。

"父亲活得好着呢，我还离不开您的支持，'打仗父子兵'，在人生战役中，父亲永远都是儿子的坚实后盾。"他讲了一句带些哲理的话，父亲似懂非懂点了一下头，脸上布满感动的神色。村西谁家的鸡叫了，爷俩方感到天不早了，王三宝起身出了父亲的房间。

翌日的一个晚上，村西水泥路北边的田埂上，有两个人影在慢悠悠地移动着，王三宝和甄荣准点来到了这里。

"你父亲同意了？"甄荣轻轻地问。

"我知道他会在我面前缴械的，他知道儿子这辈子看着风光，实际上活得清苦，再说他也是识大体的人。"王三宝声音很轻，在夜深人静的夜晚，除了大地上的虫鸣，显得格外清晰。

甄荣低声叹了口气，她心中因王三宝的话涌过一丝酸楚。随后是轻微的啜泣声。

"阿荣，我错了，不该说让你伤心的事，都大把年岁了，还说过去的事干啥？不过我们还有更高兴的事等着我们，好，不哭了，我们来谈谈计划。"王三宝说着，去扶甄荣的肩膀。他感到她浑身抖得厉害，随之心顷刻也碎了。

甄荣的哭声停了，她转身离开王三宝的双手。

"就用我父母原先住的那几间房，加上西口的几间厢房，东面的柴火房可以留老师临时居住，我看暂时收养一二十孩子没问题。"甄荣说。

"怎么一下子有这么多孩子，上次你在电话里不是说只有七八个孩子需要照应吗？"王三宝感到惊讶。

"今年开春村上又出去那么多人，一下子就丢下不少孩子，我看他们的生活条件很差，必须有人照顾。再说了，这辈子我没在生儿育女方面做过什么事，晚年了就让我为别人多做一点吧，我会用微不足道的能力为身边需要的人尽一份心情。"甄荣轻松地说着，但从她平缓的语气中能感到她的焦急和忧郁。

"好吧！你先安排吧，我利用原先工作的一些关系，再到县里和乡里找找，把一些手续办齐，尽快能在村里盖座留守孩子学校，要让他们接受更正规的教育。"他说得十分有底气，甄荣感觉到了他的信心。

一束电光向这边移来，甄荣怀疑是遛夜游玩的闲人，便说："我们回去吧！有人来了。"说着拉王三宝的手就走。

"好吧！我觉得这也没啥，很快我们的事情就要在太阳下曝光了，他们知道了也就那么回事，世间所有真正美好的东西总是不怕光亮的，不要因自己挡住阳光而留下阴影。"

他说完，挽着甄荣的手绕回村里……

（全文完）